29.09.2004

WITCHES
HEXENGIRLS

Band 5

Kristina

H. B. Gilmour & Randi Reisfeld

WITCHES
HEXENGIRLS

Band 5

Im Kreis der Geheimnisse

Übersetzung aus dem Amerikanischen
von Karlheinz Dürr

Ravensburger Buchverlag

Bibliografische Information Der Deutschen Bibliothek:
Die Deutsche Bibliothek verzeichnet diese Publikation in der
Deutschen Nationalbibliografie; detaillierte bibliografische Daten
sind im Internet über **http://dnb.ddb.de** abrufbar.

Dieses Werk wurde vermittelt durch die
Agentur Thomas Schlück GmbH, Garbsen.

Die Schreibweise entspricht den Regeln
der neuen Rechtschreibung.

1 2 3 05 04 03

Die Originalausgabe erschien
unter dem Titel »T*Witches – Don't Think Twice«
bei Scholastic Inc. New York

Umschlagillustration – Scholastic Inc.

Printed in Germany

ISBN 3-473-34946-1

www.ravensburger.de

Kapitel 1

FREITAGNACHT
»Volltreffer!«

Camryn Barnes kreischte vor Freude und klatschte mit ihrer Partnerin Beth Fish die Hände im High-Five. »Die haben null Chance gegen uns! Wir sind das Traumteam!« Mit triumphierendem Lachen und einer energischen Handbewegung warf sie eine kastanienbraune Locke aus der Stirn.

An der benachbarten Bahn grinsten ihr zwei super aussehende Jungs bewundernd zu – Jason, der sowieso total auf Cam abfuhr, und sein Freund Rick, der mit Mädchen nichts am Hut hatte, und sich neuerdings die Haarspitzen blond färbte. Cam lachte ihnen zu. Sie fühlte sich super – hyper, um genau zu sein. Dass sie überhaupt hier war, dass sie mit ihrer Clique Bowling spielen konnte, mit drei von ihren fünf besten Freundinnen aus dem »Sechserpack«, dass sie ihre Show abziehen und sich in den bewundernden Blicken der Boys sonnen konnte.

»Stimmt, wir sind die Super-Sugar-Babes. Die anderen glauben wahrscheinlich, sie kegeln rückwärts.« Beths Sommersprossengesicht glühte, als sie den Zwischenstand aufrechnete. Sie drehte sich zu Kristen Hsu um, die heute Abend dem Gegnerteam angehörte. »Ihr habt minus null Chance, uns einzuholen!«

»Darauf würde ich jetzt noch nicht wetten«, gab Kristen kühl zurück. Sie warf ihr glänzendes schwarzes Haar in den Nacken, holte Schwung und schickte die Kugel auf die Reise. Perfekter Antritt, perfekte Haltung, perfekter Bogenwurf. Die zehn Kegel spritzten auseinander. »Na super«, sagte Kristen lässig. »Schon sind wir gleichauf.«

Cam grinste gutmütig. »Alles korrekt, bis auf das Wörtchen ›wir‹«, sagte sie. »Deine so genannte Teamkameradin ist wieder mal auf Wolke neun.«

Die zierliche, blonde Brianna Waxman war eine ihrer besten Freundinnen. Im Augenblick hatte sie sich allerdings von der Gruppe entfernt und presste schon wieder ihr Handy ans Ohr. Mit Brianna war irgendwas total daneben. Zum Beispiel fand sie jetzt plötzlich einen ganz anderen Klamottenstil gut. Während sie vorher immer absolut topmodisch gewesen war, eine richtige Trendsetterin, war sie neuerdings in die Steinzeit zurückgefallen und trug jetzt nur noch überdimensionale Sweatshirts, die ihr bis zu den Knien schlabberten.

»Hey, Bree«, hatte Cam sie aufgezogen, »Grüße vom Flohmarkt – sie lassen ausrichten, dass sie dir die Klamotten aus den Achtzigern versehentlich verkauft haben. Die gehören ins Museum.« Brianna hatte nur milde gelächelt und keine giftgeladene Erwiderung abgeschossen, wie es sonst ihre Art war.

Jetzt schrie Kristen zu Bree hinüber: »Bree! Du bist dran. Komm schon! Wir haben noch eine Chance zu gewinnen!«

Brianna drehte sich nicht einmal um.

»Zerr sie an den Haaren rüber«, ordnete Beth an und grinste bei dem Gedanken, Brees kostbare Frisur zu zerstören.

Kristen verdrehte die Augen und rannte die Stufen zur Snackbar hinauf. Bree, das Handy immer noch am Ohr, wedelte sie ungeduldig weg.

Kris zögerte, dann hörte Cam sie sagen: »Ich schiebe die Kugel für dich, wenn du willst. Okay?«
Cam grinste, denn Bree fand immer jemand, der die Dinge für sie erledigte. Aber beim Gedanken an Brees seltsames Verhalten war ihr irgendwie unwohl. Und noch weniger wohl war ihr, als sie spürte, dass an ihr selbst die Blicke von zwei absolut schleimigen Typen klebten. Die beiden glaubten sich unbeobachtet, aber die Frau musste erst noch erfunden werden, die nicht bemerkt, wenn ein Mann sie ansah. Einer der Typen war groß gewachsen, der andere kleiner und ziemlich stämmig. Sie zuckte die Schultern. Die beiden Schleimis konnten ihr die Superstimmung heute Abend nicht vermiesen. Und das hatte nichts damit zu tun, dass sie alle Neune geworfen hatte und dass sie wahrscheinlich diese Runde gewinnen würde. Sie fühlte sich schlicht und einfach deshalb super, weil sie heute ihr ganz normales Leben lebte.
Denn es war das erste Mal seit Wochen, dass sie dazu eine Gelegenheit hatte.

Cams Schwester Alexandra Fielding hockte auf einer Bank, eine Bahn entfernt, und beobachtete die Girls des Sechserpacks. Sie verdrehte die Augen. Eigentlich hätte sie mit Dylan ein Team bilden und mitspielen sollen. Eigentlich.
Aber »leider« durfte sie nicht spielen. Der Aufseher der Bowlingbahn hatte etwas gegen ihre Stiefel. Er hatte tatsächlich verlangt, dass sie richtige Bowlingschuhe anzog – die man natürlich am Eingang ausleihen musste, wenn man keine eigenen besaß. Alex kreuzte die Beine und grinste ihre Stiefel an. Absolut unvorstellbar, sich Schuhe anzuziehen, in denen die Schweißklötze tausender anderer Leute gesteckt hatten.

Lieber verzichtete sie auf das Mitspielen – was ihr sowieso leicht fiel, denn der Sechserpack war nach Alex' Meinung nur aus zehn Meilen Entfernung auszuhalten. Außerdem mochte sie ihre unförmigen, abgelatschten, langweilig braunen Springerstiefel. Sie dachte nicht im Traum daran, sie auszuziehen. Schließlich hatte sie nicht die geringste Lust gehabt, überhaupt hierher zu kommen.

Aber nun saß sie eben doch in diesem »Super Bowlingland«, wie sie es nannten, und zwar seit zwei unerträglich langweiligen Stunden, und ihre Lust mitzuspielen hatte nicht um ein Jota zugenommen. Im Gegenteil.

Aber natürlich fühlte sich Cam super. Absolut super.

Und warum auch nicht? Alex zuckte die Schultern. Cam hatte sie so lange bearbeitet, bis sie schließlich mitgekommen war. Und dort drüben war sie jetzt, Cam, ihre so genannte Zwillingsschwester, supertopmodisch in ihren Hüftjeans, ihrem allzu süßen T-Shirt, ihrem gesamten Outfit, das bis zu den maßgefertigten Bowlingschuhen farblich genau abgestimmt war und ein Vermögen gekostet hatte, und spielte Prinzessin Honey von Super-Bowlingland. Eine Britney-Imitation wie aus dem Teeny-Magazin. Oder vielleicht würde Britney sogar vor Neid erblassen.

Cam hatte Alex bequatschen wollen, in ein ähnliches Outfit zu steigen, aber Alex hatte stattdessen von Dylan eine seiner extremsten Skateboard-Hosen ausgeliehen, um einen Meter zu weit in der Hüfte und zwei Meter zu weit um die Beine, und hatte sie hochgekrempelt, damit ihre ausgeleierten Doc Martens in ihrer ganzen Pracht und Herrlichkeit besser zur Geltung kommen konnten. Provokation war angesagt.

Cam hatte tatsächlich unter dem Anblick gelitten. Eine Weile hatte sie ihre Schwester stumm angesehen, bis sie ihrer

Stimme wieder trauen konnte, und hatte dann erklärt: »Okay, ich geb zu, das ist ein Outfit mit … Charakter. Aber zieh wenigstens ein halbwegs vernünftiges Oberteil an. Du kannst irgendwas aus meinem Schrank nehmen.«

»Irgendwas« aus Cams Schrank wäre unweigerlich rosa gewesen. Also war Alex prompt in ihren eigenen Schrank getaucht und hatte einen uralten, rostbraunen Rollneckpulli herausgezerrt. Und dazu passendes Zubehör – einen dicht mit Nieten beschlagenen Ledergürtel aus der Steinzeit.

»Okay, okay! Nimm wenigstens meine Bowlingschuhe! Dann brauchst du keine auszuleihen«, hatte Cam ziemlich verzweifelt vorgeschlagen. »Bei Leihschuhen weiß man nie, wer die Dinger zuletzt anhatte. Und meine Kugel können wir ja gemeinsam benutzen.« Denn natürlich war Cams Bowlingkugel eine Spezialanfertigung, genau für ihre Finger gemacht.

»Ganz bestimmt nicht«, gab Alex freundlich zurück.

»Aber du kannst damit viel besser kegeln! Unsere Finger haben genau dieselbe Größe!«

Das war es eben! Dieselbe Fingergröße. Dieselbe Kleidergröße. Dieselbe Schuhgröße.

Dieselben ungewöhnlichen grauen Augen, mit einer kohlschwarzen Linie um die Iris. Dieselben vollen Lippen, dieselben Nasen.

Und eigentlich auch dieselben kastanienbraunen, dichten, welligen Haare, nur dass Alex ihr Haar ständig neu färbte. Heute Morgen erst war sie von Platinblond in ein extrem feuriges Feuerwehrrot umgestiegen. Es gefiel ihr zwar nicht, aber Cam war entsetzt gewesen und das gefiel Alex.

Denn wenn es wie bei Klamotten verschiedene Größen für Charakter gäbe, dann hätten Camryn Barnes und Alexandra Fielding nicht verschiedener sein können.

Wie Tag und Nacht. Zucker und Salz. Sie waren so verschieden wie der schimmernde Ozean, der Cams Heimatstaat Massachusetts umspülte, und die zerklüfteten Berggipfel in Alex' Heimatstaat Montana.

Die Zwillinge Cam und Alex waren gleich nach ihrer Geburt getrennt worden. Fünfzehn Jahre lang waren sie weit entfernt voneinander aufgewachsen, hatten nicht einmal voneinander gewusst, bis sie sich zufällig begegnet waren. Das war jetzt schon Monate her, eine lange Zeit …

Doch damals hatten sie nicht nur entdeckt, dass sie Zwillinge waren – sie hatten auch entdeckt, dass sie Hexen waren – »Hexengirls« mit seltsamen, manchmal geradezu unheimlich starken Kräften. Sie konnten Dinge sehen, hören und tun, von denen normale Menschen nicht einmal zu träumen wagten.

Alex zum Beispiel konnte sich in die Gedanken anderer einblenden. Das war oft ziemlich komisch, aber manchmal auch recht peinlich. Und in einigen Fällen war es schlicht ärgerlich. Zum Beispiel heute Abend. Gerade jetzt musste sie mit anhören, wie die beiden Schleimis, die hinter den Bahnen herumhingen, über Cam und Alex redeten. *Glauben wohl, sie sind was Besonderes, bloß weil sie Zwillinge sind,* zischte der Stämmige dem Langen zu. Und das lange Elend dachte: *Ziehen eine superdoofe Show ab, jedenfalls die eine. Und die andere sitzt bloß rum.*

Urgh! Alex' Magen revoltierte, als sie die beiden Typen beobachtete. Sie warf ihrer Schwester einen Blick zu. Und musste feststellen, dass sie ihrerseits von Cam mit missbilligenden Blicken beobachtet wurde. Sie hörte Cam denken: *Oh, komm schon, Alex. Vergiss die Sache mal wenigstens für einen Abend. Ein bisschen Spaß kann doch nicht schaden.*

Alex schickte sofort eine Denk-Mail zurück. Denn zu ihren geheimnisvollen Kräften gehörte auch, dass sich die Zwillinge allein durch Gedanken verständigen konnten. *Vergessen?*, d-mailte Alex jetzt. *Die wichtigste Sache vergessen, die passiert ist, seit wir uns kennen?* Sie konnte nicht glauben, was ihre Schwester verlangte. Einfach einen Abend lang ausblenden, nur um ein wenig herumzukegeln? Einfach so zu tun, als seien sie ganz normale Girls und nicht zwei Schwestern, die eben entdeckt hatten, dass ihre Mutter vielleicht noch am Leben war? Bei Cam mussten wohl ein paar Hirnschaltkreise durchgebrannt sein.

Worauf Alex ihre Schwester schon vor ein paar Stunden unmissverständlich hingewiesen hatte. Und Cam wiederum hatte versucht, die Sache einfach umzudrehen.

»Wir haben so viel durchgemacht, dass wir uns jetzt ein wenig Spaß mit meinen – ich meine, mit unseren – Freundinnen verdient haben«, hatte Cam erklärt.

Alex wusste natürlich, dass sie sich jetzt schuldig fühlen sollte, weil sie Cam nicht mal »ein bisschen Spaß« gönnte. Deshalb hatte sie überhörte, was Cam gesagt hatte, und sich wie ein Habicht nur auf ein einziges Wort gestürzt. »*Deine* Freundinnen, genau!« Doch jetzt saß Alex neben den Bowlingbahnen und überlegte, welche von Cams »besten Freundinnen« ihr am meisten auf den Keks ging.

Da war Beth, groß, sommersprossig, mit irrer Frisur. Alex mochte sie normalerweise sogar, aber heute Abend war Beth wieder einmal in der Rolle von Cams Schatten zu sehen – die Sklavin der Prinzessin.

Dann war da auch Kristen, hypereifrig im Bowling-Wettkampf, kleinwüchsig wie ein Page. Kris war Brianna total ergeben – der Kaugummi an Briannas Fußsohle.

Und die Schlimmste von allen, die aber überall und immer die erste Geige spielen musste: Brianna Waxman, die Plastikfrau, die Tratschtante der Clique, die seit kurzem keine Designerklamotten mehr trug, sondern auf XXL-Outfits umgestiegen war. Das änderte nichts daran, dass Alex Brianna für eine oberflächliche, hochnäsige Zicke hielt.

»Sie könnten auch deine Freundinnen sein, wenn du ihnen nur eine Chance geben würdest«, hatte Cam gejammert. »Aber erspar mir das wenigstens heute Abend. Nur einen Abend lang möchte ich wieder … einfach … *stinknormal* sein.«

»Stinknormal reich, stinknormal verwöhnt, stinknormal berühmt?«, hatte Alex geätzt.

»Du weißt genau, was ich meine«, hatte Cam sich stur gestellt. »Durchschnittlich. Hundsgewöhnlich. Ohne Magie und das alles. Eben einfach *normal.* Komm schon, Alex, mach doch den Spaß mit, wenigstens heute Abend.«

Spaß?

Plötzlich verzog sich Alex' Mund zu einem boshaften Grinsen. Spaß? Klaro, den konnten sie haben. Alle vier. Sie würde ihrer Schwester diesen Wunsch erfüllen. Wozu war man schließlich als Hexe auf die Welt gekommen? Also: Machen wir uns den Spaß.

Kapitel 2

NOTSIGNAL

Kristen war wieder zu ihrer Bahn zurückgekehrt und wollte gerade die Kugel an Briannas Stelle anschieben, als sie plötzlich erstarrte und ihre durchdringenden schwarzen Augen auf Alex richtete.

Hmmm … dort hockt der böse Zwilling, hörte Alex sie denken. *Der Karottenkopf. Wie komm ich nur auf die Idee, dass ausgerechnet sie helfen könnte?*

Da sieht man's wieder, dachte Alex. Die Gedanken anderer Leute anhören zu müssen, ist manchmal doch ziemlich lästig. Will ich wirklich wissen, was Kris über mich denkt?

Wie komm' ich nur auf die Idee, dass sie helfen könnte? Komischer Gedanke. Wieso denkt Kris so etwas? Glaubt sie wirklich, sie kann mich dazu bringen, Bowlingschuhe anzuziehen und für Bree in ihrer Mannschaft weiterzuspielen, nur weil deren Handy am Ohr festgewachsen war?

Aber welche Idee auch immer Kris im Kopf gehabt haben mochte, Alex merkte, sie ließ sie jedenfalls abrupt fallen und wandte sich wieder dem Spiel zu. Wie bei der letzten Runde schickte sie ihre maßgefertigte, rosa und grau gestreifte Kugel in perfektem Schwung genau in der Mitte der lackierten Holzbahn los.

Böser Zwilling? Karottenkopf?

Alex setzte sich auf. Hübsche Bezeichnungen. Vielleicht sollte ich doch ein wenig in dieses Spiel eingreifen, dachte sie und grinste boshaft, und Cam den Gefallen mit dem »bisschen Spaß« tun. Sie blickte schnell zu der einzigen Person hinüber, die ihre Gedanken hören und sie von dem abhalten konnte, was sie vorhatte. Aber Cam flirtete gerade mit Jason und seinem Freund, Mister Wasserstoffblond. Nein, keine Gefahr aus dieser Ecke, Cam achtete im Moment nicht auf Alex. Alles klar für ein »bisschen Spaß«. Alex stellte sich einen besonders hübschen »Spaß« vor und konzentrierte sich auf Kristens Kugel, die gerade in elegantem Schwung über die Bahn donnerte.

Die rosa und grau gemusterte Kugel blieb urplötzlich mitten im Lauf stehen. Dann rollte sie zurück, als hätte sie jemand an einer Schnur zurückgezogen. Sie wurde immer schneller und raste genau auf Kris zu.

Alex strahlte. Genau wie sie es sich vorgestellt hatte. War manchmal doch ziemlich cool, Hexe zu sein.

Kristens Mund stand weit offen. Sie hechtete zur Seite. »Was zum Teufel ist jetzt los?«, kreischte sie.

»Sind das die Würfe, die du für mich machst?«, schimpfte Brianna, die in Sweatshirts verkleidete Diva, die gerade zurückkam und mit einem Sprung über die Bahn setzte. »Wenn ich spiele, rollt die Kugel wenigstens in der richtigen Richtung! Das ist doch kein Bumerang!«

»Ich kann nichts dafür!«, stotterte Kristen total entnervt. Sie bückte sich und hob die Kugel auf, um sie genau zu untersuchen. Aber die Kugel gab keine Erklärung für ihr unartiges Verhalten von sich. »Keine Ahnung, was da los war.«

»Wahrscheinlich sind deine Wurstfinger zu lang in den

Löchern geblieben und die Kugel hat zu viel Spin bekommen«, erklärte Brianna besserwisserisch.
Inzwischen war auch Cam auf den Lärm an der Nachbarbahn aufmerksam geworden. *Ich wollte doch nur einen ganz stinknormalen Kegelabend mit meinen Kumpels verbringen!*, schimpfte sie Alex per D-Mail aus. Doch Alex starrte gerade gedankenverloren und höchst unschuldig an die Decke, als habe sie mit dem ganzen Durcheinander nichts zu tun. *Ist das zu viel verlangt? Kann ich mir wirklich nicht vorstellen*, schimpfte Cam weiter.
»Schaun wir mal«, sagte Beth spöttisch und tat so, als suche sie im Buch der Bowlingregeln nach einer Vorschrift. »Den Wurf gibt's eigentlich gar nicht. Hier steht nur: Es gibt zehn Punkte für alle Neune. Trifft sich der Spieler selbst mit der Kugel, müssten das folglich zehn Minuspunkte sein.«
»Hört endlich auf damit!«, rief Kristen, die Hände in die Hüften gestützt. »Jetzt ist Bree wieder da, also kann sie ja wohl selbst die Kugel schieben.«
Bree holte ihre eigene Kugel, ebenfalls maßgefertigt, mit dem aufgemalten Porträt des Superstars Brice Stanley. Ihre Hand zitterte, als sie die Finger in die Löcher steckte. Als sei die Kugel zu schwer.
In diesem Augenblick tschilpte ihr Handy. Sie setzte die Kugel wieder ab und checkte die Nummer des Anrufers. »Schon wieder mein Dad. Wahrscheinlich wegen der Party. Sorry, Girls, aber das Gespräch kann ich nicht durchlassen.«
Die Party. Auch das noch. Noch so eine Szene, die Alex gern vermieden hätte und zu der Cam sie überreden wollte.
Briannas Eltern waren schon seit Jahren geschieden. Ihr Vater lebte in Kalifornien und war einer der Top-Filmproduzenten von Hollywood. Für Brianna produzierte er auch etwas:

Absagen, gebrochene Versprechen, zerstörte Hoffnungen. Denn ständig enttäuschte er seine Tochter, indem er ihr alles Mögliche versprach, es dann aber immer kurzfristig widerrief. Selbst diese so genannte »Geburtstagsparty« war er ihr bisher schuldig geblieben, dabei sollte sie eigentlich die Fete nur nachholen, die er bei ihrem 15. Geburtstag kurzfristig abgesagt hatte.

Alex stand auf, gähnte und streckte sich. Gedankenverloren blickte sie zur Snackbar hinüber, wo Bree mit ihrem Vater telefonierte. Zuerst hörte Alex nur das Rumpeln der Kugeln auf den Bahnen und den Lärm der fallenden Kegel, das aufgeregte Kreischen der Mädchen und die miserable Musik, die aus den Lautsprechern wummerte. Doch dann fing sie über der ganzen Kakofonie Stimmen auf.

»Tut mir Leid, Miss Waxman«, sagte eine präzise männliche Stimme in Briannas Handy. »Er hat mir nicht gesagt warum.«

Alex runzelte die Stirn. Wer sprach da? Dann wurde ihr plötzlich klar, dass sie Brees Telefongespräch mithörte. Rein zufällig, natürlich. Total ungewollt. So was kann ja auch der besten Hexe passieren, nicht wahr.

Aber sie hatte wirklich nicht die Absicht gehabt, sich Brees Telefongespräch anzuhören. Was immer dieses Mädchen sagte, war von null Interesse. Und obwohl Alex ein hyperscharfes Gehör hatte, eine besondere »Hexengabe«, wäre es eigentlich unmöglich gewesen, mehr als nur Brees Worte zu verstehen. *Eigentlich* sollte sie gar nicht hören *können*, was der hochnäsige Typ am anderen Ende der Leitung sagte.

Sollte das etwa heißen, dass es kein Zufall war, dass sie das Gespräch mithören konnte? Sie und Cam hatten immer noch nicht gelernt, mit ihren speziellen Fähigkeiten richtig umzugehen. Alex' übernatürliche Fähigkeiten waren ihr superscharfes Gehör und die Tatsache, dass sie Dinge bewegen konnte (Bowlingkugeln, zum Beispiel), indem sie einfach an diese Dinge dachte. Cam hatte Visionen, Vorahnungen und konnte Dinge über große Entfernungen hinweg in mikroskopisch kleinen Details erkennen. Und etwas jedenfalls hatten die Zwillinge schon gelernt: Ihre übernatürlichen Fähigkeiten wurden immer dann besonders stark, wenn sie gebraucht wurden, um jemandem aus irgendeiner Patsche zu helfen.

Aber hier steckte offensichtlich niemand in einer Patsche. Oder etwa doch?

»Nicht schon wieder!« Brees Stimme klang verzweifelter, als Alex es je bei ihr gehört hatte. »Warum kommt er denn nicht wenigstens einmal ans Telefon? Wir müssen die Sache planen. Die Fete findet morgen Abend statt – ich habe schon alle eingeladen.«

Die unbarmherzige Stimme am anderen Ende blieb absolut sachlich, geschäftsmäßig kühl. Der Mann versuchte nicht einmal, Interesse vorzutäuschen. »Ihr Vater lässt ausrichten, dass er später zurückrufen wird. Ich kann Ihnen wirklich keine andere Auskunft geben. Hier ist es schließlich drei Stunden früher als bei Ihnen und er steckt noch mitten in der Arbeit.«

Alex war inzwischen klar geworden, dass Bree mit dem persönlichen Assistenten ihres wankelmütigen Vaters in Kalifornien telefonierte.

Nein, nein, bitte nicht schon wieder, hörte Alex Bree innerlich flehen. *Er hat es mir doch versprochen.*

»Er wird später zurückrufen«, wiederholte die Stimme.

»Um welche Zeit?«

»Das hat er mir nicht gesagt, sorry.« Der Typ klang nicht im mindesten sorry.

Ich bin ihm völlig egal, sogar an meinem Geburtstag, dachte

Bree verzweifelt. *Was ist los mit mir? Warum mag er mich nicht? Bin ich vielleicht zu hässlich, zu fett, zu blöd …?*

Wenn Alex nicht gehört hätte, dass Brees Verzweiflung echt war, hätte sie laut loslachen müssen. Ausgerechnet Bree, das makellose, irgendwann lebendig gewordene Barbiepüppchen, dieses Blondchen, das so dünn wie ein aufgestellter Strohhalm war, dachte allen Ernstes, sie könnte zu fett oder zu hässlich sein! Reiß dich zusammen und press mal die Nase in den Spiegel, dachte Alex. Aber schon hörte sie Bree weiterreden.

»Wissen Sie vielleicht, ob er vorhat, heute Abend nach Marble Bay zu fliegen? Zu meiner Geburtstagsparty?«

»Wirklich, Miss Waxman, ich weiß es nicht und kann darüber nichts sagen.«

Alex verspürte plötzlich Mitleid mit Bree. Wollte ihr Daddy wirklich die Party abblasen, wie er schon vor ein paar Monaten die ursprünglich geplante Megafete vermasselt hatte?

Brianna ging zur Kegelbahn zurück, ein maskenhaftes Lächeln in ihrem fahlen Gesicht. »Das war mein Dad!«, verkündete sie so laut, dass alle es hören konnten. »Schon wieder! Mindestens das fünfte Mal, dass er heute Abend anrief. Diese Party wird eine Superfete!«

Alex starrte verlegen ihre Stiefel an, um nicht Briannas Blick zu begegnen. Sogar ihr begann die Sache peinlich zu werden. Sie fragte sich, ob Cam mitbekommen hatte, was wirklich abging.

»Cool«, sagte Kris. »Komm, wir gehen mit Jason und Rick zur Bar.« Cam, Beth und sogar Kris hatten offenbar das Interesse am Bowling verloren und beschlossen, sich jetzt lieber die Jungs vorzuknöpfen. Sie standen alle an einer Bahn beieinander und flirteten so heftig mit den beiden Highschool-Typen, dass die Kegel rot wurden und von alleine umfielen.

Brianna schloss sich ihnen an, noch immer mit dem falschen Lächeln im Gesicht, das ihre Enttäuschung überdecken sollte. Doch in diesem Augenblick tauchte hinter ihr ein Junge mit gel-frisierten Haaren auf, dessen T-Shirt sich über satte Muskeln spannte. Er tippte Brianna von hinten auf die Schulter.
Alex kannte ihn – Marc Paulsen, der Typ, auf den Bree momentan abfuhr. Er war der Starschauspieler der Theater-AG in der Marble Bay Highschool und Cam und der Rest des Sechserpacks glaubten, dass er sich nur deshalb für Bree interessierte, weil sie durch ihren Vater Beziehungen zu Hollywood hatte. Insgeheim nannten sie ihn Marc Polo, einen Abenteurer, der nur immer nach neuen Möglichkeiten suchte, andere Leute für seine Interessen auszunutzen. Aber Marc, mit seinen Grübchen, seinem Charme und seinem Superbody, war eben mehr als nur vorzeigbar. Und obwohl er eine Freundin hatte, mit der er seit langem ging, machte Bree sich Hoffnungen, dass er vielleicht bald mit ihr Schluss machen würde.
Wenigstens einer, auf den sie sich verlassen kann, dachte Alex.
Bree wirbelte herum und begann übers ganze Gesicht zu strahlen. »Marc!«, schnurrte sie. »Du kommst wie gerufen!«
Marc grinste eitel. »Tatsächlich?«
»Klar!« Bree lächelte. »Ich wollte noch mit dir über morgen Abend reden.«
»Oh, äh, ja, morgen Abend …«, sagte Marc zögernd und sah verlegen zur Seite, wobei sein Blick auf eine Rothaarige fiel, die in der Nähe stand. »Ich … ich wollte dir sagen, dass ich nicht kommen kann.«
»Du machst wohl Witze!« Bree starrte ihn an und sah, dass er durchaus keine Witze machte. Es schien ihr schwer zu fallen, nicht die Fassung zu verlieren. »Warum nicht?«

Marc seufzte wie Othello im letzten Akt. »Es ist was dazwischengekommen.«
Bree blickte über Marcs Schulter und fasste die Rothaarige ins Auge, die ihrerseits Marc beobachtete. »Ist sie dazwischengekommen, die Rote da drüben?«, platzte sie heraus.
Marc grinste und zuckte die Schultern. »Sie hat zwei Tickets bekommen fürs Pokalendspiel. Da bin ich machtlos.«
»Aber es sollte … es sollte doch die beste Party werden …« Briannas Augen füllten sich mit Tränen.
Marc schaltete auf Mister Gefühlvoll und fasste sie unter dem Kinn, als sei sie ein Hund. »Hey, hey, nimm's doch nicht gleich so tragisch«, sagte er in seiner besten Seifenoperstimme. »Ich kann doch nichts dafür! Das ist schließlich das beste Spiel des Jahres!«
»Klar«, flüsterte Bree mühsam. Aber sie spürte Panik in sich aufsteigen. *Wie soll ich das allen erklären? Was soll ich ihnen erzählen? Das ist so furchtbar … erniedrigend!*
Alex war wütend. Sie wünschte, Bree könne erraten, was sie jetzt dachte: Sag ihnen einfach, der große Schauspieler Marc sei leider in den Souffleusenkasten gestürzt und seither verschwunden.
Der Gedanke inspirierte Alex so sehr, dass sie sofort überlegte, was Marc wohl alles passieren könnte. Wie wär's, wenn zum Beispiel seine Schuhbänder plötzlich ein wenig herumschlängelten? Wenn sich am Ende sogar das linke mit dem rechten Schuhband verknäuelten? Wenn sie, während Marc Brianna abfertigte, einen kleinen, niedlichen Knoten bildeten? Und wenn er sich dann umdrehte und davonging … Oder zu gehen versuchte …
»Autsch!«, brüllte Marc, als er auf dem Boden aufschlug. Ziemlich hart aufschlug.

Alex hatte halbwegs gehofft, dass dabei seine Hose aufreißen würde. Das tat sie auch, über die gesamte Länge seines Hinterns, mit einem hübsch deutlich hörbaren Ratschen. Aber niemals hätte Alex glauben können, dass Marc dermaßen lächerliche Unterhosen tragen würde – lila mit aufgedruckten roten Herzen. Und niemals hätte sie zu hoffen gewagt, dass die gesamte Bowlingarena diese Unterhose zu sehen bekommen würde.
Alle hatten sich bei seinem Aufschrei umgedreht, und jetzt starrten sie auf seinen mit roten Herzchen verzierten Hintern, als er sich aufrappeln wollte. Brüllendes Gelächter stieg zur Hallendecke.
Marc versuchte mühsam, auf die Beine zu kommen. Das gelang nicht, weil die Schuhbänder noch immer verknotet waren. Er fiel schmerzhaft auf den Hintern und verstauchte sich das Steißbein.
Alex betrachtete zufrieden die Szene. Konnte man mehr erwarten? Ihr Tag war gerettet.

Kapitel 3

GEHEIMNISVOLLE BOTSCHAFT

»Armer Marc«, sagte Alex schadenfroh, als sie wieder in ihrem gemeinsamen Schlafzimmer waren. »Sein Hintern ist aus dem Verkehr gezogen und er wird eine Zeit lang keine Theater-AG mehr mitmachen können. Und das Pokalendspiel kann er auch vergessen, so lange kann er gar nicht sitzen. Du solltest mir dankbar sein!«

Aber Cam gingen viele Dinge durch den Kopf, und Dankbarkeit gegenüber ihrer Schwester war darunter so ziemlich das Letzte. »Er hätte sich ernsthaft verletzen können! Wie oft haben uns Karsh und Ileana gesagt, dass wir unsere Kräfte nicht missbrauchen und Unschuldigen keinen Schaden zufügen dürfen!«

Okay, da hatte Cam wohl Recht. Ileana, die dickköpfige Hexe und der Vormund der Zwillinge, hatte die Mädchen immer wieder gewarnt, keinen Unfug mit ihren Kräften zu treiben. Und natürlich Karsh ebenfalls, der weise alte Hexer, der wiederum Ileanas Vormund war. Beide hatten den Auftrag, den Zwillingen beizubringen, wie sie ihre seltsamen und manchmal ziemlich schwer beherrschbaren Kräfte richtig nutzen konnten. Das allerdings war ein Vollzeitjob für ihren Lehrmeister.

»Unschuldige? Und wenn sich diese Unschuldigen anderen gegenüber so gemein benehmen, dass diese einen Schaden erleiden, was ist dann?«, fragte Alex. »Wenn du dich mal nur für fünf Sekunden abregst, sage ich dir, was wirklich Wichtiges passiert ist.«

Sie erzählte, was sie gehört hatte: wie Brianna im Stich gelassen wurde, wie ihr Vater nicht nur die Party absagte, sondern sich am Telefon sogar verleugnen ließ – bis hin zu der Demütigung durch ihren Superboy. Alex war überzeugt, dass Cam sich jetzt entschuldigen oder jedenfalls wieder freundlicher werden würde.

Voll daneben. Cams Wut hatte nicht im Geringsten nachgelassen. Im Gegenteil. »Das find ich total unmöglich! Du kannst doch nicht einfach herumlaufen und dich bei allen möglichen Leuten in die Gedanken einloggen!«, schimpfte sie, während sie sich auszog.

»Hey, blickst du das denn nicht? Ich hab mir doch Briannas Ferngespräch gar nicht anhören *wollen*! Ich konnte nichts dagegen tun!«

»Ist egal«, knurrte Cam. Für sie war die Sache erledigt.

Aber für Alex nicht. »Du weißt genau«, machte Alex weiter, »dass ich ganz andere Dinge im Kopf habe, wichtigere Dinge.« *Und du auch*, fügte sie still hinzu.

Cam hörte natürlich auch die unausgesprochene Bemerkung. »Oh, verdammt, hör schon auf!«, murrte sie.

»Oh, Barnes, tut mir sooo Leid«, sagte Alex in süßlich-sarkastischem Ton, ließ sich auf ihr Bett fallen und zog die Stiefel von den Füßen. »Aber natürlich ist es doch viel wichtiger, mal einen netten, *stinknormalen* Abend zu erleben als …«

»Ja, das ist für mich wichtig!«, unterbrach Cam sie scharf. »Ich möchte unsere Mutter genauso dringend finden wie du! Nur finde ich ... Wir können doch nicht deshalb unser Leben völlig umkrempeln und alles andere vergessen, was auch noch dazugehört! Es ist eben oft nicht so einfach, wie du es gerne hättest.«

Alex wusste, was Cam solche Probleme bereitete: Das Problem hieß Emily Barnes.

Emily und David Barnes hatten Cam als Baby adoptiert. Alex' Adoptivmutter Sara Fielding war gestorben, aber Emily war am Leben und kerngesund.

Und jetzt hatten die Zwillinge Hinweise gefunden, dass offenbar ihre leibliche Mutter noch am Leben war. Wie erklärte man so etwas der Adoptivmutter?

Im vergangenen Sommer hatte sich Alex genauso gefühlt wie Cam jetzt. Kurz nach Saras Tod hatte sie keinerlei Lust verspürt, die fremde Frau zu finden, die sie und Cam in die Welt gesetzt hatte und dann spurlos verschwunden war. Denn damals war Sara Fielding die einzige Mutter gewesen, von der Alex wusste – oder wissen wollte.

Aber jetzt hatte sich die Situation geändert. Cam und Alex hatten Hinweise darauf entdeckt, dass Miranda in einem Heim oder einer ähnlichen Einrichtung versteckt gehalten wurde und dort nur von Thantos, dem brutalen Onkel der Zwillinge, besucht wurde. Von Lord Thantos, dem riesigen, düsteren, schwarzbärtigen Hexer, der wohl auch seinen eigenen Bruder Aron, den Vater der Zwillinge, auf dem Gewissen hatte – falls er eins besaß, was durchaus zweifelhaft erschien.

Karsh und Ileana hatten seinerzeit den ermordeten Aron gefunden. Ileana hatte die neugeborenen Zwillinge in ihren Armen gehalten, als Miranda, deren Mutter, die Nachricht von Arons Tod erhielt und vor Verzweiflung in Wahnsinn verfallen war.

Miranda hatte die ganze Nacht vor Schmerz gewimmert. Am nächsten Morgen war sie verschwunden. Niemand wusste, ob sie in die raue, menschenfeindliche Wildnis von Coventry Island hinausgelaufen und dort umgekommen war oder ob sie sich von irgendeinem hohen Felsen in die eiskalten Gewässer gestürzt hatte, von denen die Insel umgeben war. Jedenfalls hatte man fünfzehn Jahre lang nichts mehr von ihr gesehen oder gehört. Sie war für tot erklärt worden.

Ileana war überzeugt, dass Thantos seither unablässig versuchte, Arons und Mirandas Kinder in seine Macht zu bringen, vielleicht sogar zu töten. Seit Jahren spürten Thantos und Fredo, der dritte Bruder, den Zwillingen nach. Glücklicherweise war Fredo ein schwacher, absolut lächerlicher Mensch, ein Halbidiot. Thantos jedoch war stark und grausam. Ihm war alles zuzutrauen.

»Ich geh unter die Dusche«, verkündete Cam und knallte die Tür des Badezimmers zu, dass die Bilder an den Wänden wackelten. Das Bad trennte das Zimmer der Mädchen von Dylans Bude.

»Super!«, bellte Alex hinter ihr her und zerrte die Socken von den Füßen. »Stell sie auf eiskalt. Du brauchst dringend eine Abkühlung.«

»Mach ich«, brüllte Cam zurück, »sobald du aus dem Fenster gesprungen bist. Deine Nörgelei bringt mich noch um den Verstand.«

»Verstand? Wusste nicht, dass du so was hast.« Alex musste immer das letzte Wort haben.

Die Dusche begann zu rauschen. Alex griff nach Cams Bowlingtasche und zog eine kitschig aufgemachte Regenbogenzeitung heraus. *Starstruck* – eine knallbunte Klatschzeitung, wie man sie in Supermärkten kaufen konnte. Die Schlagzeilen und Artikel befassten sich gewöhnlich nur mit wenigen Themen: dass Invasionen von anderen Planeten bevorstünden, dass längst verstorbene Filmstars wieder erschienen waren, dass in einem Zoo ein dreiköpfiger Hai geboren worden sei. Und mitten auf der Titelseite der Ausgabe von der vergangenen Woche prangte ein Foto von Onkel Thantos.

Exklusives Foto des kamerascheuen Multi-Milliardärs DuBaer, lautete die Schlagzeile, die unter dem Foto quer über die Seite lief. Thantos starrte wütend in die Kamera. Daneben stand in kleinerer Schrift: »Bericht auf S. 4«.

Alex brauchte nicht die Seite 4 aufzuschlagen; sie konnte den Artikel praktisch auswendig herbeten. Die Überschrift lautete: »Der medienscheue Computermilliardär Lord Thantos DuBaer beim Betreten einer exklusiven Privatklinik«. Der Artikel selbst erging sich in Spekulationen darüber, welche Krankheit Thantos in der Klinik behandeln lassen wollte.

Alex starrte das Foto ihres zornigen Onkels eine Zeit lang an, dann konzentrierte sie sich auf die verschwommenen schwarz-weißen Details, die hinter ihm auf dem Foto sichtbar waren. Cam und Alex hatten fast eine Stunde lang darüber gebrütet – hatten sie vielleicht etwas übersehen? Nein – es war weder ein Namensschild neben dem Tor der Klinik zu erkennen, noch gab es in dem Artikel einen Hinweis darauf, in welcher Stadt sich die Klinik befand. Aber im Hintergrund war ein kleiner dunkler Fleck zu sehen, der an eine Palme erinnerte. Cam hatte sich schon vor ein paar Tagen auf das Abbild der Palme konzentriert und sarkastisch bemerkt, dass damit die Suche auf die gesamten Südstaaten der USA eingegrenzt werden könne.

Irgendwann war ihnen der Gedanke gekommen, dass sie eigentlich nur den »unerschrockenen Fotoreporter« des *Starstruck* fragen müssten, um zu erfahren, wo sich die Klinik befand.

Denn sie *mussten* die Klinik finden. Um SIE finden zu können.

Die Tratschzeitung hatte nämlich nichts richtig geblickt: Thantos war vielleicht gar nicht als Patient in die Luxusklinik gegangen, sondern nur als Besucher. Was war, wenn er dort – Miranda besucht hatte, die Mutter der Zwillinge? Vielleicht war Miranda ja in Behandlung ihres Zustands wegen? Es konnte doch sein. Allerdings hatten Cam und Alex keinerlei »reale« Beweise für diese Behauptung, doch Alex vertraute einfach darauf, dass Cams Ahnungen stimmten.

Cam hatte sofort eine E-Mail an die *Starstruck*-Redaktion geschickt, ihre Telefonnummer angegeben und dringend um Rückruf gebeten. Aber bisher hatte noch niemand angerufen. Und heute Abend war es ihr offenbar auch völlig egal.

Alex erinnerte sich plötzlich, dass Cam als Erste darauf gedrängt hatte, dass sie versuchen sollten, ihre Mutter zu finden. Aber jetzt schien sie plötzlich weiche Knie zu bekommen. Warum sonst hätte sie darauf gedrängt, einen ganzen Abend mit diesem blödsinnigen Bowling zu verschwenden, wo sie doch jede freie Minute brauchten, um nach Miranda zu suchen? Alex seufzte und zog ihren Rollkragenpullover über den Kopf.

Aber was würde passieren, wenn wir sie wirklich fänden?, dachte Cam im selben Augenblick unter der Dusche. *Was passiert dann mit uns, mit meiner Familie, und besonders mit Emily?*

Ich wusste es!, bellte Alex aus dem Schlafzimmer per Denk-

Mail. *Du machst dir über Emilys Gefühle mehr Sorgen als über das Schicksal unserer eigenen Mutter*!

Cam stellte die Dusche ab, um lauter denken zu können. *Ich stehe zwar unter der Dusche, Alexandra Fielding, aber der nasse Stinksocken bist du! Du hast kein Recht, dich immer in meine Gedanken einzuloggen!* Sie stieg aus der Duschkabine und wickelte sich in ein dickflauschiges Badetuch. So flauschig, weich und warm wie ihr eigenes Leben, wie ein Bowlingabend mit Freunden, wie …

Alex riss die Badezimmertür auf und reckte ihrer Schwester anklagend den Zeigefinger entgegen. »Ich hab dich erwischt! Du jammerst mir was vor! Wir kommen Miranda immer näher, und je näher wir ihr kommen, desto stärker ruderst du zurück. Wovor hast du eigentlich Angst?«

»Du kommst mir gerade recht!«, brüllte Cam zurück. »Ausgerechnet du! Du schnüffelst überall herum! Mischt dich ständig in meine Gedanken ein! Hörst mit deinen oh-so-superempfindlichen Ohren die Telefongespräche anderer Leute ab! Nicht mal in der Dusche bin ich vor deinen Lauschangriffen sicher! Warum fragst du mich überhaupt noch was, wenn du doch alle meine Gedanken längst gehört hast?«

»Dazu brauche ich nicht deine Gedanken zu lesen, ich kann es auch so erraten. Du heulst hinter deinem ach-so-interessanten Leben her!«

Die Zwillinge starrten sich wütend an. Das Wasser lief aus Cams Haar über ihr Gesicht und tropfte auf die Badematte. Trotz ihrer Wut griff Alex automatisch nach einem zweiten Handtuch und reichte es ihrer Schwester.

»Du hast Angst, dass dein schönes, bequemes Leben hier zu Ende sein wird, wenn wir Miranda finden? Oder machst du dir um deine perfekten Ersatzeltern Sorgen? Hast du Angst, dass deine unechte Mama Emily durchknallt, wenn wir plötzlich unsere echte Mama Miranda hier anschleppen?«

Cam biss sich auf die Lippen und wandte sich ab. »Alles wird anders sein, Alex.«

»Aber wir wissen doch noch nicht einmal, ob wir sie finden. Und in welchem Zustand sie sein wird!«, widersprach Alex. »Kein Grund, jetzt schon durchzudrehen. Deine Angst ist offenbar schneller als du selbst!«

»Aber wir werden sie finden«, sagte Cam leise. »Du und ich, wir beide können so ziemlich alles, wenn wir es gemeinsam wollen. Wir sind Hexen. Auch wenn wir noch nicht ganz fertige Hexen sind …« Unbewusst hatte sie nach ihrem goldenen Sonnenamulett gegriffen, das an einer Kette um ihren Hals hing und das sie fast niemals ablegte. Sie rieb es zwischen ihren Fingern.

»Azubi-Hexen«, sagte Alex grinsend. »Der Ausdruck würde Karsh gefallen.«

»Genau«, bestätigte Cam. »Blutige Anfängerinnen. Aber eines Tages werden wir so sein wie Karsh und Ileana. Spitzen-Hexen. Sucher. Und das heißt, dass wir eines Tages auch Miranda aufspüren könnten.«

»Eines Tages, eines Tages!«, rief Alex frustriert aus und warf verzweifelt die Arme in die Luft. »Eines Tages wird es zu spät sein! Du willst doch nur Zeit schinden!« Instinktiv griff auch sie nach ihrem Halbmondamulett, das um ihren Hals hing.

Ihr Vater Aron hatte die beiden Amulette gefertigt. Und ein drittes Amulett, in dem sich Sonne und Mond vereinigten – für ihre Mutter, Miranda.

Cam jagte ihre Schwester aus dem Bad. Als sie ihr Haar föhnte, glitt ein leichtes Lächeln über ihr Gesicht. Ihr Leben hatte sich gründlich verändert, seit Alexandra Fielding in ihren ausgeleierten Klamotten und mit einer halb zerrissenen Sporttasche in der Hand vor der Tür gestanden hatte. Cam hatte ihr ganzes früheres Leben immer alles getan, was ein normales amerikanisches Mädchen tat – aber sie hatte sich immer irgendwie unvollständig gefühlt – so wie sich die blendende Sonne ohne ihren stillen Gegenpart, den silbernen Mond, unvollständig fühlen würde. Bis Alex gekommen war.

»Was ist das?«, fragte Cam, als sie ein paar Minuten später aus dem Bad kam.

Alex lag auf dem Bauch auf ihrem Bett. Sie trug Saras altes T-Shirt und blätterte in der Zeitung. »Oh, das ist nur der *Starstruck* mit Thantos' Foto.«

»Nein, ich meine das hier«, sagte Cam. Sie deutete auf ein Stück Papier, das neben ihrer Bowling-Tasche auf dem Teppich lag.

»Keine Ahnung. Muss herausgefallen sein, als ich den *Starstruck* aus deiner Tasche nahm.«

Cam hob den Zettel auf und faltete ihn auseinander. Entsetzt zog sie die Luft ein. In völlig verschiedenen Schriften stand darauf zu lesen:

Sie braucht deine Hilfe. Nur du kannst sie retten.

Kapitel 4

FREDO VOR GERICHT

Die Sitzung des Hohen Einheitsrats der Insel Coventry begann. Lady Rhianna, die ehrwürdige Althexe, hatte den Vorsitz inne. Sie saß auf einem prächtigen Stuhl genau in der Mitte der runden Arena, die Amphitheater genannt wurde. Rechts und links von ihr hatten ihre Beisitzer – Lady Fan und Lord Grivveniss – Platz genommen.

Denn der Hohe Einheitsrat war für ein Gerichtsverfahren einberufen worden. Die gesamte Gemeinschaft der Zauberer, Hexer und Hexen hatte sich versammelt; aufgeregtes Stimmengewirr füllte den riesigen runden Saal. Ein Mitglied der angesehenen Familie DuBaer, das schon seit langem des Missbrauchs seiner Zauberkräfte verdächtigt wurde, war nun tatsächlich angeklagt, ein noch schwerer wiegendes Verbrechen begangen zu haben.

Fredo, der jüngste und absolut unfähigste der drei DuBaer-Brüder, hatte seit frühester Kindheit immer nur Probleme verursacht. In wenigen Augenblicken würde Lady Rhianna die Anklageschrift gegen ihn verlesen. Dann würde ein Volksanwalt im Namen des Volkes Stellung nehmen, gefolgt von einem Anhänger des Beklagten, der die Rolle des Verteidigers übernommen hatte.

Das Urteil würde dann vom Ältestenrat der Insel Coventry gefällt werden, dessen Mitglieder in den ersten drei Reihen saßen.

Lord Karsh gehörte eigentlich ebenfalls zu diesem Ältestenrat, aber er saß heute nicht bei seinen Kollegen. Der alte Zauberer hatte ohnehin schon vor langem den Rang eines erhabenen Althexers erreicht und gehörte zu den am meisten geachteten Mitgliedern der Gemeinschaft von Coventry Island.

Heute hatte er zusammen mit Ileana eine ganz andere Rolle übernommen: Sie sollten für das Volk von Coventry Island sprechen. Karsh war ausgewählt worden, die Anklage zu begründen. Jetzt lauschte er mit höchster Konzentration, als sich die dicke, stachelhaarige Lady Rhianna räusperte und das Verfahren eröffnete.

»Fredo DuBaer«, rief sie, und ihre tiefe Stimme schallte über das dicht gedrängte Publikum, »ist zahlreicher Vergehen angeklagt, darunter das der unerlaubten Gestaltverwandlungen, des Missbrauchs der Zauberkräfte, um andere in Angst und Schrecken zu versetzen, und – das schwerste Vergehen überhaupt …«

Ileana hätte eigentlich sehr gut aufpassen müssen, aber sie war tief in Gedanken versunken und hörte kaum zu, als die Anklagepunkte verlesen wurden.

Karsh stupste sie sanft mit dem Ellbogen. Sein zerfurchtes Gesicht, das die jüngsten Hexen so oft erschreckte, zeigte ein freundliches Lächeln. »Sie sind in Sicherheit«, flüsterte er der gedankenverloren dasitzenden Hexe zu.

»Ha!«, rief Ileana viel zu laut aus. »Das Wort Sicherheit kennen die beiden gar nicht.«

Natürlich sprachen sie über Alexandra und Camryn, die als Artemis und Apolla auf Coventry Island zur Welt gekommen waren. Und zwar als Kinder der Familie, deren Name überall ebenso viel Entsetzen und Furcht wie Neid und Bewunderung hervorrief, wie sich Ileana immer wieder erinnern musste. Die Dynastie der DuBaers hatte Generationen von großen Hexen und Zauberern hervorgebracht. Die meisten DuBaers hatten ihre außerordentlichen Kräfte und ihr Vermögen zum Guten der Gemeinschaft eingesetzt – aber es gab auch ein paar schwarze Schafe.

Lady Rhianna verlas gerade die Hauptanklage gegen das schwarze Schaf Fredo: »… Missbrauch seiner Kräfte während der ihm zugebilligten Bewährungsfrist, indem er Coventry Island ohne Genehmigung durch den Hohen Rat verließ, und versuchte Entführung unschuldiger Junghexen …«

»Sind damit die Zwillingstöchter von Aron und Miranda gemeint?«, unterbrach Lady Fan mit wissendem Lächeln. »Sie mögen noch Junghexen sein, aber unschuldig sind sie nicht gerade. Wie ich höre, sind sie für unqualifizierte Hexen sogar ausgesprochen clever. Außerdem sind sie mit dem Beklagten verwandt.«

Ileana spürte sofort, dass diese Bemerkung den ganzen Prozess gefährden konnte. Endlich aufmerksam, blickte sie auf. »Werden dadurch die Kidnappingversuche weniger kriminell?«, wollte sie wissen.

»Die Verwandtschaft ist auf jeden Fall ein Aspekt, äh, den wir berücksichtigen müssen«, dozierte der leicht vertrottelte Lord Grivveniss und nickte wie ein Plastikhund auf der Hutablage im Auto. »Könnte ja als mildernder Umstand angesehen werden, äh? Vielleicht wollte sich Fredo mit seinen Nichten bekannt machen. Schließlich war er ihnen zuvor noch nie begegnet. Vielleicht hat er auch deshalb die Insel ohne Erlaubnis verlassen, äh? Von seiner Familienliebe getrieben, äh?«

»Familienliebe?!« Ileana sprang wutentbrannt auf die Füße.

»Ehrwürdiger Ältestenrat!« Auch Karsh war aufgestanden und stellte sich einfach vor die junge, zornige Hexe. »Wenn Fredo seine Nichten hätte kennen lernen wollen, hätte er dafür schon vor vielen Jahren Zeit gehabt, direkt nach ihrer Geburt zum Beispiel, als ihr stolzer Vater Aron seine beiden Brüder Thantos und Fredo zu sich nach Hause einlud, um ihnen die Babys zu zeigen. Stattdessen wurde Aron aus dem Haus gelockt und ermordet …«

»Jawohl! Brutal ermordet von seinem eigenen Bruder Thantos!«, schrie Ileana schrill hinter Karshs Rücken hervor.

»Das reicht!« Lady Rhianna schnitt ihr mit einer gebieterischen Armbewegung das Wort ab. Sie erhob sich von ihrem thronähnlichen Stuhl und ging vor der Sitzreihe auf und ab, in der Karsh und Ileana saßen. »Eure Anschuldigung ist nie bewiesen worden, Ileana. Ich habe Euch bereits früher schon aufgefordert, Eure Beweise endlich vorzulegen und dann Lord Thantos hier vor das Ältestengericht zu bringen, damit er sich verteidigen kann. Aber Ihr habt versagt …«

»Ich habe versagt?«, begehrte Ileana auf. »Ganz Coventry hat versagt! Thantos schickte dem Ältestenrat Computer aus seiner Fabrik und Geschenke und Geld, und schon war die Jagd auf ihn zu Ende. Er wird wegen des Todes des Vaters der Zwillinge gesucht, aber trotzdem akzeptiert man seine Geschenke und niemand …«

»Ihr beleidigt den Hohen Rat!« Eine verärgerte Lady Fan richtete sich würdevoll in ihrem Sessel auf, aber da sie kaum die Größe eines sechsjährigen Kindes hatte, wirkte die Geste eher lächerlich.

»Dennoch sind wir Euch dankbar, junge Hexe«, fuhr Rhianna fort, wobei sie sich zwischen Lady Fan und Ileana stellte.

»Dankbar, dass Ihr Fredo DuBaer nach Conventry zurückbrachtet. Er ist ein Ärgernis, und manche nennen ihn sogar eine Schande für unsere Gemeinschaft. Und doch müssen wir auch ihn zu Wort kommen lassen.«

Als Fredo eine Woche zuvor verhaftet worden war, hatte man entschieden, dass Karsh für das Volk sprechen solle, als Ankläger. Das Problem war jedoch, einen Verteidiger für Fredo zu finden.

»Unmöglich.« Lady Fan war fast verzweifelt, als sie mit den beiden anderen erhabenen Ältesten den Fall besprochen hatte. »Wer auf dieser Insel würde sich für ein so unsägliches Wesen einsetzen wollen?«

Jetzt sollte die Verhandlung beginnen und noch immer war kein Verteidiger für Fredo gefunden worden.

»Nein, wir müssen nicht Fredo DuBaer zu Wort kommen lassen, sondern seinen Verteidiger«, sagte Lady Fan. »Aber wie Ihr wisst – es hat sich niemand dazu bereit gefunden. Und ich bezweifle, dass es irgendwo auf dieser Insel achtbare Hexer oder Hexen gibt, die seinen Fall übernehmen würden.«

Noch bevor Fan zu Ende gesprochen hatte, wurde die gewaltige Glaskuppel über dem Amphitheater von einem plötzlichen Beben erschüttert. Die Sonne, die eben noch durch die Kuppel geschienen hatte, verkroch sich hinter den Wolken. Dunkelheit legte sich über den Ratssaal.

»Er ist gekommen«, flüsterte Ileana zitternd Karsh zu.

Karsh nickte nur still und sie flüchtete sich wie ein Kind in den Schutz seiner Arme.

Im Dunkeln war ein noch dunklerer Schatten aufgetaucht. Violettes Licht drang unter einem großen schwarzen Umhang hervor, und bald war der gesamte Saal in ein violettes Glimmen gehüllt. Die Umrisse eines großen, bärtigen Mannes wurden sichtbar. Eine tiefe, wütende Stimme bellte: »*Ich* werde meinen Bruder verteidigen.«

Dann wurde die Wolke, die ihren Schatten über die Kuppel gelegt hatte, vom Wind weggetrieben und das Sonnenlicht fiel wieder in den Saal.

»Lord Thantos«, lächelte Lady Rhianna dem riesigen Hexer zu. »Es ist lange her, seit wir die Freude hatten, Euch auf Coventry Island begrüßen zu dürfen.«

Thantos' Lippen verzogen sich zu einem verächtlichen Grinsen. »Freude?«, donnerte seine Stimme durch den Saal. »Wir werden bald sehen, ob meine Anwesenheit eine Freude für Euch darstellt.« Spöttisch ließ er den Blick über die Sitzreihen des Ältestenrats gleiten. »Lords und Ladys, erhabene Älteste, der Prozess mag beginnen!«

Kapitel 5

MEGAFETE IN HOLLYWOOD

Der Zettel war eindeutig aus Cams Bowlingtasche gefallen. Nachdem sie eine Weile vergeblich darüber diskutiert hatten, wer das Papier dorthin gesteckt haben mochte, versuchten die Zwillinge herauszufinden, wer mit dem Zettel gemeint sein könnte. Und sie fanden eine Erklärung: Miranda. Es war gar nicht anders möglich. *Sie braucht deine Hilfe. Nur du kannst sie retten.*

Also war es entweder eine Falle oder ein wirklicher Hilferuf. Vielleicht hatte irgendjemand – Thantos oder seine Spione, wie Alex vermutete – gemerkt, dass die Zwillinge eine Spur gefunden hatten, die sie letztlich zu Miranda führen würde. Aber vielleicht waren es auch Karsh oder Ileana gewesen, die ihnen mitteilen wollten, dass sich ihre Mutter in Schwierigkeiten befand? Sie konnten sich also nicht sicher sein, von wem die Mitteilung stammte. Feind oder Freund?

Cam und Alex schliefen schlecht in dieser Nacht. Die Fragen gingen ihnen nicht mehr aus dem Kopf. Ohne es verabredet zu haben, hielten sie es schließlich nicht mehr im Bett aus und standen fast gleichzeitig auf. Es war noch früher Morgen – im Haus rührte sich noch niemand. Sofort begannen sie wieder über die geheimnisvolle Mitteilung zu sprechen.

»Er stammt bestimmt von Karsh«, erklärte Cam jetzt, als sie leise zur Küche hinunterschlichen. Sie öffnete den riesigen Kühlschrank und nahm einen Container mit Erdbeeren und einen Pack fettarme Milch heraus.
»Das kauf ich dir nicht ab«, gab Alex zurück. Sie wühlte mit beiden Händen in ihren knallroten Haaren, die wild und ungekämmt in die Höhe standen.
Was kaufst du mir nicht ab? Anständige Klamotten? Eine halbwegs vernünftige Frisur? Ein …
»Hör auf damit!«, befahl Alex scharf. Sie schob Cam beiseite und griff nach einem Becher Fruchtjogurt. Sie schüttete ihn über die Cornflakes in ihrer Schale und goss Vollmilch darüber. »Denk mal nach: Karsh hat uns doch noch nie einen Computerausdruck geschickt, wenn er mit uns Kontakt aufnehmen wollte! Ich wette, er weiß nicht mal, was ein Computer ist. Diese Sache ist nicht sein Stil. Außerdem weiß er vermutlich auch gar nicht, was aus Miranda geworden ist.«
»Wahrscheinlich nicht«, gab Cam zu. Sie schüttete Erdbeeren, Milch und eine Banane in den Mixer und fügte noch drei Vitamin-C-Tabletten hinzu. »Möchtest du welche?«, fragte sie und hielt Alex die Packung hin.
Alex schluckte die Antwort hinunter, die ihr auf der Zunge gelegen hatte (»Lieber sauf ich Ölfarbe!«) und sagte nur höflich: »Nein, danke.«
»Wenn Karsh also nicht der mysteriöse Absender ist, wer ist es dann?« Cam goss die Mischung aus dem Mixer über die garantiert ungesüßten Vollkornflakes in ihrer Frühstücksschale, die die Aufschrift »Camryn« trug und drei Mäuschen zeigte, die Bockspringen spielten.
»Es ist jedenfalls auch nicht Ileanas Stil«, erklärte Alex mit Bestimmtheit, während sie zwei riesige Weißbrotscheiben in

den Toaster schob. »Unser Vormund wider Willen meldet sich entweder per E-Mail oder erscheint persönlich in höchst dramatischen Auftritten.«

Cam kicherte. Wenn Ileana den Zwillingen etwas mitteilen oder sie vor irgendeiner Gefahr warnen wollte, würde sie einfach unangemeldet und mit wehendem, mitternachtsblauem Cape in ihr Zimmer fegen, auf ihren riskant hohen, pfeilspitzenscharfen Stilettstiefeln jedem Teppich oder Parkett den Todesstoß versetzen und wieder verschwinden, sobald sie das Ausrufezeichen hinter ihre Rede gesetzt hatte. Aber einen anonymen Zettel in eine Sporttasche stecken? Nie und nimmer! Blieb nur noch …

»Thantos«, erklärte Alex.

»Endgültige Lösung?«, fragte Cam und machte eine wegwerfende Handbewegung. »Er selbst auf keinen Fall! Im *Starstruck* steht doch, er sei ein kamerascheuer Milliardär. So ein Mensch, der ein riesiges Unternehmen leitet, stiehlt sich doch nicht heimlich in eine Bowlingarena, um einer gewissen Camryn Barnes aus Marble Bay einen Computerausdruck in die Sporttasche zu schmuggeln! Wenn überhaupt, würde er einen Boten schicken …«

»Und wer käme da wohl in Frage?«

Cam antwortete nicht sofort. Sie starrte angewidert auf Alex' Teller, wo ihre Schwester soeben eine getoastete Weißbrotscheibe unter einer bibeldicken Schicht knallroter Erdbeermarmelade verschwinden ließ. »Ist dir eigentlich klar, was du da machst?«, fragte sie entsetzt. »Du isst Marmelade, die zu fünfundfünfzig Prozent aus purem Zucker besteht. Plus Geliermittel oder Stärke. Konservierungsstoffe. Der Zucker verursacht Karies. Die Stärke und die Konservierungsstoffe schädigen die Magenschleimhäute. Als Gratiszugabe verursacht das Zeug Pickel und Fußschweiß. Nichts als Kalorien und die Haare werden auch schneller fettig.«

»Mit einem Wort: Das ideale Frühstück für die Sportsfrau.« Alex schob sich den Toast in den Mund und biss herzhaft hinein, wobei sie darauf achtete, dass die Marmelade von ihren Mundwinkeln heruntertropfte. Cam gab ein würgendes Geräusch von sich. »Was ist mit den beiden Ekeltypen, die uns beim Bowling begafft haben?«

»Ach, du hast sie auch bemerkt?«, fragte Cam.

»Mir entgeht nichts.« Sie grinste. »Aber Spaß beiseite: Die beiden passen zu euch Edelkindern wie die Faust aufs Auge. Keine Designerklamotten. Hätten direkt aus Montana sein können. Schon möglich, dass einer von denen die frohe Botschaft überbrachte.«

»Frohe Botschaft? Ist denn schon wieder Weihnachten?« Dylan Barnes schlurfte in die Küche, rieb sich die Augen und gähnte. Die Pyjamahose war heruntergerutscht und bedeckte seinen Hintern nur noch zur Hälfte.

Cam und Alex starrten ihn schweigend und angeekelt an, dann wechselten sie einen warnenden Blick. *Dylan?*, fragte Cam ihre Schwester per Denk-Mail.

Der Verdacht war nicht völlig unbegründet: Thantos und seine Leute waren besonders begabt in der hohen Kunst der Gestaltumwandlung. Sie konnten in fast jeder Gestalt auftreten, die es auf Erden gab. Nicht auszuschließen, dass sie sich in jemanden verwandelten, dem Cam und Alex vertrauten, um mehr über die Zwillinge herauszufinden.

»Ausgeschlossen«, sagte Alex laut.

»Und überhaupt«, fuhr Dylan fort, »was macht ihr zwei so früh am Morgen in der Küche? Hat euch euer Hahn nicht gekräht, dass heute Samstag ist?«

»Doch, aber was ist mit deiner Henne? Hat sie es dir nicht gegackert?«, gab Alex zurück.
»Ich geh snowboarden mit Robbie Meeks und« – »Robbie! Würg!«, warf Cam dazwischen – »und wir wollen so früh wie möglich los, sonst kommen wir in den Stau auf der Autobahn.« Er griff nach den Cornflakes und schob im Vorbeigehen zwei Brotscheiben in den Toaster. Vom Kühlschrank holte er einen Halbliterpack Vollmilch, goss sie über die Cornflakes und den Rest in ein Glas, das er mit wenigen Schlucken austrank.
Cam hatte ihm fasziniert zugesehen. »Du hast mindestens drei Kilo zugenommen«, stellte sie missbilligend fest.
»Die brauch ich auch, sonst fehlt mir die Kraft, euch beide zu ertragen«, gab Dylan zurück. »Mein Leiden hat sich verdoppelt, seit Alex im Haus ist.« Dabei grinste er sie freundlich an.
»Wer fährt dich zu Robbie?«, fragte Alex.
»Mom oder Dad, wer immer zuerst aufsteht«, sagte Dylan mit vollem Mund.
»Mom«, sagte Cam geistesabwesend, »sie ist gerade aufgestanden.« Cam hatte völlig vergessen, dass Dylan nichts von ihren übernatürlichen Fähigkeiten wusste.
»Und sie hört dein Handy klingeln«, fügte Alex automatisch hinzu.
Dylan starrte die beiden Mädchen verblüfft an. »Woher wollt ihr das w…«
Von oben war Emily Barnes' Stimme zu hören. »Cam, dein Handy läutet. Soll ich rangehen?«
Dylans Mund blieb offen stehen, Milch tropfte heraus.
»Reiner Zufall!«, erklärte ihm Alex schnell.
»Ich komme schon!«, rief Cam und raste die Treppe hinauf.
Alex raste hinter ihr her – weil sie Dylans Fragen ausweichen

wollte und außerdem, weil sie wissen wollte, wer so früh am Morgen anrief. »Ist das der *Starstruck*-Reporter?«, fragte sie wenig begeistert.
Cam nickte. »Wahrscheinlich«, sagte sie und nahm das Gespräch an.
»Ich wollte gerade eine Nachricht hinterlassen«, sagte eine Mädchenstimme, die total überdreht und nervös klang.
Alex sank auf die Kante ihres Betts. Das war nicht der Reporter des *Starstruck*, es war das Startöchterchen des Starregisseurs Waxman, Cams Busenfreundin. Schlief das Girl eigentlich nie? Wahrscheinlich wollte sie wieder die neueste Bombennachricht über ihre Super-Mega-Party loswerden. Dass Britney kommen würde. Und Leonardo sowieso. Mit Jennifer Lo als Zugabe. Alex verspürte eigentlich noch immer nicht die geringste Lust hinzugehen, aber Brianna tat ihr allmählich Leid. Alex hoffte nur, Brees Alter hatte ihr nicht schon wieder eine Absage erteilt.
»Ist das nicht galaktisch?«, tschilpte Brees schrille Stimme aus dem Hörer. »Mein Dad schafft es nicht, zur Party hierher zu kommen, also holt er mich einfach nach L. A., nach Hollywood, um genau zu sein. Der Flattermann geht in einer Stunde. Erste Klasse. Tickets sind am Flughafen hinterlegt. Wir werden bis Montag dort bleiben und am Dienstag wieder in der Penne sein.«
»Das ist ... cool ...«, stammelte Cam verblüfft.
»Kann mir vorstellen, dass dich das umhaut«, sagte Brianna. »Du hast dich sicherlich auf die Party gefreut. Jetzt müssen wir alles in letzter Minute umwerfen. Aber Dads Leute machen Überstunden, um eine Hollywood-Mega-Fete für mich zu arrangieren.«
»Das heißt, du lädst uns wieder aus? Du wirst uns ja nicht

nach L.A. mitnehmen können.« Cam warf Alex einen Blick zu; sie wusste ja, dass Alex zuhörte.
»Sorry«, zwitscherte Bree süßlich. »Dad hat nur zwei Tickets springen lassen, und ich habe schon Kristen eingeladen. Das verstehst du doch, oder?«
Alex riss ihrer Schwester das Handy aus der Hand. »Überhaupt kein Problem«, sagte sie. »Die Fete ging uns sowieso auf den Keks.«
Cam riss das Handy wieder an sich. »Nein, stimmt nicht, hör nicht auf sie«, sagte sie schnell. »Aber ist das wirklich eine gute Idee, Bree?«
»Es ist eine *super* Idee!«, sagte Brianna ein wenig zu scharf. »Daddy, seine Villa, Malibu, Meerblick, Brad, Julia, Brice … Das gibt eine Doppelseite im *People*-Magazin, ich mittendrin. Mindestens. Wieso soll das eine schlechte Idee sein?«
Cam biss sich auf die Lippen. Sie hatte keine Ahnung, warum ihr diese Bemerkung entschlüpft war. Ihre Freundin klang total abgedreht. Ihr total nutzloser Vater fing offenbar an, sich wirklich um sie zu kümmern. Nach dem, was Alex ihr von Brees Telefongespräch in der Bowlingbahn erzählt hatte, sollte sich Cam eigentlich für Bree freuen und erleichtert sein. Trotzdem entschlüpfte ihr die Bemerkung: »Es ist nur, verstehst du, dass du in letzter Zeit irgendwie ziemlich … müde ausgesehen hast. Willst du wirklich wegen ein paar Stunden Party über den ganzen Kontinent jetten …? Ich weiß, es ist deine Geburtstagsparty, aber das wird doch ziemlich anstrengend werden, oder?« *Klingt das nicht ein wenig übertrieben, zu viel Besorgnis von einer Freundin?*, dachte Cam.
Übertrieben wäre es erst, wenn du ihr sagst, sie soll Windeln mitnehmen und ihre Zähne regelmäßig putzen, fuhr Alex in ihre Gedanken.

»Ein paar Tage Sonne an der Westküste – mein Körper verlangt es«, sagte Bree. »Hier ist es nämlich noch Winter, falls dir das nicht aufgefallen ist.«
Dagegen war nichts zu sagen. Cam musste nur zum Fenster hinaussehen. Draußen herrschte die Farbe Grau – grauer Himmel, graue Bäume, graue Landschaft. Sogar die kläglichen Schneereste hatten sich grau verfärbt. Grauenvoll. Immerhin war für das Wochenende frischer Schnee vorhergesagt worden.
Aber Bree war nicht mehr zu bremsen; die Schleusentore ihrer Begeisterung standen weit offen. »Mein Dad hat sich einen neuen Fitnessraum einrichten lassen«, schnatterte sie munter. »Neuestes Equipment, sag ich dir. Waschbrettbauch in zehn Minuten.«
»Den wirst du ja hoffentlich nicht wollen«, warf Cam ein.
Bree lachte. Sie war seit einiger Zeit auf dem Fitnesstrip. Und gerade Cam, die jede einzelne Kalorie als pure Beleidigung empfand, konnte wegen Brees Fitnessmanie keinen Stress machen.
»Kannst du mir einen Gefallen tun?«, fragte Bree. »Meine Mutter will die Schule anrufen und mitteilen, dass ich krank bin. Wenn jemand fragt, bestätigst du das, okay? Und behalte das mit meiner phänomenalen Fete in Hollywood für dich. Nicht weitererzählen.«
»Geht in Ordnung«, sagte Alex. Cam war offenbar zu keiner Antwort fähig. Sie starrte gedankenverloren zum Fenster hinaus und reagierte nicht.
»Okay. Ich muss noch ein paar Gespräche erledigen, das Taxi kommt in fünf Minuten. See you, Zwills.« Briannas schrille Stimme klang in Cams Ohren nach, als sie das Gespräch beendete.

Cam warf das Handy auf ihr Bett. »Alex, etwas stimmt nicht mit Bree.«
Alex nickte. »Das denke ich auch. Umso besser, dass sie diese Super-Mega-Monster-Fete erlebt. Ein riesiger Ego-Schub.«
»Allerdings – wenn ihr Dad nicht wieder …« Sie wussten beide, wie unzuverlässig Brees Vater war. Durchaus denkbar, dass er auch diese Sache wieder abblies.
»Pessimisten küsst man nicht«, gab Alex altklug von sich. Sie hoffte, dass Bree eine weitere Enttäuschung erspart bleiben würde, aber daran glaubte sie selbst nicht.
Cam seufzte. »Manchmal ereignen sich noch Zeichen und Wunder.«
»Wenn wir schon von Wundern reden …«, begann Alex.
»Okay. Es wäre ein Wunder, wenn der *Starstruck*-Reporter anriefe. Wir geben ihm noch bis Montag. Wenn er sich dann noch nicht gemeldet hat, werden wir …«
»… einen anderen Weg suchen«, ergänzte Alex. »Jedenfalls müssen wir den Fotoreporter finden, der das Bild von Thantos aufgenommen hat. Im Moment ist es völlig egal, wer uns den Zettel geschickt hat – ein Freund, der uns helfen will, oder ein Feind, der uns in eine Falle locken will. Wir müssen sie finden, Cam. Schnell. Und dieses Foto von Thantos ist unser einziger Anhaltspunkt.«

Kapitel 6

VISION IM SCHNEE

Alex ging jetzt schon seit Monaten, in Cams Schule, die Marble Bay Highschool. Im Gegensatz zur Crow Creek Regional, ihrer früheren Schule mit ihren grauenhaft grünen Wänden, von denen der Verputz blätterte, und ihren total veralteten Computern war Marble Bay High totchic und immer topfrisch.

Soll heißen: Je reicher die Alten, desto besser die Penne.

In der Schule war wirklich alles vom Feinsten. Alles war brandneu: neue Computerräume, neue Bücherei, neuer Medienraum, galaktische Cafeteria und eine Superauswahl an Arbeitsgruppen und Schülerclubs und überhaupt mehr Beratungslehrer als Schüler – Beratungslehrer, bei denen man sich mit seinen Problemchen ausweinen konnte.

Aber mehr hieß nicht unbedingt besser. Trotzdem musste Alex zugeben, dass der Fachbereich Kunst ihr höchstes Lob verdiente, vor allem die AG Kunstaktionen.

Als Alex zu ihrem Schließfach ging, kam sie an den Produkten dieser AG Kunstaktionen vorbei. Die Kreationen der Schüler und Schülerinnen befassten sich mit dem Thema »Freundschaft« und wurden im Korridor ausgestellt.

Eine Collage fiel Alex besonders auf. Sie war sicher, dass sie das Bild noch nie gesehen hatte, aber irgendwie kam es ihr vertraut vor. Das Bild zeigte zwei Mädchen – eindeutig keine Zwillinge. Eines war sehr dünn. Man konnte sogar die Knochen seines zerbrechlich wirkenden Körpers erkennen. Nur seine Augen waren undurchdringlich. Das andere Mädchen war so fett, dass es kurz vor der Explosion zu stehen schien. Die Papierstücke, die ihren Körper bildeten, waren an einigen Stellen zerrissen. Das ganze Bild war mit ausgeschnittenen Fotos von Nahrungsmitteln übersät, und quer über den Mund des Mädchens waren Buchstaben gedruckt – Buchstaben in verschiedenen Größen und Schriften, die das Wort »Geheimnis« ergaben. Es sah so aus, als müsse sie daran ersticken.

Cool. Alex kapierte zwar nicht, was das Bild besagen sollte, aber wer immer sich dieses Motiv ausgedacht haben mochte, hatte offenbar höchst eigenartige Vorstellungen von Freundschaft. Alex hätte beinahe ihr Lob für die AG zurückgenommen, als sie sah, wer das Bild signiert hatte: Kristen Hsu.

»Kannst du dir vorstellen, dass Kristen das gemacht hat?«, fragte jemand hinter ihr.

Alex zuckte erschrocken zusammen, dann erkannte sie Sukaris Stimme. Sie wandte sich grinsend zu ihr um. Von Cams Sechserpack, ihren besten Freundinnen, mochte Alex Sukari Woodward am meisten. Sie hatte kokosnussbraune Haut und trug eine Brille mit runden Gläsern, wie Alex' bester Freund in Montana. An Sukari war alles rund: der Kopf, die Nase, die Brille. Eigentlich war die ganze Sukari rund – geradezu trotzig rund, wenn man bedachte, dass alle anderen Girls in der Klasse zehn Kilo weniger wogen als Britney Spears' linker Arm. Aber in punkto Mode gehörte Sukari zur Spitze – sie trug das Haar in winzigen, platinblond gefärbten Zöpfchen

und dazu grundsätzlich nur Klamotten von GAP und Banana. Sie konnte sich das leisten: Ihre Eltern waren Ärzte, beide bekannte Spezialisten. Weil sie für ihre Tochter nie Zeit hatten, überschütteten sie sie mit Geld – Sukari hätte höchstens drei Monate sparen müssen, um die ganze Boutique kaufen zu können, in der sie ihre Klamotten erwarb.
»Bist du auf die Chemiearbeit vorbereitet?«, fragte Sukari, als sie auf dem Weg zum Klassenzimmer waren. »Ich hab das ganze Wochenende gebüffelt.«
Alex stoppte. »Du hast das ganze Wochenende gebüffelt?«, fragte sie entsetzt. Sukari war in den naturwissenschaftlichen Fächern nicht zu schlagen. Bio, Chemie, Physik – absolut Spitze. Wenn sie ein Wochenende – ein ganzes, verdammtes Wochenende! – für diese Scheißarbeit gelernt hatte, dann lohnte es sich für Alex erst gar nicht, sie mitzuschreiben. Ihr Wissensstand war tief im Minus, im Keller. Seit der geheimnisvollen Botschaft hatten sie und Cam jede Minute damit verbracht, über die Sache nachzudenken. Da konnten sie doch nicht für eine Chemiearbeit lernen, das würde sogar die Chemielehrerin einsehen müssen.
Oder nicht?
Sukari blickte Alex fragend an, die nur die Schultern zuckte.
»Du hast also die Chemiearbeit ... verdrängt?«, fragte Sukari.
»Verdrängt?«, stöhnte Alex. »Ich hab total vergessen, dass es so was wie Chemie überhaupt gibt. Am Wochenende war eben einfach zu viel los.«
Sukari grinste. »Briannas Party kann es ja nicht gewesen sein. Außerdem bist du wohl so ziemlich die Einzige, der es ganz recht ist, dass die Fete wieder mal ins Wasser fällt.«
Alex warf ihre Bücher in ihr Schließfach. »Wie kommst du auf die Idee?«

Jetzt musste Sukari laut lachen. »Oh, Girl, manche Sachen sind breit und deutlich auf dein Gesicht geschrieben. Ich bin doch nicht blind.« Sie nahm ihr Chemiebuch und wandte sich zum Gehen. »Auf geht's. Kräftig durchatmen, Alex. Damit genug O_2 ins Gehirn kommt. Dann schaffst du den Test mit links.«

Alex stöhnte. »Was für'n Zeugs?«

»O_2, Alex. *Sauerstoff.* Damit kann das Gehirn besser denken. Und davon brauchst du heute, glaube ich, ziemlich viel ...«

Zehn Minuten später wusste Alex, dass aller Sauerstoff über Nordamerika nicht ausgereicht hätte, um ihr über diese Chemiearbeit hinwegzuhelfen. Die Lehrerin, Mrs Olsen, hätte die Fragen genauso gut in Suaheli formulieren können. Alex konnte die vielen fremden Wörter nicht mal richtig lesen, geschweige denn die Fragen beantworten. Ein schwacher Trost, dass die meisten anderen Kids ebenso verzweifelt an ihren Kulis knabberten oder an die Decke starrten. Nur Sukari schrieb drauflos, dass das Papier qualmte. Alex wünschte, sie könnte die Antworten auf die Chemiefragen hören, die sich Sukari ausdachte.

Oh?

Was wäre, wenn Alex – rein zufällig natürlich – in Sukaris Gedanken hineinstolperte? Das wäre doch sicherlich kein Missbrauch ihrer Hexenkräfte, oder?

Fielding! Wie ein scharfer returnierter Tennisball krachte eine Denk-Mail in ihr Hirn, sodass Alex' eigene Gedanken jaulend davonschossen. *Du hast kein Recht, deine Zauberkräfte für einen Chemietest zu missbrauchen!*

Alex hätte beinah laut lachen müssen. *Hau ab, Barnes, du alte*

Hexe! Du nervst! Spiel hier nicht Polizei! Meine Chemiearbeit geht dich einen feuchten Zucker an. Außerdem missbrauche ich meine Zauberkräfte nicht, sondern ich helfe denen, die in Not und Bedrängnis sind. In diesem Fall bin ich das eben zufällig selbst!
Aber …
Cam!, telepathierte Alex, *wenn ich diese Arbeit versenke, schicken sie mich zurück in den Kindergarten! Dann hilft mir alle Zauberkraft der Welt nichts mehr!*
Sie hörte Cam seufzen. *Ist es eine Multiple-Choice-Arbeit?*, wollte sie wissen. Als Alex bejahte, d-mailte sie: *Warte, ich frag mal Jeff, unser Chemieass.* Kurz danach d-mailte sie: *Jeff meint, dass bei Mrs Olsen die richtigen Antworten in Multiple-Choice-Tests meistens in der Reihenfolge C, B, D, A stehen.*
Super! Alex warf Cam aus ihren Gedanken und kreiste das erste »C« ein. Erst in diesem Augenblick wurde ihr bewusst, dass es das erste Mal gewesen war, dass sich Cam aus einem anderen Raum in ihre Gedanken eingeloggt hatte. Das war neu. Ihre Zauberkräfte nahmen offenbar zu.

»Wie geht's denn so auf deinem Planeten?« Cam zuckte zusammen, als Beth ihr auf die Schulter tippte. »Ich sage Hallo zu dir, Shalom, Bonjour, Buenas dias, Guten Tag, Dobro jutro, aber du guckst Löcher in die Luft!«
Cam starrte Beth mit leerem Blick an. Sie hatte gar nicht bemerkt, dass sich Beth neben ihr an den Tisch gesetzt hatte.
»Oh. Tut mir Leid, Beth. Ich war total weggezoomt.« Cam grinste entschuldigend. »Aber jetzt bin ich voll da.«
»Bitte, Leute, stellt mal das Zwitschern ab! Wir haben viel

Arbeit vor uns!« Der Englischlehrer klopfte kurz auf den Tisch. Er hörte auf den für einen Englischlehrer unglaublich passenden Namen Scribble, aber seine eigene Schrift war alles andere als ein »Kritzeln«. Deshalb verstand er auch keinerlei Spaß, wenn seine Schüler seinen Namen wörtlich auffassten und in schlampiger Schrift auf ihr Papier »kritzelten«.

Jetzt hielt er einen Stapel Hefte in der Hand und baute sich mit übertrieben sorgenvoller Miene vor seiner Klasse auf.

»Das hier« – er hob den Heftestapel hoch – »enthält die geballte Spitzenleistung der anwesenden Damen und Herren«, sagte er sarkastisch. »Ja, ja, Sie haben Recht – ich mache Witze! Obwohl mir bei der Lektüre dieser peinlichen Versuche, einen wunderbaren Roman zu interpretieren, jedes Lachen vergangen ist.«

Cams Hoffnung sank. Sie brauchte dringend eine gute Note, denn ihr Durchschnitt war alles andere als erfreulich. Offenbar war Scribble von ihrer Interpretation der Hexenverfolgung in Salem nicht beeindruckt gewesen.

»Ich gebe Ihnen also Ihre – wie soll ich das nennen? – Machwerke zurück. Sie bekommen die Gelegenheit, Ihre miserable Leistung zu korrigieren. Nutzen Sie diese letzte Chance, Ihre Noten aufzubessern – bevor sie völlig in den Keller rutschen.« Er hielt inne, als er sah, dass Beth die Hand hob. »Ja, was gibt's, Miss Fish?«

»Ich will ja nicht Ihre … Kompetenz anzweifeln oder so, Mr Scribble«, begann Beth vorsichtig, »aber wollen Sie damit sagen, dass *die ganze Klasse* die Arbeit versenkt hat? Alle, ohne Ausnahme?«

Es sah Beth gar nicht ähnlich, einen Lehrer zu kritisieren – das war eher Briannas Stil. Aber Cam konnte nur Alex' Gedanken hören, nicht die anderer Leute – das konnte von ihnen beiden

nur Alex. Sie wusste also nicht, was in Beths Kopf vor sich ging. Vielleicht wollte sie erreichen, dass Scribble die Arbeit zurücknahm und neu bewertete?
Scribble war nicht beleidigt. »Ich will es mal so ausdrücken«, erklärte er. »Für alle Anwesenden wäre es ein großer Vorteil, durch eine freiwillige Arbeit noch ein paar Punkte zu sammeln.«
Beth ließ nicht locker. »Dann hat niemand hier eine Eins oder Zwei?«, fragte sie ungläubig.
Mr Scribble seufzte. »Die einzige gute Leistung stammt von Miss Waxman, aber sie scheint heute nicht unter uns zu weilen. Sie wissen nicht zufällig, warum sie fehlt, Miss Fish? Sie sind doch eng mit ihr befreundet, nicht wahr?«
Beth zuckte mit keiner Wimper. »Eigentlich nicht«, antwortete sie kühl.
Mr Scribble hob spöttisch eine Augenbraue. »Sie sind also nicht mit ihr befreundet?«
Beths Sommersprossengesicht lief rot an. Cam sah, dass sie verlegen und wütend zugleich war, weil der Lehrer sie vor der ganzen Klasse vorführen wollte. »Sie haben zwei Fragen gestellt, Mr Scribble«, sagte sie spitz. »Ich habe nur auf den ersten Teil geantwortet. Also erstens: Ich weiß nicht, warum sie, äh, fehlt. Und zweitens: Wir sind befreundet.«
Mr Scribble warf ihr einen misstrauischen Blick zu, dann ließ er die Augen über die Gesichter gleiten. »Weiß irgendjemand, warum Brianna Waxman heute fehlt?«
Kaum hatte er die Frage ausgesprochen, als Cam urplötzlich von einem Schwindelgefühl gepackt wurde. Volle Power und mit mehrfachem Echo. Ihre Augen brannten, alles verschwamm vor ihrem Blick. Sie stützte sich mit beiden Händen an der Tischkante ab. In den Ohren hatte ein schrilles Lärmen

eingesetzt und übertönte alle anderen Geräusche. Schweißperlen rannen über ihre Stirn, aber gleichzeitig jagten ihr Kälteschauer über den Rücken. Das konnte nur eins bedeuten: Cam würde in den nächsten Sekunden eine Vision haben.

Sie sah eine Frau … vielleicht auch ein Mädchen, jedenfalls eine Person, die Cam irgendwie vertraut vorkam, die sie aber nicht erkannte. Die Person zitterte vor Kälte, sie war im Schnee, sie presste die Hände auf den Bauch, stand vornübergebeugt da, Tränen strömten aus ihren Augen …

Und dann passierte etwas, das Cam noch nie erlebt hatte: Sie konnte plötzlich durch die Augen dieser Person sehen. Sie sah die Rückseite eines Hauses – Backsteinmauern, irgendein Haus in einem Vorort, irgendwie vertraut … eine Trauerweide … Wer wohnte in dem Haus? Wer stand weinend im Schnee, in der Kälte?

Dann war die Vision wieder verschwunden, so schnell, wie sie begonnen hatte. Die Person im Schnee verwandelte sich in das Gesicht von Beth Fish, die auf sie herabblickte, panische Angst im Gesicht. Das schrille Geräusch in Cams Ohren verstummte, und allmählich konnte sie wieder Worte verstehen.

»Was ist los, was fehlt dir?«, fragte Beth besorgt.

»Miss Barnes, ist Ihnen nicht wohl? Sind Sie krank?«, fragte Mr Scribble. Auch er schien echt besorgt zu sein. Hinter ihm hörte Cam das aufgeregte Murmeln der anderen Schülerinnen. Ein paar kicherten verlegen. Wie lange hatte der Anfall gedauert?

»Alles okay, oder?«, fragte Beth. Ihre Stimme zitterte. »Du hast so total daneben ausgesehen, und all der Schweiß auf deiner Stirn …«

Cam blinzelte benommen. Ihr Kopf dröhnte, als sei dort ein Bataillon Arbeiter mit Presslufthämmern aufmarschiert, und

ihr Gaumen war völlig ausgetrocknet. Sie nickte und murmelte, dass alles in Ordnung sei.
»Irgendein Anfall?«, fragte Scribble.
Cam öffnete den Mund.
»Es ist alles in Ordnung!« Die laute Stimme gehörte einem Mädchen, das wie eine Furie in das Klassenzimmer gestürzt kam. Alex.
Sie beugte sich über ihre Schwester. »Ich hab dir doch gesagt, du sollst nicht die ganze Nacht lernen!«, schimpfte sie, ein wenig zu laut, um echt zu klingen. »Mr Scribble, ist es Ihnen Recht, wenn ich meine Schwester für kurze Zeit rausbringe?«
»Ja, natürlich! Bringen Sie sie zur Krankenschwester«, sagte Mr Scribble erleichtert und sah zu, wie Alex Cam beim Aufstehen stützte. »Übrigens war es doch ein ausgesprochen nützlicher … Zufall, dass Sie gerade an unserer Klasse vorbeikamen, nicht wahr.«
Alex nickte und führte Cam schnell aus dem Zimmer, bevor Scribble Zeit fand, über diesen »Zufall« weiter nachzudenken, schließlich war die Tür geschlossen gewesen. Alex wusste, dass Cams Visionen immer sehr unangenehm und schmerzhaft waren. In der Mädchentoilette holte sie eine Packung Aspirin aus ihrer Tasche, drückte rasch eine Tablette heraus und gab sie ihrer Schwester.
»Woher hast du …?«, begann Cam mit schwacher Stimme. Sie legte die Tablette auf die Zunge, formte die Hände zu einer Schale und spülte die Tablette mit Wasser hinunter. Sie brauchte die Frage nicht zu Ende zu bringen, denn sie kannte die Antwort längst.
»Ich hab etwas gehört«, antwortete Alex. »Jemand rief um Hilfe. Das war mitten in dieser entsetzlichen Chemiearbeit. Zuerst hab ich geglaubt, es seien meine eigenen Hilfeschreie!«

Cam brachte ein müdes Lächeln zu Stande, obwohl sie sich noch ziemlich schwach und zittrig fühlte. »Ich hab dir doch die Lösungen gesagt – C, B, D, A – immer in dieser Reihenfolge! Und was genau hast du gehört?«

»Jemand weinte, es klang halb erstickt, ein Mädchen oder eine Frau, und ihre Zähne klapperten«, antwortete Alex. »Sie rief immer und immer wieder: ›Ich hab solche Angst. Niemand hilft mir.‹ Und am Schluss sagte sie noch: ›Niemand versteht mich. Warum muss ausgerechnet mir das passieren?‹«

Kapitel 7

WAS IST EIN FOTO WERT?

»Meinst du nicht, dass wir mit Karsh oder Ileana Kontakt aufnehmen sollten?«, fragte Cam. Sie zog den Reißverschluss ihrer rosafarbenen Skijacke hoch, um sich gegen den kalten Wind zu schützen, der ihnen entgegenblies, als wolle er verhindern, dass sie von der Schule nach Hause gelangten. Vielleicht hatte sogar der Wind gemerkt, dass sie zurzeit nicht besonders gute Schülerinnen waren.

Alex zog ihre lächerliche alte Wollmütze mit dem gestickten Wort MONTANA tief über die Stirn und erntete von ihrer Schwester einen angewiderten Seitenblick.

»Sag's nicht«, knurrte Alex.

»Mit der Mütze kann ich mich mit dir nirgendwo blicken lassen ...«, bemerkte Cam spitz, trotz der Warnung.

Eine Zeit lang herrschte eisiges Schweigen. Sie hätten eigentlich gleich nach Cams kleinem Missgeschick nach Hause gehen können, aber das hätte bedeutet, dass sie der Schul-Krankenschwester eine Menge Fragen hätten beantworten müssen. Und dann wären womöglich die Eltern angerufen worden. Deshalb hatten die Zwillinge beschlossen, lieber den Rest des Nachmittags in ihren jeweiligen Klassen auszusitzen. Als die Schulglocke ging, waren sie sofort hinausgerast.

»Es ist noch zu früh«, sagte Alex schließlich und antwortete damit endlich auf Cams Frage, ob sie nicht ihren Vormund oder Karsh zu Hilfe rufen sollten. »Wir haben doch gar nichts in der Hand, außer einem lächerlichen anonymen Zettel und einer von deinen Visionen.«

Der Schnee lag ziemlich hoch; der Gehweg war von einem schmalen Schneepflug geräumt worden, sodass nur eine enge Gasse entstanden war. Sie mussten hintereinander gehen.

»Du hast aber ihre Stimme gehört«, sagte Cam über die Schulter. »Das ist auch ein Beweis.« Sie hatten Miranda bisher nur ein einziges Mal sprechen hören, einen einzigen Satz. War es diesmal wirklich Miranda, die Alex gehört hatte? Ihr war die Stimme dieses Mal ganz anders vorgekommen – nicht so weich und sanft.

»Ihre Stimme«, sagte Alex zögernd und runzelte die Stirn, als sie sich zu erinnern versuchte. »Sie klang irgendwie anders, so … wie soll ich sagen … weinerlich.«

»Alex!« Cam blieb so plötzlich stehen, dass Alex gegen sie prallte und fast ausgerutscht wäre. »Du bist ja wirklich ein unmöglicher Mensch! Du machst deine Mutter ’runter, bevor du sie auch nur kennen gelernt hast!«

Sie hatten noch nie ein Bild von Miranda gesehen. Aber wer sonst hätte die Frau in Cams Vision sein können – die Person, deren verzweifelte Rufe Alex gehört hatte?

Verlegen rückte Alex ihren City-Rucksack zurecht, dessen Träger durch ihre alte Strickjacke drückten. »Ich weiß, dass ich die Stimme schon mal gehört habe«, sagte sie, »aber sie klang irgendwie anders. Und wir sind ja nicht in Gefahr. Wir brauchen also Ileana oder Karsh nicht zu rufen.«

Das stimmte. Karsh würde wahrscheinlich nur sagen, sie sollten mehr auf ihre eigenen Instinkte achten, nicht so furchtsam sein und sich ruhig von ihrem Verstand oder ihren Eingebungen leiten lassen. Und Ileana? Die würde wahrscheinlich vor Wut ausrasten, wenn sie schon wieder zu Hilfe gerufen würde und dadurch den nächsten Flug zu ihrem geliebten Brice Stanley, dem Megastar, verpasste. Sollten sie wirklich ihre hübsche Oberhexe nach Marble Bay rufen, »ohne jeden Grund«, wie Ileana sagen würde? Ileanas Wutanfälle konnten gefährlicher sein als Lord Thantos' Mordpläne, dachte Cam.

»Im Augenblick müssen wir uns auf uns selbst verlassen«, sagte Alex entschlossen. »Wir können sie nicht dauernd zu Hilfe rufen. Außerdem werden unsere eigenen Zauberkräfte immer stärker. Wir können jetzt sogar gegenseitig unsere Gedanken hören, obwohl wir in verschiedenen Räumen sind. Wahrscheinlich können wir noch viel mehr.«

Sie traten ins Haus und Cam wischte sorgfältig ihre roten Lederstiefel auf der Schmutzmatte im Windfang ab. Unter dem missbilligenden Blick ihrer Schwester kickte Alex ihre alten Trainers achtlos in eine Ecke.

»Wenigstens etwas Neues haben wir erfahren«, sagte Cam, als sie die Tür öffnete. »Wo Miranda ist, liegt Schnee.« Sie erstarrte plötzlich, die Hand auf dem Türgriff. »Alex, könnte es sein, dass sie …«

»… hier in der Nähe ist?«, erriet Alex ihre Frage. »Reg dich ab, Girl. Es ist Winter. Auf der gesamten Nordhälfte der Weltkugel. Aber was ist mit der Palme, die wir auf dem Foto von Thantos entdeckt haben? Da stand er angeblich vor einer Klinik, in der wir Miranda vermuten. Winter und Palme – wie passt das zusammen?«

»Könnte auch in der Empfangshalle einer Klinik sein«, gab Cam zu bedenken. »Dort stellen sie manchmal ja auch Palmen auf, genau wie in Hotels.«

Alex nickte zustimmend. »Soll ja für besonders reiche Patienten sein«, sagte sie. »Wahrscheinlich superelegant.«
»Wir sind da!«, brüllte Cam durch den Flur in Richtung Wohnzimmer und Küche.
Schweigen. Kein Mensch schien zu Hause zu sein. Auf dem Küchentisch fanden sie einen Zettel: *Musste eine Rolle Stoff von der Fabrik abholen. Wir werden beide um sechs nach Hause kommen. Ich kaufe unterwegs fürs Abendessen ein.*
Darunter standen noch zwei zusätzliche Mahnungen:
Cam: Der Termin beim Zahnarzt ist bestätigt worden.
Alex: Das Angebot gilt immer noch, dass du dir eine neue Winterjacke kaufen kannst.
»Höchste Zeit für die Jacke«, warf Cam beim Lesen ein und erhielt dafür einen kräftigen Stoß in die Rippen.
Dylan: Kein Fastfood! Ruf an, wenn du irgendwas brauchst.
Alles Liebe, Mom.
Alles Liebe, Mom. Cam stellte sich Emily Barnes vor, wie sie mit höchster Konzentration den Zettel schrieb – Emily, die clevere, erfolgreiche Innenarchitektin, die im Flur die Zeichnungen ihrer Kinder aufgehängt hatte, die Cam bei jedem Sportfest begeistert zugejubelt hatte, die Alex in die Familie aufgenommen hatte, obwohl sie vor allem durch Alex immer wieder daran erinnert wurde, dass Cams echte Mutter irgendwo noch am Leben sein konnte.
Cam spürte plötzlich ein trauriges Gefühl in sich aufsteigen. Alex schien Cams Gedanken nicht bemerkt zu haben oder sie ließ es sich nicht anmerken. Sie war aber schneller am Computer als Cam und schaltete ihn ein. Auf beide warteten E-Mails. Aber nicht die Mails, auf die sie gewartet hatten.
Enttäuscht wandte sich Alex ihrer Schwester zu. »Immer noch nichts vom *Starstruck*. Sie ignorieren uns einfach.«

»Ziemlich unhöflich.«
»Vielleicht heißen diese Zeitungen deshalb auch Regenbogenpresse. Man kriegt sie nie zu fassen.« Sie zuckte die Schultern. »Vielleicht sollten wir einfach anrufen und behaupten, wir seien zweiköpfige ETs von einem anderen Stern und hätten Elvis Presley in der Milchstraße getroffen … Oder dass wir einen Hund hätten, der wahrsagen kann …«
»Red keinen Stuss, Alex«, sagte Cam. »Wo ist die Telefonnummer?«
»Wieder mal ein wenig Zauberkunst?«, fragte Alex.
Cam strich die langen dichten Haare aus der Stirn und band sie zu einem Pferdeschwanz zusammen. »*Starstruck* macht sich doch nicht die Mühe, Cam Barnes oder Alex Fielding anzurufen oder ihnen zu schreiben! Also – wem würden sie wohl antworten?«
Alex begriff sofort. Jetzt war nur noch die Frage, welche der beiden Junghexen den Anruf machen sollte. Alex war schneller – sie wartete die Diskussion erst gar nicht ab, sondern konzentrierte sich einfach auf das Telefon und zauberte es in ihre Hand.
»Angeberin!« Cam verschränkte die Arme und stampfte wie ein kleines Kind auf den Boden. »Schalte wenigstens den Lautsprecher ein.«
Alex wählte die Nummer mit einer Null am Ende, sodass sie zunächst mit der Zentrale der Zeitung verbunden wurde.
»*Starstruck*. Guten Tag. Womit kann ich Ihnen helfen?«
»Ich möchte sofort mit Ihrem Bildredakteur sprechen!«, verlangte Alex in scharfem Tonfall.
»Und wen darf ich melden?«, fragte die Telefonistin gelangweilt. Alex' Tonfall hatte sie offenbar nicht sonderlich beeindruckt.

»Alexandra DuBaer. Ich rufe im Auftrag von Lord Thantos DuBaer an.«

Die nächste Stimme klang mürrisch und gereizt. Der Mann versuchte offenbar mühsam, seine schlechte Laune unter Kontrolle zu bekommen. »Edwards. Bildredaktion. Die Zentrale hat Ihren Namen nicht verstanden. Mit wem spreche ich?«
»Alexandra DuBaer, Lord Thantos' Nichte«, sagte Alex, und ihre Stimme klang einen winzigen Augenblick lang verunsichert. »Sind Sie der Bildredakteur?«
»Nein, ich bin Madonna!«, gab der Mann zurück. »Fassen Sie sich bitte kurz, ich hab nicht viel Zeit. Also – worum geht es?«
»Lord Thantos« – Alex räusperte sich – »möchte den Namen des Fotografen erfahren, der ein Foto von ihm aufgenommen hat. Er möchte mit ihm – oder ihr – in Verbindung treten.«
»Ja, klar.« Edwards gab ein spöttisches Lachen von sich. »Hören Sie: Ich weiß nicht, wer Sie sind und welches Spielchen Sie hier spielen. Die Antwort ist Nein – und das muss Ihnen genügen. Selbst wenn ich es anders wollte, könnte ich Ihnen nicht helfen. Ihr Fotograf ist nicht hier ...«
»Wann kommt er wieder?«, fragte Alex schnell, um zu verhindern, dass er einfach auflegte.
»Nie mehr!«, brüllte Edwards. »Oder kennen Sie etwa das Wort ›nie‹ nicht?«
Cam beugte sich über den Telefonhörer. »Ich glaube nicht, dass Sie Lord Thantos' Wut riskieren möchten ...«
Alex drängte Cam beiseite. »Wir müssen dringend mit dem Fotografen reden. Unser Onkel ... er ... äh ... will ...« Sie zuckte ratlos die Schultern.
»Er will das Foto kaufen!«, platzte Cam dazwischen.

Der Fotoredakteur brüllte vor Lachen. »Ja, ja, natürlich! Um es einzurahmen und über den Kamin zu hängen!«
»Ich kann absolut nicht sehen, was daran so komisch sein soll, Mr Edwards«, sagte Alex arrogant. »Er will sicherstellen, dass dieses Foto nie mehr veröffentlicht wird. Mein Onkel ist ein sehr öffentlichkeitsscheuer Mann.«
»Und extrem reich!«, warf Cam ein. »Geld spielt keine Rolle!«
»Schauen Sie, wer immer Sie vielleicht auch sein mögen«, sagte Edwards mit viel Betonung, »wenn Sie wirklich mit diesem Egomanen, diesem eingebildeten Verrückten, verwandt wären, dann würden Sie das eigentlich wissen: Ich kann Ihnen das Bild gar nicht verkaufen!«
»Sie können nicht, oder Sie wollen nicht?«, fragte Cam spitz. »Das wird Lord Thantos nicht freuen …«
»Nein, das wird ihn nicht freuen, junge Dame!«, schrie Edwards genervt. Dann fügte er mit bitterer Stimme hinzu: »Glauben Sie mir, er hat schon hinreichend deutlich gemacht, dass er sich nicht freut!« Und legte auf.

Alex hörte jemanden im Schnee vor dem Haus.
»Dylan kommt«, sagte Cam, ohne aus dem Fenster zu blicken. »Jetzt wird er erst mal zwanzig Fragen abfeuern wollen. Ich wette, er hat schon gehört, dass mir in der Schule schlecht geworden ist.«
Unten fiel die Tür ins Schloss und Dylans Schritte waren auf der Treppe zu hören. Cam schnappte ein Buch, setzte sich schnell in den Fenstererker und tat so, als sei sie völlig in ihre Mathe-Hausaufgaben versunken.
Alex warf das Chemiebuch auf ihr Kopfkissen und legte sich bäuchlings auf ihr Bett. Sie begann tatsächlich darin zu lesen.

Schon nach ein paar Sekunden begriff sie, wie die richtige Antwort auf die erste Frage in der Chemiearbeit hätte lauten sollen. Sie stöhnte leise.
»Reg dich nicht auf!«, warnte Cam. »Du musstest mir doch helfen. Die Olson wird dich sicherlich die Arbeit noch mal schreiben lassen.«
»Verdammt!«, fluchte Alex. »Jetzt ist erst mal Zwillingstrennung angesagt. Geh nicht immer in meine Gedanken rein! Abgesehen davon hab ich keine Entschuldigung für die erste halbe Stunde der Klassenarbeit – da hätte ich ja mindestens drei oder vier Fragen beantworten können. Schließlich war ich ja nicht bei einer Super-Mega-Party an der Westküste, wie deine Busenfreundinnen Bree und Kris.«
Dylan trat im selben Augenblick ins Zimmer und mischte sich sofort in ihr Gespräch ein. »Wenn ihr schon über Kris redet, was ist mit der eigentlich los? Hat sie sich einer Persönlichkeitsveränderung unterzogen oder was?«
Cam starrte ihn verblüfft an. Alex rollte sich auf den Rücken und starrte ihn ebenfalls an. »Warum interessierst du dich plötzlich für Kris?«, wollte Cam wissen.
Dylan ließ seine Tasche auf den Teppich fallen und griff nach Alex' Gitarre, die neben dem Kopfende ihres Bettes an der Wand lehnte und früher ihm gehört hatte. »Weil dieses Girl sich in letzter Zeit ziemlich daneben benommen hat.«
»Im Bowlingclub, meinst du?«, fragte Alex beiläufig.
Dylan ließ sich auf dem Boden nieder und beugte sich konzentriert über das Instrument, um es zu stimmen. »Nein, später. Letzten Sonntag.«
»Sonntag?«, fragten Cam und Alex wie aus einem Munde.
»Du kannst Kris am Sonntag gar nicht gesehen haben«, fügte Alex hinzu.

Dylan war zusammengezuckt. »Habt ihr das geübt – gleichzeitig dasselbe zu sagen?«, wollte er wissen. »Mann! Richtig unheimlich!«
Cam schwang die Beine vom Fenstersitz und setzte sich direkt vor ihn auf den Boden. »Kristen ist mit Bree verreist. Sie kommen erst morgen zurück.«
Dylan zuckte die Schultern. »Dann war's eben ihr Geist. Oder Kris ist nicht mitgereist.« Dylan blickte seine Schwester an. »Und die kleine Miss China tat so, als hätte sie mich noch nie im Leben gesehen.«
Die Zwillinge starrten Dylan überrascht an.
»Was genau ist passiert?«, fragte Alex und setzte sich auf.
Dylan strich über die Saiten. »Als Robbie und ich müde waren vom Boarden, holte uns sein Vater ab. Er hatte etwas in der Stadt zu erledigen und verspätete sich ein wenig. Wir hingen also eine halbe Stunde herum und warteten auf ihn. Robbie will für Physik irgendein Mini-Mobil aus Solarzellen bauen, glaube ich, also gingen wir in einen Elektronikladen. In der Schlange an der Kasse stand Kris – oder vielleicht auch ihr Klon, jedenfalls war sie gewaltig nervös. Ich sage also Hallo zu ihr, und sie dreht total durch. Lässt ihr Zeug fallen, CDs und so, und haut ab. Ich kam mir vor wie Lord Voldemort. Oder Dracula. Völlig gaga, versteht ihr?«
Die Zwillinge nickten gleichzeitig und sehr nachdenklich. *Skala von eins bis zehn: Wie hoch ist die Wahrscheinlichkeit, dass er sich täuscht?*, d-mailte Alex ihrer Schwester.
Gegen null, d-mailte Cam zurück. *Er kennt Kris – und ihre ganze Familie – seit vielen Jahren.*
Alex zuckte die Schultern. »Vielleicht ist sie von Bree in letzter Minute wieder ausgeladen worden?«
Cam schüttelte den Kopf. »Unwahrscheinlich. Außerdem

erklärt das nicht, warum sie davonläuft, wenn Dylan sie sieht. Und warum schwänzt sie dann die Schule? Das ist nicht kris-typisch.«

»Hey, Alex«, sagte Dylan, der an dem Thema bereits kein Interesse mehr hatte, »spielen wir eine Runde?«

»Sorry, Mann. Ich muss noch meine Hausaufgaben …«

Cam unterbrach sie. »Geht nur«, sagte sie und fügte in Gedanken hinzu: *Wir reden später über die Sache. Im Moment können wir sowieso nichts tun.*

Alex schloss ihr Chemiebuch mit einem Knall und ging mit Dylan auf sein Zimmer. Aber erst, nachdem sie ihrer Schwester noch eine Denkmail geschickt hatte: *Willst du mich etwa loswerden, damit du Karsh und Ileana einen Notruf schicken kannst? Ich warne dich, Barnes: Sie würden sich über den Telefonanruf nicht freuen, den wir eben gemacht haben. So cool er auch war!*

Cam verdrehte die Augen. *Alles viel einfacher, Fielding: Ich will dich nur einfach loswerden.*

Cam wartete, bis sie das Spiel der beiden Gitarren aus Dylans Zimmer hörte, dann griff sie nach ihrem Handy und raste ins Erdgeschoss – so weit wie möglich von Alex entfernt. Sie hoffte, dass sich Alex zu sehr in ihre Musik vertiefen und nicht auf die Idee kommen würde, sich in ihr Telefongespräch einzuloggen.

»Hallo?« Die Stimme am anderen Ende kam ihr bekannt vor. Cam schluckte nervös. Warum eigentlich? »Oh, äh, hier ist Camryn. Ist Kris zu Hause?«

Samantha Hsu, Kris' ältere Schwester, zögerte. Sie fühlte sich offenbar überrumpelt. »Hast du sie schon übers Handy zu erreichen versucht?«, fragte sie. Doch bevor Cam antworten konnte, fügte sie rasch hinzu: »Tut mir Leid, aber ich muss jetzt gehen.« Und legte auf.

Cam wählte Kris' Handynummer und Kris antwortete sofort. Dank der Anruferkennung wusste sie, dass Cam am Apparat war. Sie schien nicht besonders überrascht, dass Cam anrief.

»Hey, Cam, was geht ab?«

»Das wollte ich eben von dir wissen«, gab Cam zurück. »Kris, wo genau bist du eigentlich?«

»Tut mir Leid, Cam, ich kann darüber im Moment nicht reden«, sagte Kris und es klang so, als täte es ihr wirklich Leid.

»Am Sonntag warst du in Boston. Dylan hat dich gesehen und du bist abgehauen«, sagte Cam geradeheraus. »Deshalb weiß ich, dass du nicht mit Bree in Los Angeles bist. Also: Warum hast du heute die Schule geschwänzt? Warum die ganze Lügerei? Was ist eigentlich los?«

Am anderen Ende herrschte lange Zeit Stille. Cam hörte, dass Kris seufzte. »Cam – tut mir wirklich Leid, aber ich kann darüber nicht reden. Jetzt nicht.«

»Warum nicht?«, wollte Cam wissen. Sie blickte auf und sah Alex die Treppe herunterkommen.

»Emily kommt gerade nach Hause«, sagte Alex.

Cam drehte sich um, als die Haustür aufging. Ihre Mutter trat ein, eine große Rolle Stoff unter dem Arm, zwei Einkaufstaschen in der anderen Hand, und die Post hatte sie zwischen die rot geschminkten Lippen geklemmt. Sie wirkte ziemlich gestresst, aber ihre Miene hellte sich auf, als sie Cam sah. Alex beobachtete die Szene von der Treppe aus, mit verschränkten Armen.

»Dafür gibt es gute Gründe«, sagte Kris gerade. »Camryn, bitte, ruf mich nicht mehr an.«

»Kris, warte doch!«, rief Cam, aber ihre Freundin hatte schon aufgelegt. Cam schaltete wütend das Handy aus und ging zur Tür, um ihrer Mutter die Einkaufstaschen abzunehmen.
»Schon mal das Wort ›helfen‹ gehört, Fielding?«, schrie sie genervt über die Schulter.
Alex gab keine Antwort, und Cam hörte plötzlich ihre Gedanken. Alex hatte sie und Emily beobachtet und dachte jetzt traurig an ihre eigene verstorbene Ziehmutter Sara, mit der sie so wunderbar harmonisch zusammengelebt hatte.
Cam sagte nur leise: »Sorry.«
Emily hatte davon nichts mitbekommen. »Hier, das ist für euch beide«, sagte sie und gab Cam, die direkt neben ihr stand, einen kleinen Brief. »Keine Briefmarken. Das muss jemand direkt in den Briefkasten geworfen haben. Schaut nur mal die Adresse an – ausgesprochen kreativ. Die Buchstaben sind alle in verschiedenen Schrifttypen und Größen gedruckt!«
Cam legte die Stoffrolle auf den Küchentisch und rannte mit ihrer Schwester die Treppe hinauf, während ihnen Emily verblüfft nachblickte. Was für Geheimnisse hatten die beiden jetzt wieder?
In Cams Zimmer rissen sie sofort den Umschlag auf. Darin befand sich ein Blatt Papier, auf dem nur acht Wörter gedruckt waren, alle in verschiedenen Schrifttypen und -größen:
Wenn ihr niemand hilft, wird sie vielleicht sterben!

Kapitel 8

GERECHTIGKEIT UNTER DER KUPPEL

Der Prozess gegen Fredo DuBaer begann.

Vor jedem wahlberechtigten Ratsmitglied stand ein Computer, in den das Urteil eingegeben wurde. Die Stimmabgabe war geheim. Die PCs und Notebooks waren von Lord Thantos gestiftet worden, eine Tatsache, gegen die Ileana bei Lady Rhianna lautstark protestiert hatte. Ileana starrte die Geräte an, als sei jedes einzelne von ihnen der verhasste Hexer persönlich.

»Ich wette«, flüsterte sie Karsh zu, »dass Thantos die Computer manipuliert hat! Schließlich ist er doch angeblich ein Computergenie!«

Karsh schüttelte den Kopf. »Unwahrscheinlich. Er ist ein sehr guter Geschäftsmann, aber von Technik hat er keine Ahnung. Sei Bruder Aron war das Computergenie …«

Ileana blickte zu den Sitzen hinüber, auf denen die beiden überlebenden DuBaer-Brüder saßen. Was für ein merkwürdiges Paar die beiden doch waren! Fredo, klein und schmächtig wie ein abgebrochenes Schilfrohr, mit mehr Haargel auf dem Kopf als ein ganzes Bataillon von Discjockeys. An seinem spitzen Kinn stritten sich ungefähr dreizehn dünne Barthaare um einen Platz an der Sonne. Daneben Thantos, ein riesiger,

Furcht einflößender Mann in dunklem Cape und Nietenstiefeln, Zorro der Rächer persönlich, mit einem Bart, der so schwarz und dicht war wie eine mondlose Nacht.

Unter anderen Umständen wären Karsh, der Sprecher für das Volk, und Thantos wohl ebenbürtige Gegner gewesen. Sie kannten sich seit frühester Jugend, waren beide sehr intelligent und leidenschaftlich von ihren eigenen Ansichten überzeugt. Aber der unglückselige Fredo hatte ein solches Chaos angerichtet, dass zu bezweifeln war, ob es selbst einer starken Persönlichkeit wie Thantos gelingen würde, den Rat von seiner Unschuld zu überzeugen.

Fredo hatte kein Alibi, wie sich schnell herausstellte. Genau genommen wusste er nicht mal, was das Wort bedeutete. Jedenfalls konnte er seine Unschuld nicht beweisen. Er ließ einen traurigen Haufen von Zeugen antreten, die über die Vorzüge seines Charakters aussagen sollten. Ileana betrachtete die fünf kümmerlichen Gestalten, die hinter Fredos Stuhl Platz genommen hatten. Drei von ihnen trugen sogar die gestreiften Overalls von Gefängnisinsassen. Eine vor Angst zitternde junge Hexe arbeitete in der Computerfirma 3B, die zu Thantos' Konzern gehörte. Der fünfte Zeuge, ein schäbig gekleideter alter Hexer, der für seine Spielsucht bekannt war, schuldete Thantos wahrscheinlich ein kleines Vermögen.

»Das sind ja Typen!«, raunte Ileana Karsh zu. »Auf so was will er sich verlassen!«

»Seid nicht so arrogant!«, mahnte der Alte.

Ileana verfolgte mit zunehmender Ungeduld, wie die Zirkusparade der merkwürdigen Zeugen ablief, die von Thantos aufgerufen wurden. Ihre Aussagen waren genau vorhersagbar.

Fredo grinste dümmlich, als er die ganzen Lobhudeleien anhörte, die über ihn ausgegossen wurden. Das tat ihm wohl, und er schien tatsächlich zu glauben, dass er ein Hexer war, der nur das Gute wollte. Doch die Beweise, die gegen ihn sprachen, waren überwältigend. Aber Ileana legte keinen großen Wert darauf, dieses Mitleid erregende Monster bestraft zu sehen.

In ihren Augen hatte das ganze Verfahren nur einen Vorteil: Es hatte Thantos auf Coventry Island zurückgebracht – zum ersten Mal seit vielen Jahren. Er war der Hexer, den man hier vor Gericht hätte stellen und aburteilen sollen! Denn er hatte seinen Bruder Aron ermordet.

Thantos war natürlich nie formell angeklagt worden. Er war aufs Festland gezogen und hatte dafür gesorgt, dass niemand erfuhr, was sich damals in jenen frühen Morgenstunden im Oktober vor fünfzehn Jahren wirklich zugetragen hatte.

Aber jetzt war er hier! Endlich! Konnte sich denn der Hohe Rat, der die Regierung von Coventry Island darstellte, diese einmalige Gelegenheit entgehen lassen, Aron DuBaers wirklichen Mörder endlich für sein entsetzliches Verbrechen zu verurteilen?

Ileana runzelte die Stirn und zupfte Karsh am Ärmel. »Hier in diesem Saal gibt es keine Gerechtigkeit!«, flüsterte sie wütend. »Ihr müsst Geduld haben«, gab der alte Hexer zurück und schob Ileanas Hand von seinem Ärmel. »Wir haben unsere Anklage gegen Fredo vorgetragen, und ich muss selbst sagen, dass mein Schlussplädoyer …«

»Ich rede nicht von Fredos lächerlichen Streichen«, unterbrach ihn Ileana scharf, »sondern von Thantos' *Verbrechen*! Er ist hier, Karsh, auf dieser Insel, in diesem Saal. Steht hier vor dem Hohen Rat. Warum wurde er nicht sofort eingelocht? Gibt's denn eine bessere Gelegenheit, ihn wegen des Mords an Aron anzuklagen?«

Ileanas Forderung überraschte Karsh nicht. Er selbst war jedoch nie völlig von Thantos' Schuld überzeugt gewesen. Doch viele der Inselbewohner waren derselben Meinung wie Ileana. Es war also keine schlechte Idee, die Sache hier und jetzt ein für alle Mal zu klären. Dennoch konnte Karsh sich nicht überwinden, Ileanas Forderung zuzustimmen – vor allem deshalb, weil er etwas wusste, von dem Ileana nicht die geringste Ahnung hatte, etwas, das sehr schmerzlich für Ileana selbst sein würde, wenn die Wahrheit hier in aller Öffentlichkeit ausgebreitet würde.

Thantos kam zum Ende seines Schlussplädoyers. Ileana kochte innerlich vor Wut. Es war ihr schier unerträglich, sich mit diesem mörderischen Verrückten in einem Raum zu befinden, und noch schlimmer war es, ihm zuzuhören, wie er versuchte, die abstimmungsberechtigten Ratsmitglieder von der Unschuld seines Bruders zu überzeugen – einzig und allein auf Grund der Tatsache, dass er, der mächtige Thantos DuBaer, es so wollte!

Als sich Thantos wieder gesetzt hatte, verkündete Lady Rhianna: »Der Einheitsrat wird sich jetzt zur Beratung zurückziehen. Die erhabenen Ältesten werden das Protokoll der Verhandlung genau durchlesen und dann ihr Urteil verkünden. Der Angeklagte« – sie nickte in Fredos Richtung – »und der Anwalt des Volkes« – sie lächelte Karsh liebevoll zu – »werden gebeten, den Saal zu verlassen. Ich werde Euch wieder hereinrufen, sobald der Rat eine Entscheidung getroffen hat.«

Ileana führte Karsh aus der Halle, ohne einen einzigen Blick zurückzuwerfen. Sie setzten sich auf eine Bank, die unter einer der prächtigen alten Föhren stand, die überall auf Coventry wuchsen. Der Tag war verhältnismäßig mild und viele der

Zuschauer des Prozesses spazierten im Park vor der Halle herum. Manche riefen Karsh freundliche Grüße zu. Ileana nickte ihnen zu, aber ihre brennende Wut war noch nicht erloschen.

Karsh tat sein Bestes, sie zu beruhigen. »Seid Ihr sicher …«, begann er.

»Er hat Aron getötet!«, behauptete sie fest und blickte ihren Vormund direkt an. »Aron, den Vater der Zwillinge, seinen eigenen Bruder! Thantos hat ihn kaltblütig ermordet. Aus schierer Gier und Eifersucht. Und als Aron tot war, wurde Thantos der alleinige Eigentümer der DuBaer Technologies.«

»Er ist nicht der alleinige Eigentümer«, berichtigte Karsh die aufgebrachte Hexe. »Fredo ist Miteigentümer.«

»Ha, Fredo!«, rief Ileana verächtlich. »Der zählt doch nicht. Er ist doch nur ein Werkzeug in Thantos' Händen! Das weiß doch jeder!«

»Natürlich – weil Ihr es ja laut genug in alle Welt hinausschreit!«, dröhnte eine Stimme von oben. Karsh und Ileana blickten auf. Über ihnen schwebte Lady Rhianna von der Kuppel herüber. So plump ihr Körper auch sein mochte – in der Luft, mit ihren riesigen ausgebreiteten Schwingen wirkte sie anmutig und leicht wie eine Elfe. »Ich befehle Euch, außerhalb des Gerichtssaals nicht über diesen Fall zu sprechen!«

Ileana erhob sich gehorsam, fand aber keine Zeit mehr zu protestieren. Denn kaum war Lady Rhianna verschwunden, tauchten wie aus dem Nichts neben ihr zwei halb erwachsenen Jungen auf und stießen sie zwischen sich grob hin und her.

»Pass bloß auf!«, zischte der Größere und packte Ileana am Arm. »Wenn mein Vater verurteilt wird, solltest du dir gleich mal ein Örtchen für dein Grab aussuchen. Wir werden dich fertig machen!«

»Lasst sie los!«, befahl Karsh mit lauter Stimme. Aber der kleinere bullige Junge packte den alten Mann am Kragen und erwürgte ihn beinahe. »Du, Karsh. Du kinderloser Hexer. Du lebst schon viel zu lange und bist nutzlos geworden.« Er lockerte den Griff etwas und Karsh schnappte nach Luft. »Wenn mein Vater wegen dir verurteilt wird, verlierst du dein elendes Leben!«

Die Hexen und Hexer, die sich im Park aufhielten, waren stehen geblieben und starrten herüber. Karsh griff wie nebenbei in die Tasche seiner Weste und holte eine Prise Kräuter hervor. Gleichzeitig murmelte er einen uralten Zauberspruch. Der bullige Junge begann sofort zu schrumpfen. Sein riesiger Kopf wurde immer kleiner, die breite Nase kürzer, die Lippen wulstiger und seine dicken Finger, die noch immer das Medaillon an Karshs Hals gepackt hielten, wurden zu einer Babyhand.

Karsh staunte noch mehr als der Junge selbst, der jetzt zu einem schwächlichen Kind zusammengeschrumpft war. Das war nicht der Zauberspruch, den Karsh beabsichtigt hatte! Auch der zweite Rowdy war verwandelt worden – in eine junge Ziege. Klein und hilflos stand sie auf wackeligen Beinen neben Ileana und gab klagende Laute von sich.

Karsh starrte die beiden Geschöpfe verblüfft an. Über sich hörte er Flügelschlagen und sah seine alte Freundin Rhianna, die boshaft grinste. »Danke, alte Freundin!«, rief Karsh hinauf. »Danke für die Hilfe. Aber eigentlich wollte ich …«

»Ich habe mit der Verwandlung nichts zu tun«, gestand Rhianna. »Schaut Euch um, Lord Karsh. Das sind Eure Freunde. Ihr seid ein sehr beliebter Hexenmeister, Karsh. Die Hexen von Coventry werden nicht tatenlos zusehen, wenn man Euch bedrängt.«

Karsh und Ileana wandten sich um. Sie waren umgeben von einer großen Gruppe, viele davon waren Karshs ehemalige Schüler, die längst erwachsen und teilweise bereits selbst berühmte Hexenmeister waren. Sie waren gute Schüler gewesen, dachte er dankbar.

»Wer sind die beiden Typen eigentlich?«, fragte Ileana.

»Tsuris und Vey«, erklärte Lady Rhianna. »Fredo DuBaers Söhne. Sie wuchsen bei ihrer Mutter auf dem Festland auf. Jetzt sind sie zum ersten Mal hier auf der Insel, um ihrem Vater bei seinem Prozess zur Seite zu stehen.« Rhianna flatterte mit ihren großen Flügeln. »Ich muss wieder in den Saal zurück«, sagte sie und flog davon.

Ileana blickte ihr gedankenvoll nach. Ein unangenehmer Gedanke drängte sich in ihr Bewusstsein. Karsh hatte ihr erzählt, dass sie mit Camryn und Alexandra verwandt sei. Fredos wilde Söhne Tsuris und Vey waren ebenfalls mit den Zwillingen verwandt. Die vier waren Cousins und Cousinen. Hieß das, dass sie – Ileana – auch irgendeine familiäre Beziehung zu diesen beiden Monstern hatte?

Sie schüttelte sich voller Abscheu. Nicht auszudenken.

Karsh verschwendete keine weiteren Gedanken an Fredos Söhne. Er machte sich über etwas ganz anderes Sorgen. »Euer Hass gegen Lord Thantos ist tief verwurzelt, Ileana«, sagte er. »Habt Ihr jemals darüber nachgedacht, warum das so ist?«

Ileana gab keine Antwort. Sie mochte nicht zugeben, dass seit einiger Zeit ein bestimmter Gedanke wie Gift in ihren Verstand eingedrungen war – seit sie herausgefunden hatte, dass sie mit den Zwillingen verwandt war. Doch verwandt oder nicht, angesichts des Schicksals, das die Mädchen hatten, wollte sie nur noch eines: Gerechtigkeit. Und schließlich war sie für die beiden Mädchen verantwortlich.

Im Übrigen brauchten die beiden wieder einmal Hilfe – aber glücklicherweise hatten sie noch nicht nach Ileana gerufen. Sie versuchten, ihre Mutter zu finden.
Als ob fünfzehnjährige Lehrlinge etwas erreichen konnten, woran erfahrene Hexen und Hexenmeister immer wieder gescheitert waren!
Ja, aber die waren eben nicht Mirandas Kinder, gab Karsh still zur Antwort, denn er hatte Ileanas Gedanken gehört.
Aber wenigstens wissen sie, wer ihre Eltern waren!, kam es von Ileana scharf zurück.
Das werdet auch Ihr erfahren, wenn die Zeit gekommen ist!, meinte Karsh.
Ileana hatte keinen größeren Wunsch, als Karshs Tochter zu sein. Das war sie auch, aber eben nicht in genetischer Hinsicht. Der kluge alte Hexenmeister, dessen Haar damals schon schlohweiß gewesen war, als er Ileana gefunden hatte … Seither tat er alles für sie: Er hatte sie aufgezogen und war ihr Schutz und Schild gewesen; er hatte ihr alles beigebracht, was er wusste, und er hatte den Einheitsrat davon überzeugt, dass Ileana der Vormund der Zwillinge werden solle – die jüngste Hexe, die jemals eine so verantwortungsvolle Aufgabe übertragen bekommen hatte. Und Karsh hatte Ileana einen übermächtigen, durch nichts zu unterdrückenden Gerechtigkeitssinn eingepflanzt. Wenn man auch sagen musste, dass es ihm nicht gelungen war, ihren Jähzorn und starken Willen (Eigenschaften, die manchmal in gröbste Unhöflichkeit und rot glühende Wut umschlugen) zu bändigen.
Ileana hatte keinen Zweifel daran, dass Karsh sie liebte, wie ein Vater sein Kind liebt. Und dass es fast nichts gab, was er ihr verweigern würde. Er hatte zuzugeben, dass sie mit Cam und Alex verwandt war. Schon vor langer Zeit hatte sie he-

rausgefunden, dass ihre Mutter bei ihrer – Ileanas – Geburt verstorben war. Nur eines weigerte sich Karsh ihr zu sagen: den Namen ihres Vaters.

Karsh und Ileana gingen wieder in das große runde Ratsgebäude zurück. Die Nachricht war telepathisch an alle geschickt worden, die sich draußen im Park aufhielten: Der Rat der erhabenen Ältesten war zu einem Entschluss gekommen. Das Urteil konnte verkündet werden.
Auf dem Weg zu ihren Sitzen kamen Karsh und Ileana an Fredo und Thantos vorbei. Der große, grimmige Hexenmeister ignorierte sie völlig, aber Fredos sumpfgrüne Echsenaugen glitzerten hasserfüllt. Er grinste Karsh frech an: »Ihr habt also meine beiden Jungen kennen gelernt!«, zischte er stolz und sein Speichel sprühte im Gegenlicht der Sonne aus seinem Mund. »Echte kleine Monster. Sehr unberechenbar.« Stolz nickte er in Richtung der oberen Ränge des Zuschauerraums hinauf. Ileana folgte seinem Blick. Die beiden Jungen saßen auf dem obersten Rang, halb verborgen von den gewaltigen Streben, auf denen die Glaskuppel ruhte. Fredos Söhne hatten wieder ihre normale Gestalt zurückerhalten und starrten auf sie herunter. Ileana wandte sich mit einem Schulterzucken ab.
In diesem Augenblick verdunkelte sich die Kuppel. Das Gesprächsgewirr verstummte, und alle Augen richteten sich auf den Mittelpunkt der großen Arena, in der die drei vergoldeten, thronähnlichen Sessel der erhabenen Ältesten standen. Ein Lichtkegel richtete sich auf den linken Sessel, auf dem ein dickes Samtkissen lag. Plötzlich war ein rosafarbener Rauchball zu sehen, aus dem sich ein wunderschönes Kind mit asiatischen Gesichtszügen herausbildete. Es saß in einem der

drei Sessel und war so klein, dass seine Füße den Boden nicht erreichten.
Das Publikum wurde unruhig. Überall flüsterten sich die Zuschauer den Namen von »Lady Fan« zu. Und innerhalb kürzester Zeit verwandelte sich das Kind von einer Zweijährigen in eine Zwölfjährige, dann in eine Zweiundzwanzigjährige, von einem zarten kleinen Mädchen in eine zierliche Frau mittleren Alters und schließlich in eine erhaben wirkende Älteste, eine weise alte Frau mit dunkel glitzernden Augen und winzigen verschrumpelten Händen.
Lady Fan nickte dem Publikum leicht zu, das begeistert klatschte. Das Spotlight bewegte sich zum rechten Stuhl. Wieder ein Rauchball, dieses Mal in Grün, aus dem sich eine riesige Kröte entwickelte, die sich in einen uralten Mann mit grünlicher Haut und gummiähnlichen Gliedern verwandelte. Langes weißes Haar fiel ihm über die Schultern: Lord Grivveniss rückte sich auf seinem Stuhl zurecht.
Kaum war der Applaus für ihn verklungen, hob ein gewaltiges Rauschen an. Ein Nebelwirbel aus Goldstaub fegte durch den Saal und verharrte dann schwebend über dem Sessel in der Mitte. Alle beugten sich in gespannter Erwartung vor. Ileana sah, dass Karsh leise lächelte, als er freudig auf den mittleren Sessel blickte.
Feuerzungen zuckten aus dem Sessel in alle Richtungen. Und mitten in den Flammen erschien ein prächtiger, bronzefarbener Drache, der seine riesigen Flügel entfaltete. Der Drache wirbelte dreimal um sich selbst und bei der dritten Umdrehung verwandelte sich das Wesen plötzlich in Lady Rhianna, deren Gesicht Freude und Weisheit ausstrahlte.
Rhianna ließ sich auf dem mittleren Sitz nieder, faltete die Eulenflügel unter ein goldenens Cape und hob triumphie-

rend ihre Arme. Die Kuppel bebte unter dem gewaltigen Applaus und Jubel.

Eine Stimme überdröhnte alle anderen, und Ileana musste nicht extra hinschauen, um zu wissen, dass es die Stimme von Thantos war. Dennoch blickte sie hinüber: Der düstere Hexenmeister zeigte echte Bewunderung für Rhiannas Verwandlungstrick. Selbst Fredo grinste – aber seine Augen waren nicht auf die Arena gerichtet, sondern er hatte sich halb umgedreht und blickte zu den Rängen hinauf, die sich direkt hinter den Sitzen von Karsh und Ileana befanden.

Wenn Fredo sich die Mühe gemacht hätte, in Ileanas Gedanken einzudringen, hätte er bemerken müssen, dass sie längst jedes Interesse an dem Gerichtsverfahren gegen ihn verloren hatte. Denn in genau diesem Augenblick beschloss sie, sich zu erheben und Thantos formell und öffentlich des Mordes an seinem Bruder Aron anzuklagen. Keinen Augenblick länger würde sie schweigen. Sie stand abrupt auf.

»Warte!«, zischte eine schrill-heisere Stimme plötzlich in ihr rechtes Ohr. »Die Zwillinge brauchen dich!« Entsetzt wirbelte sie herum. Fredos bulliger Sohn Vey lehnte sich über die Sitzlehnen; sein grünliches Gesicht war so dicht an ihrer Wange, dass sie seinen faulen Atem riechen konnte. Bei jedem Wort sprühte feuchter Speichel aus seinem Mund. »Apollo und Artemis sind in gewaltigen Schwierigkeiten. Und wenn du das machst, was du vorhast, wirst du ihnen nicht helfen können. Du wirst sie nämlich nie mehr lebend sehen. Wäre das nicht schade?«

»Glaubst du wirklich, dass es klug ist, unsere Familie anzugreifen?«, zischte eine andere Stimme in ihr linkes Ohr. Tsuris hing über Ileanas linke Schulter und sie roch seinen Schweiß und seinen seit langem ungewaschenen Körper.

Fettiges Haar fiel ihm in langen, ungekämmten Strähnen über die schlitzförmigen Reptilienaugen. »Stell dir vor, was passiert, wenn wir uns unsere hübschen kleinen Cousinen vornehmen! Wie sie um Hilfe schreien. Wie sie jammern, heulen, um Gnade flehen! Und niemand, niemand kann ihre armseligen Schreie hören!«

Vey stieß ein grausames Kichern aus. »Ich freu mich schon drauf«, zischte er lüstern. »Besonders auf das feine Pinkelchen Camryn Barnes. Du musst dich entscheiden, Ileana, was ist dir wichtiger? Dass mein Vater verurteilt wird und mein Onkel durch deine absurden Anschuldigungen seinen guten Ruf verliert oder dass die Zwillinge am Leben bleiben?«

Kapitel 9

DIE REISE

Cam geriet völlig außer Atem, als sie den schneebedeckten Pfad zum Gipfel des Hügels hinaufjagte. Sie fühlte sich wie die Sehne eines Bogens, die bis zum Äußersten gespannt auf den großen Moment wartete. Cam und Alex planten einen äußerst gewagten Zauber. »Sag mir, dass ich träume. Das machen wir eigentlich nicht wirklich«, keuchte sie aufgeregt.

»Du träumst. Wir machen das eigentlich nicht wirklich«, gab Alex zurück und schnappte nach Luft. Sie blieb direkt hinter ihrer Schwester stehen, beugte sich vor und stützte wie eine Hochleistungssportlerin heftig atmend die Hände auf die Knie. Sie brauchte nicht nur Luft, sie brauchte auch Zeit. Denn eigentlich war sie auf diese Sache noch gar nicht vorbereitet.

Aber auch sie sah keine andere Möglichkeit, als diesen drastischen, gewagten Schritt zu unternehmen.

Erstens war da diese anonyme Mitteilung, dass sich ihre Mutter in großer Gefahr befand und ihre Hilfe brauchte.

Zweitens hatte Cam eine Vision gehabt – eine verzweifelte Frau, die irgendwo im Schnee stand und weinte.

Drittens besaßen sie ein Foto von Thantos beim Besuch eines Sanatoriums. Klinik, Klapsmühle, Sanatorium, Irrenanstalt,

Kuckucksnest – wie immer man es nennen mochte, es war jedenfalls perfekt geeignet, um eine Person zu verstecken, die vielleicht verwirrt war.

»Aber warum sollte er sie dort verstecken? Warum bringt er sie nicht einfach um?«, mischte sich Cam laut in ihre Gedanken.

»Ganz einfach«, sagte Alex, und ihre Stimme klang überzeugter, als sie wirklich war, »um uns endlich zu erwischen. Wir sind doch die beiden kleinen Babys, von denen behauptet wird, dass sie zu supergenialen Hexen heranwachsen werden, okay? Dass wir unseren Eltern nachschlagen und sie an Zauberkraft sogar noch übertreffen werden. Und Ileana sagt doch auch immer, dass uns Thantos auf seine Seite ziehen will, um unsere Zauberkraft für seine fiesen Zwecke einspannen zu können …«

»Damit er immer reicher und mächtiger wird?« Cam wedelte abwehrend mit der Hand. »Da müsste er mir schon eine kräftige Gehirnwäsche verpassen.«

»Genau das hat er wahrscheinlich auch vor«, bestätigte Alex und setzte grinsend hinzu: »Aber nur bei mir. Bei dir würde er nicht viel zum Waschen finden.«

»Haha. Sehr witzig.« Cam bückte sich und schnürte ihre modischen Stiefel etwas enger. »Du meinst also, er hat Miranda nur deshalb am Leben gelassen, um uns in die Falle zu locken – oder uns erpressen zu können?«

»Genau.«

»Ich krieg Kopfweh«, stöhnte Cam.

»Kommt wieder eine Vision?«, fragte Alex hoffnungsvoll.

»Nein. Ich krieg schon Kopfweh, wenn ich nur an diese entsetzliche Familie denke, zu der wir gehören. Thantos, Fredo und die ganze Sippschaft.«

Alex lachte. »Nicht alle Mädchen können die Töchter von supergeilen Hollywood-Filmproduzenten sein«, stichelte sie. »Es muss auch ein paar stinknormale Mädchen geben.«

»So wie uns? Die Visionen haben und die Gedanken anderer Leute hören können?«, gab Cam zurück.

»Okay, lassen wir das«, sagte Alex und lächelte. »Fangen wir endlich an.« Sie blickte auf die Uhr. Es war noch immer früh am Morgen. Emily und Dave glaubten, dass die Zwillinge auf dem Weg zur Schule waren. Sie ahnten natürlich nicht, dass ihre sonst so brave Camryn bei der Schulsekretärin angerufen hatte. Cam hatte sich mit dem Namen ihrer Mutter gemeldet und erklärt, dass »meine beiden Töchter« mit leichter Darmgrippe im Bett lägen und heute nicht die Schule besuchen könnten. Und sie ahnten auch nicht, dass Dylan mit vier neuen CDs bestochen worden war, damit er den Mund hielt.

Es war Dienstagmorgen. Sie standen auf dem höchsten Punkt im Mariner's Park unter der uralten heiligen Eiche, deren starke Wurzeln sich fast über die gesamte Hügelkuppe erstreckten. Von hier oben konnte man direkt zum u-förmigen Hafen mit seinen Jachten und Booten hinunterblicken. Bei klarem Sommerwetter bot sich von hier ein fantastischer Rundblick über das Meer und die Küste, aber Cam, die schon oft hier oben gestanden hatte, war nie von der Aussicht angezogen worden, sondern von dem alten Baum. Sie hatte schon immer geahnt, dass dieser Baum etwas ganz Besonderes war. Und seit kurzem wusste sie, dass ihr Instinkt sie nicht getrogen hatte: Unter diesem Baum hatte Karsh vor fünfzehn Jahren das Baby Camryn dem Pflegevater David Barnes übergeben. Alex war die einzige weitere Person, die wusste, wie bedeutsam dieser Baum war. Wenn Cam und Alex überhaupt etwas erreichen wollten, dann mussten sie hier beginnen.

Der Zauberspruch wurde »der Reisende« genannt und für Ortswechsel eingesetzt. Voll ausgebildete Hexen und Hexer, die diesen Spruch kannten und seine Regeln befolgten, wurden fast sofort von einem Ort an einen anderen versetzt. Cam und Alex hatten diesen Spruch nur ein einziges Mal ausprobiert – und waren dabei zwar an dem geplanten Ort gelandet, hatten aber versehentlich auch eine Reisende aus früherer Zeit herbeigerufen!

»Damals war es leichter, wir mussten nur von einem Ende des Dorfes ans andere«, erinnerte Alex ihre Schwester nervös.

Aber Cam war so aufgedreht, dass sie nicht auf Alex' Sorge achtete. Sie zog den Reißverschluss ihres Rucksacks auf. »Ich glaube nicht, dass es bei dem Zauberspruch eine Höchstentfernung gibt«, sagte sie.

»Stimmt«, gab Alex zu. »Wir könnten uns wahrscheinlich auch auf den Gipfel des Annapurna in Nepal versetzen lassen.« Cam kicherte, fischte eine gelbe Tube aus dem Rucksack und hielt sie hoch. »Lieber nicht. Dort würde ich einen stärkeren Sonnenschutz brauchen, meine Sonnencreme hat nur Lichtschutzfaktor 8.«

Alex verdrehte die Augen. »Eitelkeit, dein Name ist Camryn.«

Sie hatten vor, endlich den »furchtlosen« Fotoreporter des *Starstruck* zu finden, der das Foto von Thantos beim Verlassen des Sanatoriums aufgenommen hatte. Von ihm hofften sie zu erfahren, wo sich dieses Sanatorium befand. Das war Plan A.

Plan B war für den Fall vorgesehen, dass sie den Fotoreporter nicht persönlich treffen konnten. In diesem Fall wollten sie den leitenden Fotoredakteur der Zeitung, Edwards, befragen, der sicherlich mehr wusste, als er ihnen am Telefon verraten hatte.

Mission impossible?, dachte Cam mit leisem Zweifel.
»Nein, Hasenherz«, sagte Alex laut. »Mission possible.«
Entfernung und Reisegeschwindigkeit? Die Büros des *Starstruck* lagen fast fünftausend Kilometer weiter westlich, in Carlston, Kalifornien.
Ein Flug kam natürlich nicht in Frage. Nicht einmal ihre geballten Zauberkräfte hätten ausgereicht, um Dave oder Emily zu überreden, ihnen mitten im Schuljahr einen eintägigen Trip durch ganz Amerika zu finanzieren. Jedenfalls nicht in diesem Jahrtausend. Die Barnes hießen schließlich nicht Eric Waxman, der ständig mit spärlich bekleideten Damen um die Welt jettete und seiner Tochter Brianna Erste-Klasse-Tickets schickte, wenn ihn wieder einmal leise Schuldgefühle plagten.
Der Gedanke an Bree bereitete Cam Unbehagen. Irgendetwas an der ganzen Geschichte mit der L.A.-Party roch faul. Das war bei Cams Telefongespräch mit Kristen klar geworden. Aber was ging da ab? Oder was ging nicht ab? Uff. Wieder einmal zu viele Gedanken!
»Hey, Cam, wir verlassen jetzt das Sechserpack-Land«, grinste Alex. »Schließlich schwänzen wir heute nicht die Schule, damit du in Ruhe über deine fünf Superfreundinnen nachdenken kannst. Vergiss den Sechserpack mal für eine Weile! Brianna muss endlich lernen, auf ihren eigenen manikürten Füßen zu stehen.« Sie zog einen Zettel aus der Tasche, auf dem sie den Zauberspruch und die nötigen Zutaten notiert hatte. »Wenn wir schon von Füßen reden: Hast du wenigstens daran gedacht, Beifuß zu kaufen?«
Cam nickte, nahm eine kleine Dose aus ihrem Rucksack und schüttete die faserigen, getrockneten, duftenden Blätter der Gewürzpflanze Artemisia auf ihre Handfläche, nach der Alex – Artemis – von ihren Eltern benannt worden war. »War

ziemlich schwierig«, sagte sie. »Es gibt in Marble Bay nur einen einzigen Laden, der das Zeug verkauft – ›Kräuter und Gräser‹ in der Main Street. Und ich hab auch Kerzen, die Kristallkugeln und Weihrauch mitgebracht.«

»Dann können wir anfangen«, meinte Alex und wedelte mit dem Zettel. »Hier ist der Zauberspruch. Jetzt müssen wir nur noch Kopf und Herz an die richtige Stelle bringen.« Auch das stand in der Anleitung für den Zauber, die sie aus Ileanas »Kleines Handbuch der Zaubersprüche« abgeschrieben hatte.

»Okay. Und wir brauchen die Leidenschaft, Gutes zu tun.« Cam hatte vier Kerzen mitgebracht, die in hohen Glasbehältern steckten, um die Flammen vor dem Wind zu schützen.

»Du sagst es.« Alex hob einen kleinen Zweig auf, zog einen Kreis in den Schnee, der groß genug war, um sie und Cam aufzunehmen. Die vier Kerzen steckten sie entsprechend den vier Windrichtungen in den Kreis.

Cam befahl: »Gesicht nach Osten wenden.«

»Ich weiß«, sagte Alex. »Das heißt Richtung Meer.« Sie betrat den Kreis, kniete nieder und zündete die Kerzen an.

Cam folgte ihr in das Rund, streute die Kräuterblätter außen um die Begrenzung und schüttete sich selbst und ihrer Schwester ein kleines Häufchen auf die Handfläche. In die andere Hand nahmen beide eine Kristallkugel. »Bist du so weit?«, fragte sie.

»Ich schon. Aber hast du deine Leidenschaft schon eingeschaltet?«, grinste Alex, obwohl ihr recht flau im Magen war. »Bringen wir's endlich hinter uns. Schließlich müssen wir spätestens am Abend wieder zu Hause sein.«

Beide Mädchen knieten nebeneinander im Schnee und hielten sich an den Händen. Gemeinsam riefen sie den Zauberspruch.

»Durch Luft und Wasser der Zauber wirkt fort,
trägt Seele und Leib von Ort zu Ort.«

Ein starker, eisiger Luftzug strich über ihre Köpfe hinweg, riss ihnen die Worte vom Mund und wirbelte eine dichte Schneewolke auf. Und dann wurden sie jäh in einen dunklen Strudel gerissen.

Schon Sekunden später war Cam klar, dass etwas schief gelaufen sein musste – sehr schief sogar. Absurderweise schoss ihr ihm selben Moment der berühmteste Spruch amerikanischer Touristen durch den Kopf: Wenn es Dienstag ist, muss das hier Rom sein!

Sie blickte sich um. Sie war definitiv nicht in Rom gelandet.

Und dann wurde ihr klar, dass sie nicht nur am falschen Ort war, sondern dass sie auch *allein* am falschen Ort war. Wo blieb Alex?

Cam stand nicht im Büro der *Starstruck*-Redaktion, sondern auf irgendeiner Straße. Und sie hatte ihre Schwester verloren. Der Zauberspruch hatte also nicht gewirkt – oder jedenfalls falsch gewirkt. Und mit dieser Möglichkeit hatte sie überhaupt nicht gerechnet.

»Ich drehe nicht durch! Ich drehe nicht durch!«, sagte sie mehrmals schnell hintereinander, um ihren rasenden Puls zu beruhigen. Sie rief ein paarmal Alex' Namen – laut und telepathisch –, erhielt aber keine Antwort.

»Okay«, sagte sie halblaut, »ich hab vielleicht Angst, bin aber nicht total hilflos.« Sie rieb sich den Hintern, auf dem sie etwas hart gelandet war. »Schließlich bin ich eine Hexe. Okay, noch nicht ganz ausgewachsen, aber doch ziemlich stark.« Dann fügte sie noch ihr Spezial-Cam-Aufbauprogramm hinzu: »Ich werde mit allem fertig.« Tatsächlich schöpfte sie wieder ein wenig Mut.

Plötzlich schrie sie laut auf: Ein feuchtes, haariges, langschwänziges Wesen strich an ihren Beinen vorbei und verschwand in einem Gully. Eine Ratte! Cam schüttelte sich. »Okay, ich werde mit allem fertig, ausgenommen vielleicht Ratten.« Sie blickte sich um: Überall standen düstere Gebäude, die wie Warenhäuser aussahen, dazwischen waren leere Parkflächen. Sie befand sich in einer Art Industriegebiet. Aber in welchem Land, in welcher Stadt?

In Marble Bay war es schon hell gewesen, als sie den Zauberspruch gesprochen hatten. Hier war es noch dunkel; sie war also vermutlich weiter westlich gelandet, mindestens zwei- oder dreitausend Kilometer oder mehr von der Ostküste entfernt, denn hier hatte noch nicht einmal die Dämmerung eingesetzt, der Zeitunterschied musste also mindestens drei oder vier Stunden betragen. Und es war definitiv wärmer, kein Schnee, kein Wind. Die Luft stand still zwischen den hohen Gebäuden. Alles war ruhig. Das Viertel machte einen verwahrlosten Eindruck, irgendwie unheimlich. Kein Mensch war zu sehen. Ein Stückweit entfernt leuchtete eine Ampel an einer Straßenkreuzung und verstreute ihr wechselndes Licht über die albtraumartige Szene, in der die Gefahr an jeder Ecke zu lauern schien.

Was jetzt?

Aber hallo! War sie denn im Mittelalter gelandet? Gab es denn nicht dieses wunderbare Instrument, das eigens für junge Mädchen erfunden worden war, die zur Freude ihrer Eltern den Sport des Rundumdieuhr-Telefonierens ausübten? Sie riss ihr Handy aus der Tasche und schaltete es ein.

Akku nachladen, leuchtete es schwarz auf blau.

»Verdammt!«, fluchte Cam laut. Dann hob sie plötzlich lauschend den Kopf. Es war nicht mehr völlig still – sie hörte das unverkennbare Geräusch von Schritten. Menschen! Das bedeutete entweder Rettung – oder Untergang. Sie konzentrierte sich auf die Richtung, aus der die Schritte kamen. Ihr Blick durchdrang einen Zaun und eine hohe Plakatwand, die den Einblick in die nächste Nebenstraße versperrte. Dann sah sie die Leute.

Sie befanden sich nicht weit entfernt – ein Mann und eine Frau, die auf die Kreuzung zueilten. Der Mann ging schneller; er war kräftig gebaut und trug eine Baseballmütze. In jeder Hand hatte er einen großen Koffer. Cam fokussierte ihren Röntgenblick auf sein Gesicht. Sah er gefährlich aus? Nein, eher ängstlich, verzweifelt. Er kaute auf seiner Unterlippe und seine tief liegenden Augen huschten ständig nach allen Seiten, als fürchtete er, plötzlich angegriffen zu werden.

Ein paar Schritte hinter ihm ging eine ebenfalls ängstlich wirkende Frau, die ein schlafendes Baby im Arm trug. Immer wieder rannte sie ein paar Schritte, denn sie musste sich anstrengen, mit dem Mann Schritt zu halten.

Als sie sich der Ecke näherten, die ihre Seitenstraße von Cams Straße trennte, begann Cam zu winken und setzte sich in Bewegung. Gerade wollte sie ihnen »Hallo!« zurufen, als ihr das Wort buchstäblich in der Kehle stecken blieb. Sie befand sich noch immer einen Gebäudeblock von dem Paar entfernt. Jetzt blieb sie urplötzlich stehen und wirbelte herum.

Hinter ihr … irgendetwas bewegte sich. Sie strengte ihre Augen so sehr an, dass ihr Blick verschwamm. Eisige Kälte fuhr wie ein Schauer über ihren Rücken und ihre Nackenhärchen richteten sich auf. *Gefahr.*

Sie konzentrierte sich. Dann »sah« sie es: Ein schwarzer

Allradwagen raste aus einer Seitenstraße in Richtung der Kreuzung, bald würde er in die Straße abbiegen, in der sich Cam und das Paar befanden. Schon in wenigen Augenblicken würde er hier sein.

Und noch mehr konnte Cam mit Hilfe ihrer Fähigkeit erkennen: Der Wagen hatte riesige Räder. Hinter der Windschutzscheibe sah Cam zwei junge Männer sitzen, einer war groß, der andere klein und kräftig. Der Größere fuhr, wobei er immer wieder mit der Hand die langen, fettigen Haarsträhnen aus der Stirn wischte. Er grinste bösartig.

Der kleinere Beifahrer schien über die Entfernung Cams Blick gespürt zu haben, und er stieß einen gellenden Triumphschrei aus, der Cam eiskalt durch Mark und Bein ging.

Die Typen von der Bowlingbahn! Cam war plötzlich sicher, die beiden dort schon gesehen zu haben. Wie kamen sie hierher? Was hatten sie hier zu suchen? Sie waren jetzt nur noch wenige Meter von der Kreuzung entfernt.

Was hatten sie vor? Hatten sie es auf das Paar mit dem Kind abgesehen? Was würde passieren, wenn sie das Paar erreichten? Wie lange hatte sie, Cam, noch Zeit, um die Familie zu warnen?

Fünf Sekunden? Zehn, allerhöchstens.

Cam raste los.

Sie sprintete den Menschen entgegen, winkte mit beiden Armen und schrie immer wieder: »Passt auf! Versteckt euch!«

Als die beiden Cams Schreie hörten, blieben sie stehen. Die Frau, die das Baby an sich presste, wich ein paar Schritte zurück.

Im selben Augenblick hörte Cam hinter sich das unverkennbare Kreischen von Autoreifen, die mit überhöhter Geschwindigkeit um eine scharfe Kurve jagten. Sie wirbelte herum und blickte die Straße hinunter zur Kreuzung. Der Geländewagen, den sie mit ihren Röntgenaugen gesehen hatte, war um die Ecke gerast und wild bis zur Gegenspur hinübergeschleudert, doch hatte der Fahrer die Kontrolle nicht verloren. Schaukelnd gewann das Auto wieder an Fahrt und raste über die breite Straße genau auf die kleine Familie zu, die schreckensstarr dastand. Der Mann sah sich panisch nach einer Möglichkeit um, in Deckung zu gehen. Hinter ihnen befand sich nur eine Mauer ohne Eingänge und Nischen. Doch auf der gegenüberliegenden Straßenseite gähnte die dunkle Einfahrt einer Tiefgarage.

Cam ahnte, was er plante. »Nicht über die Straße gehen!«, schrie sie voller Entsetzen. Sie wusste, dass weder der Mann mit den beiden Koffern noch die Frau mit dem Kind auf dem Arm diese Entfernung schaffen konnten, bevor das Auto sie erreichte.

Beide blickten sich suchend in der Dunkelheit um, offenbar hatten sie Cam noch nicht gesehen. Plötzlich klemmte sich der Mann einen der Koffer unter den Arm und streckte die Hand nach seiner Frau aus, um sie mit sich zu ziehen. »Komm endlich!«, brüllte er sie an. »Bleib nicht stehen! Ich sag dir doch, sie sind hinter mir her!«

Cam raste auf das Paar zu, die Hand hoch erhoben, und schrie: »Bleibt stehen! Nicht über die Straße gehen!« Aber der Mann überbrüllte sie: »Molly, komm schon, komm schon!«

Und dann war es zu spät.

Das Paar hatte den Gehsteig verlassen und befand sich mitten auf der breiten, vierspurigen Straße.

Cam stoppte. In ihrer Verzweiflung packte sie das Sonnenamulett und konzentrierte ihren Blick auf die drei Menschen auf der Straße. Einen winzigen Moment lang zögerte sie.

Würde der Zauber ohne Alex' Mondamulett überhaupt funktionieren? Konnte sie allein die drei Menschen retten? »Hilf mir«, flüsterte sie verzweifelt. »Sag mir, was ich tun soll. Ich weiß nicht …«

In diesem Augenblick blieb die Frau stehen. Sie starrte Cam direkt an. Der Mann zerrte sie weiter, aber plötzlich trennten sich ihre Hände.

»Geh nicht …«, begann Cam mit schwacher Stimme. Zugleich spürte sie, dass das Amulett in ihrer Hand sich erwärmte, und ihre Stimme wurde sicherer und stärker. »Schutzgeister, kommt herbei!«, rief sie laut, und ihr Blick bannte die Frau. »Schützt die Guten und Wehrlosen!«

Über das Gesicht der Frau legte sich maskenhafte Starre. Wie in Trance trat sie auf den Gehweg zurück und presste sich mit ihrem Baby eng an die Mauer.

Das Dröhnen des Motors erfüllte die Luft. Cam richtete ihren Blick auf den Mann, aber die Baseballmütze schirmte seine Augen, sie konnte keinen Blickkontakt herstellen. »Halt!«, schrie sie, und fast gleichzeitig hörte sie die Stimme der Frau: »Stopp, Elias! Komm zurück. Komm hierher!«

Aber er hatte zu viel Angst, zu viel Eile. Er konnte nicht mehr vernünftig denken. Er spürte auch nicht, wie nahe er der Gefahr gekommen war. Und so rannte er in nackter Panik weiter, auf die rettende Dunkelheit der Garageneinfahrt zu.

Dann raste der Wagen mit brüllendem Motor heran, Reifen quietschten, der dumpfe, entsetzliche Laut eines weichen Körpers, der auf Stahl und Eisen trifft.

Cam schrie; die Frau stöhnte laut auf, das Baby weinte.

An mehr erinnerte sich Cam nicht; sie sehnte sich nach Emilys weicher, sicherer, warmer Umarmung.

Ein eiskalter Lufthauch strich über Cam hinweg – das genaue

Gegenteil einer warmen Umarmung. Hochhackige Schuhe klickten über den Asphalt.
»Man kann euch keinen Augenblick allein lassen!«, schimpfte eine wütende Frauenstimme. »Ich vertraue euch, und was macht ihr? Probleme, immer wieder Probleme!«
Cam drehte sich benommen um. Noch nie war sie so erleichtert gewesen, Ileana zu sehen. Mit vom Wind zerzaustem Goldhaar starrte die schöne Hexe hochmütig und zugleich gereizt auf Cam herab. Die grauen Augen blitzten zornig.
»Wie kommst denn du hierher?«, stieß Cam schwach und zittrig hervor. Eine rein rhetorische Frage – im Augenblick war es ihr völlig egal, wieso Ileana hier war: Hauptsache, sie war hier. Ileana öffnete ihr weites Cape und Cam schlüpfte dankbar darunter. Ileana schien der wirren Erzählung gar nicht zuzuhören, die Cam stotternd von sich gab – von zwei Typen in einem Geländewagen, die einen Mann und eine Frau überfahren wollten, und wie sie, Cam, alles vorausgesehen und versucht habe, die kleine Familie zu retten, wie sie versagt habe … Dass sie nur die Frau mit dem Baby habe retten können …
»Glaubst du wirklich, ich hätte nichts Besseres zu tun«, schimpfte Ileana, »als euch beide dauernd aus irgendeinem Schlamassel herauszuholen, an dem ihr immer selbst schuld seid? Ich stecke mitten in einem Gerichtsverfahren, das vielleicht einmal das wichtigste in der Geschichte von Coventry Island sein wird, und ihr zwingt mich, aus dem Saal zu laufen und hierher zu kommen! Was denkt ihr euch eigentlich dabei?«
Cam versuchte noch einmal, Ileana alles zu erklären, aber die schnitt ihr kurzerhand das Wort ab. Sie interessierte sich nur für eine Frage: »Wo zum Teufel steckt deine Schwester?«

Kapitel 10

ALEX RÄUMT AUF

Wie beim letzten Mal, als die Hexengirls den Zauberspruch angewandt hatten, blies auch jetzt ein scharfer Wind. Die Kerzen flackerten. Der Wind umwirbelte Alex, hüllte sie völlig ein und schien einen Trichter zu bilden, in den sie gezogen wurde. Als sie die Augen wieder öffnete, dauerte es einen Augenblick, ehe sie merkte, dass sie sich in einem Büro befand – in einem Großraumbüro, das durch mannshohe Trennwände in einzelne Arbeitsplätze unterteilt war. Auf den Schreibtischen standen Computermonitore und an den Wänden Archivschränke. Auf eine riesige Stellwand hatte man Fotos und knallige Überschriften geheftet, daneben standen Zeitpläne und Daten.

Super! Der Zauberspruch für Reisende hatte funktioniert. Sie war im Bürogebäude des *Starstruck* gelandet. Noch besser: Sie war genau in der Abteilung gelandet, die sie angepeilt hatte – der Bildredaktion. Alles war ruhig; kein Mensch war zu sehen. Nach der kalifornischen Zeit war es noch immer viel zu früh. Die Leute würden erst in einigen Stunden in die Büros kommen.

»Spitze!« Alex wirbelte herum, um Cams Hand im High-Five zu klatschen, aber sie schlug ins Leere. »Wir sind drin, wir haben es gesch…« Plötzlich wurde ihr klar, dass Cam nicht hinter ihr stand. Dass Cam überhaupt nirgendwo stand. Alex rief laut: »Camryn! Ich bin in der Bildredaktion!«

Keine Antwort. Alex zuckte die Schultern. Gut möglich, dass der Zauberspruch Cam ein wenig neben das Ziel geworfen hatte, in eine Mülltonne zum Beispiel. Sie schickte telepathische Botschaften, die Cam auf jeden Fall hören würde, wenn sie irgendwo in diesem Gebäude war. Aber jetzt war keine Zeit zu verlieren. Edwards, der Redakteur, war zwar noch nicht erschienen, aber das Originalfoto, das sie sich beschaffen wollten, um den Namen des Fotografen zu erfahren, musste irgendwo hier in den Archivschränken sein.

Doch wo sollte sie anfangen? Sie beschloss, im Büro des Abteilungsleiters mit der Suche zu beginnen. Doch wo war sein Büro? Er war der Boss – also größtes Büro.

Sie fand es nach kurzer Suche. Ein Namensschild bestätigte, dass hier der Chef sein Büro hatte: ALVIN D. EDWARDS, ABTEILUNGSLEITER, BILDREDAKTION. Alex öffnete die Tür. Der Mann residierte in einem riesigen Büro. Aber es stank!

Die Klimaanlage hatte sich noch nicht eingeschaltet. Die Fenster ließen sich nicht öffnen. Edwards Arbeitsplatz war ein einziges Chaos, noch um einiges schlimmer als das Zimmer einer Fünfzehnjährigen. Überall stapelten sich Fotos, Akten, Ordner, Mappen, uralte Kaffeebecher, Krumen von Generationen von Donuts, Unmengen von Negativen. Dazwischen lagen immer wieder angebrochene Kekspackungen, deren Inhalt selbst Dylan (der sonst alles fraß, was ihm zwischen die Klauen kam) dankend ablehnen würde. An der Wand entlang standen mehrere Archivschränke. Der Computer auf dem Schreibtisch verschwand fast hinter Bergen von Papieren und

Akten. Unvorstellbar, dass ein geistig halbwegs gesunder Mensch in diesem Chaos überhaupt atmen, geschweige denn arbeiten konnte.

Alex begann mit den Archivschränken. Sie enthielten Unmengen von Hängeordnern. Glücklicherweise hatte Edwards wenigstens hier ein Minimum an Ordnung eingehalten. Überrascht stellte sie fest, dass Fotos von Personen mit dem Namen A tatsächlich unter diesem Buchstaben zu finden waren. Sie arbeitete sich von A wie Albino bis Z wie Zürich durch. Schon nach ziemlich kurzer Zeit hatte sie festgestellt, dass es keine Ordner für Thantos oder DuBaer gab. Trotzdem suchte sie weiter. Ohne Ergebnis.

Danach wandte sie sich dem Schreibtisch zu. Ab und zu verharrte sie still und lauschte. Von Cam war nichts zu hören, auch keine Gedanken-Mail. Das Mädchen schien wie vom Erdboden verschwunden.

Nach einer Stunde hatte Alex hunderte von Fotos und Dias durchgesehen, aber das eine Bild nicht gefunden, das sie suchten.

Und Cam war auch nicht aufgetaucht.

Enttäuscht ließ sich Alex in Edwards Schreibtischstuhl fallen und legte die Füße auf den Tisch, nachdem sie einen Stapel Papiere und Negative von der Tischplatte gekickt hatte. Edwards würde das sicherlich nicht einmal bemerken. Es gab jetzt nur noch einen Ort, den sie noch nicht durchsucht hatte: die Schreibtischschubladen. Durchaus möglich, dass sich ein paar Fotos dorthin verirrt hatten. Sie zog sie auf. Wieder nichts. Eine war Edwards Abfallschublade. Wieso er seinen Müll hier entsorgte, war Alex ein Rätsel – schließlich benutzte er das ganze Zimmer als Müllkippe. Zwischen angeknabberten Stiften, Radiergummis, Briefklammern, halb gegessenen

Müsliriegeln und Klebebändern lag eine schwarze, eingetrocknete Bananenschale. Alex schätzte ihr Alter auf ungefähr zwei Jahre. Dieser Bursche brauchte dringend einen Flammenwerfer! Anders würde sich das Durcheinander nicht beseitigen lassen.

Alex rümpfte die Nase, schob den Inhalt der Schublade zur Seite und fuhr mit der Hand bis zum hinteren Ende. Sie förderte ein paar Presseausweise und Konferenznamensschilder heraus, die sie schnell durchsah. Offenbar Mitarbeiter. Kein Name sagte ihr etwas.

Sie wollte gerade alles wieder in die Schublade zurückwerfen, als sie von einem plötzlichen Angstgefühl überwältigt wurde: Ihr Magen rutschte in die Kniekehlen. Sie erstarrte und alle ihre Sinne waren aufs Äußerste gespannt. Sie hörte etwas – weit, weit weg: das Kreischen von Reifen auf Asphalt, splitterndes Glas, entsetzte Schreie. »Nein! Nein! Elias!« Und dann weinte ein Baby.

Alex sprang auf und lief zum Fenster. Es dämmerte bereits, aber die Straße vor dem Gebäude lag friedlich da – keine Autos, keine schreienden Menschen. Der Unfall musste sich woanders ereignet haben. Aber wo? Gab es vielleicht eine Verbindung zwischen dem Namensschild, das sie gerade in der Hand gehalten hatte, und den furchtbaren Geräuschen eines Verkehrsunfalls? Sie setzte sich wieder an den Schreibtisch, nahm die Namensschilder aus der Schublade und betrachtete sie. Ein Identifikationsfoto zeigte einen Mann mit kräftigem Nacken, der eine schwarze Baseballmütze trug. Auf dem Namensschild stand …

»Alexandra DuBaer, wie ich vermute?«

Alex erstarrte mitten in der Bewegung – und starrte genau in die winzigen Knopfaugen eines Mannes, der so dick und groß

war, dass er den gesamten Türrahmen ausfüllte. Sie hatte ihn nicht kommen hören. Das war sehr ungewöhnlich, aber wahrscheinlich war sie durch die Unfallgeräusche abgelenkt worden. Dieser Bursche musste jedenfalls zur Spezies der Mammuts gehören. Er grinste fies. Alex war erledigt.
»Und Sie sind … wer? Leonardo di Caprio?«, fragte sie lahm.
Edwards fand das nicht komisch. Sein Blick bohrte sich in ihre Augen. »Du hast vielleicht Nerven«, knurrte er wütend. »Ein kleiner, rotziger Punk. Bricht hier ein und durchsucht meine Bude. Nicht zu fassen.« Alex berechnete die Entfernung zwischen dem Schreibtisch und der Tür, aber das war sinnlos: Solange Edwards den Türrahmen ausfüllte, hätte nicht mal eine Büroklammer den Raum verlassen können. Und Edwards kochte vor Wut; sein Gesicht war hochrot. Wenn er noch einen Schritt näher kam, würde sie sich verbrennen.
»Was hast du hier zu suchen?«, brüllte er los.
Alex zuckte die Schultern. »Wollte nur ein wenig beim Aufräumen helfen.« Eine andere Ausrede fiel ihr so schnell nicht ein. Sie musste Zeit gewinnen.
»Ach ja? Nicht nötig«, bellte Edwards. »Du hilfst nur dir selbst, schneller in den Jugendknast zu kommen – wohin du gehörst, so wie du aussiehst. Einbruch, Diebstahl, Sachbeschädigung … Da kommt einiges zusammen. Ich könnte ja die Nachtwache alarmieren, aber es macht mir viel mehr Spaß, wenn ich dich selbst hinauswerfe.«
Er kam auf sie zu. Und ihr kam eine Idee.
Alex stellte sich die vertrocknete Bananenschale in seiner Schublade vor. Aber in ihrer Vorstellung wurde plötzlich eine gelbe, glitschige Bananenschale daraus. Die auf dem Boden lag, direkt vor seinen Plattfüßen. Kein großer Zauber, aber würde er schnell genug funktionieren?

»Autsch! Aua! Verdammte Scheiße!«, brüllte Edwards, als seine drei Zentner Lebendgewicht hart auf den Boden krachten. Aber er würde nicht immer liegen bleiben. Dafür war er viel zu sehr darauf aus, ihr wirklich etwas anzutun.
Doch im Moment lag er noch immer wie ein Riesenkäfer auf dem Rücken und starrte sie wütend an. »Du elende kleine Ratte! Du Miststück! Das wirst du mir büßen! Es wird dir bitter Leid tun, jemals hierher gekommen zu sein!«
Die Zeit arbeitete gegen Alex. Von schierer Wut getrieben, würde Edwards seine Körpermassen ziemlich schnell wieder in die Vertikale bringen. Eine halbe Minute, wenn überhaupt. Und es konnten jeden Moment andere Leute eintreffen.
Alex entschloss sich zur Flucht – aber nein, das ging auch nicht. Sie war schließlich hier, um den Namen dieses Fotoreporters herauszufinden. So nahe vor dem Ziel konnte sie nicht aufgeben.
Aber wo war Cam? Ihre Schwester konnte die Leute mit einem Blick aus ihren Feueraugen auf dem Boden festnageln, dass es eine wahre Freude war, konnte sie zwingen, die Wahrheit zu sagen, selbst wenn sie es nicht wollten. Wenn es jemals einen Zeitpunkt gegeben hatte, an dem Alex ihre Schwester brauchte, dann war es jetzt.
Aber hier war sie – allein, hilflos – und hatte nichts außer ihrem Verstand. Der im Moment stillzustehen schien. Und sie hatte ihr Amulett – und natürlich die Kristallkugel und die Kräuterblätter, die Cam ihr gegeben hatte.
Alex riss das Säckchen mit den Kräutern aus ihrer Tasche und warf ein paar verkrümelte Blätter über Edwards, der ihr mit offenem Mund zusah.
Dann brüllte er vor Lachen. »Ist das deine Waffe, du Schlampe? Ein bisschen Petersilie?«

Alex packte ihr Mondamulett fest mit der Linken und die Kristallkugel mit der Rechten. Dann zitierte sie den »Wahrheitsfinder«:

»Befreie Edwards von Zweifel und Schmerz ...« Das Mondamulett in ihrer Hand wurde spürbar wärmer.

Edwards' brüllendes Gelächter war verstummt. Er starrte sie an, als sei sie plötzlich durchgeknallt.

»... gib Vertrauen ihm ein, lass ihn erleichtern das Herz!«, brachte Alex den Zauberspruch zu Ende.

»Mädchen ... Miss DuBaer ... wie immer du heißt«, sprudelte Edwards plötzlich mit völlig normaler Stimme hervor, ohne jede Spur von Wut – und ohne Übergang beantwortete er gleich Alex' Frage. »Du hast dir den Falschen ausgesucht. Das Foto kam per E-Mail. Einer unserer freien Fotografen hat es aufgenommen.«

McCracken?, dachte Alex. Wie auf dem Namensschild, das sie in Edwards' Schublade gefunden hatte. Im selben Augenblick, in dem sie den Phantom-Unfall gehört hatte.

»Wir haben das Foto natürlich gebracht«, fuhr Edwards fort. »Es war in einer unserer Dateien gespeichert. Aber jetzt ist die Datei plötzlich verschwunden. Glaub mir, nur ein absoluter Spitzenhacker kann unser Sicherheitssystem aushebeln ... Schon möglich, dass ein Typ wie dein Onkel zum Beispiel in unser System einbrechen und die Datei löschen könnte. Jedenfalls muss das irgendjemand gemacht haben. Vergiss die Sache – dieses Foto gibt es nicht mehr.«

Edwards ließ sich auf den Boden zurücksinken, legte die Arme unter den Kopf und starrte an die Decke. Nach einer Weile sagte er: »Nach deinem Anruf habe ich versucht, diesen McCracken aufzutreiben. Er musste seinen Namen geändert haben und seine Adresse sowieso. Wir schickten ihm einen

Scheck für das Foto, aber der Brief kam zurück mit dem Vermerk: ›Unbekannt verzogen‹. Und stell dir vor: Es war sein bisher bestes Foto – und deshalb auch sein bisher bestes Honorar. Also musste ihm irgendetwas einen mächtigen Schrecken eingejagt haben.«

Oder irgendjemand, dachte Alex.

Ihr ganzer Trip war ein Fehlschlag gewesen. Ihre Zuversicht fiel zusammen wie ein Kartenhaus. Kein Foto, kein Fotograf. Nichts, absolut gar nichts hatte sie erreicht. Und außerdem auch noch Cam verloren.

»Sie ist längst zu Hause – wo du auch sein solltest!«, schimpfte plötzlich eine wütende Stimme. Ileana stöckelte ins Büro und warf Alex Blicke zu, die schärfer als Dolche waren.

Edwards' Augen traten aus den Höhlen, als er die schöne Frau mit ihrem wehenden Blondhaar und dem wunderbaren Cape erblickte. Er hob den Kopf und betrachtete sie. Ileana stöhnte ungeduldig auf, als sie seinen Blick sah, und wedelte kurz mit der Hand über seinen Körper. Sein Kopf fiel mit hartem Aufschlag zurück, die Augen verdrehten sich, wurden glasig, und er verlor das Bewusstsein. Lässig stieg sie über den Mann hinweg. »Gehen wir!«, befahl sie streng. »Deine Zauberkünste sind der absolute Horror!«

Kapitel 11

HAUSARREST UND SCHULVERBOT

Ileana blieb nur so lange, bis sie den Zwillingen gründlich die Leviten gelesen hatte.

»In Zukunft lasst ihr die Finger von Zaubersprüchen, die ihr nicht beherrscht, habt ihr verstanden?«, schimpfte sie. »Der ›Reisende‹ ist für euch von jetzt an absolut tabu, ist das klar?« Wütend marschierte sie im Wohnzimmer der Barnes auf und ab und ruinierte mit ihren Stöckelschuhen das glatt polierte Parkett. Cam spielte nervös mit dem *Kleinen Handbuch der Zaubersprüche*, während Alex in einem Sessel saß und die Fliegen an der Decke zählte. Jetzt, im Winter, kam sie auf null. Ileana wirbelte theatralisch zu ihnen herum. »Solche Sprüche sind sogar für voll ausgebildete Hexen gefährlich, und ihr beide beherrscht ja noch nicht einmal das Alphabet! Wenn ihr sechzehn seid, könnt ihr euch diese Dinge erklären lassen. Sofern ihr dann noch am Leben seid – woran ich große Zweifel habe!«

Die Zwillinge öffneten gleichzeitig den Mund, um zu protestieren, aber Ileana ließ keinen Einspruch gelten. Sie schnappte Cam das *Kleine Handbuch* weg und baute sich vor ihnen auf. »Als euer Vormund verbiete ich euch, diesen Zauberspruch noch einmal anzuwenden. Ihr werdet nicht mehr versuchen, diesen verdammten Fotoreporter zu finden. Und ihr werdet auch nicht weiter versuchen, eure Mutter zu finden!«

Cam, die noch immer von dem Unfall erschüttert war, hatte die Beine eng an den Leib gezogen und saß in einer Ecke der Couch. Ihr Handy klingelte, aber sie achtete nicht darauf. Sie wimmerte leise: »Du weißt nicht, wie es ist. Wenn man nicht mal weiß, ob die eigene Mutter am Leben ist oder nicht. Das ist wirklich …«

»Frustrierend, zum Verrücktwerden, absolut unerträglich!«, fuhr Ileana dazwischen und ihr brennender Blick wurde plötzlich weich. »Ich habe auf diesem Gebiet ebenfalls ein wenig Erfahrung, musst du wissen.« Sie räusperte sich. »Aber für den Fall – den *höchst unwahrscheinlichen* Fall –, dass Miranda noch am Leben sein sollte, werde von jetzt an ich sie suchen. Nicht ihr. Ende der Durchsage.«

Sie wandte sich abrupt ab, um klar zu machen, dass das Gespräch vorbei war. Aber Alex glaubte, dass Ileana nur ihre Gedanken verbergen wollte. Und das gelang nicht so recht. Ileana war nicht schnell genug gewesen.

Was sie herausgefunden haben, ist absolut erstaunlich. Karsh hatte Recht.

Alex hörte jedes einzelne Wort ihrer Gedanken.

Beide zusammen sind sie schon jetzt mächtiger, als wir uns jemals vorstellen konnten. Aber sie brauchen noch viel Unterstützung! Sie müssen bescheidener werden, disziplinierter, gebildeter – und sie brauchen die Weisheit unserer uralten Gemeinschaft, damit ihre Begabung nicht zu einer großen Gefahr für uns alle wird! Und so clever sie auch sein mögen – gegen Thantos haben sie keine Chance!

Vielleicht haben sie nicht einmal eine Chance gegen Fredos wahnsinnige Monstersöhne. Die wahrscheinlich von ihrem elenden Onkel losgeschickt wurden, um die Zwillinge zu terrorisieren. Schon der bloße Gedanke, dass Thantos wissen könnte, wo Miranda ist, dass er sie sogar besucht, ist absurd, vielleicht sogar eine Falle. Thantos muss aufgehalten werden. Jetzt sofort!

Ileana warf wie eine stolze Königin ihr Haar zurück und marschierte zur Tür. »Ich verschwinde.«

»Warte noch!« Alex sprang von ihrem Sessel auf. »Du sollst uns doch helfen, wenn wir Hilfe brauchen! Ich meine, wenn du schon nicht glaubst, dass Miranda noch am Leben ist, dann sag uns wenigstens, was diese anonymen Zettel bedeuten. Jemand schickt uns Botschaften über Miranda. Wir glauben, dass Thantos dahinter steckt. Was meinst du: Stimmt das – oder stimmt es nicht.«

Ileana stieß einen ihrer höchst dramatischen Seufzer aus. »Okay. Ich widme euch genau eine Minute meiner äußerst kostbaren Zeit. Nutzt sie gut. Also los: Zeig mir das Zeug.«

Alex raste in ihr Zimmer hinauf und holte die beiden anonymen Mitteilungen, die sie bekommen hatten.

Ileana las beide Botschaften, drehte die Zettel um, roch am Papier. »Und ihr glaubt, dass diese Zettel von Thantos stammen? Ihr macht wohl Witze.« Sie starrte die Zwillinge nacheinander an und schüttelte ungläubig den Kopf. »Nicht mal der blödeste Hexer oder die dümmste Hexe würde so etwas Primitives machen. Das hier« – sie warf die beiden Zettel in Alex' Schoß – »ist nichts als ein Scherz, den sich eine von euren kindischen Freundinnen mit euch macht.«

Cam war fix und fertig. Dieser Gemütszustand war ihr neu und sie mochte ihn nicht. Sie und ihre Schwester hatten die Sache mit dem Zauberspruch gründlich vermasselt und waren bei der Suche nach Miranda keinen Schritt vorangekommen. Und was ihr am meisten zu schaffen machte: Offenbar hatte die ganze Sache dazu geführt, dass ein Unschuldiger hatte sterben müssen. Die beiden wahnsinnigen Typen am Steuer des Wagens vorhin hatten es bestimmt auf sie abgesehen, nicht auf das Paar mit dem Kind. Oder?

Jetzt war Ileana wieder verschwunden. In Cams Hirn liefen die Ereignisse der letzten Stunden immer wieder ab – wie ein Videorekorder, bei dem sich die Replay-Funktion nicht mehr ausschalten ließ. Alex war wenigstens an der richtigen Stelle gelandet, aber auch sie hatte nichts gefunden. Das Foto und der Typ, der es aufgenommen hatte, waren sozusagen im Krieg gefallen. Und das Cream-Häubchen der Sache war, dass jetzt auch noch Karsh und Ileana sauer auf die Zwillinge waren.

Wenn das wenigstens das Ende der Negativliste gewesen wäre! Aber nein, weit gefehlt – so einfach sollten die Zwillinge nicht davonkommen. Den Höhepunkt erlebten sie erst noch. Cams Pflegemutter, die sonst so gutmütig und ausgeglichen war, befand sich in einem schrecklichen Zustand. Sie hastete auf der schneenassen Straße auf ihr Haus zu. Der Mantel hing schräg auf ihren Schultern, sie trug keinen Hut und keine Mütze, obwohl ein starker Wind ging, und folglich war ihre normalerweise immer akkurate Frisur in katastrophalem Zustand. Sogar das Make-up hatte sie vergessen. Sie stürmte in das Haus, knallte die Tür zu und klapperte wie ein Bataillon Dragoner den Flur zum Wohnzimmer entlang. Als sie die Wohnzimmertür aufriss, blieb sie wie angewurzelt stehen. Sie erblickte die Zwillinge. Ihre blauen Augen, eben noch ein Abgrund der Verzweiflung, verwandelten sich in kaltblaues Feuer. Emily hatte einen Tag voller Angst um die Zwillinge hinter sich. Doch als sie jetzt die beiden heil, munter und offenbar völlig unverletzt im Wohnzimmer sitzen sah, schlug ihre Angst in tiefe Erleichterung und dann in rot flammende Wut um.

»Ihr seid wieder da?«, fragte sie sehr leise und mit sehr gefährlicher Stimme. »Darf man fragen, seit wann?« Ihre Stimme stieg um eine Oktave. »Ich habe euch überall gesucht! Überall herumtelefoniert!« Noch eine Oktave höher. »Und erst vor fünf Minuten hab ich dein Handy zum x-ten Male angerufen! Du hast nicht mal geantwortet!« Cam schluckte. Sie wollte etwas einwerfen, fand aber keine Gelegenheit; Emily hatte sich gerade erst warm gelaufen. Und dann legte sie los.

»Ihr habt die Schule geschwänzt! Warum? Eine von euch hat angerufen und sich als Emily Barnes ausgegeben! Wie könnt ihr nur so lügen?!« Schier unglaublich, dass Emilys Stimme bei jedem Satz noch eine weitere Oktave zulegen konnte. Cam und Alex schlossen die Augen und ließen das Inferno von Vorwürfen über sich ergehen. Eine schrille Frauenstimme kann ein Glas zum Zerspringen bringen und Alex betete um Gnade für ihr Trommelfell.

»Der Zahnarzt hat angerufen, Cam!«, schrie Emily. »Er wollte wissen, ob du schon während der Mittagspause in die Sprechstunde kommen könntest statt nach der Schule. Ich habe versucht, dich über dein Telefon zu erreichen. Keine Reaktion. Deshalb habe ich das Schulsekretariat angerufen. Die Sekretärin behauptete, ich hätte dich schon am Morgen krank gemeldet. Und deine Schwester! Kannst du dir vorstellen, wie peinlich die Sache war? Wie ich mir vorkam?«

Cams Magen war in die Kniekehlen gerutscht. Sie wurde schlicht und einfach von Schuldgefühlen überwältigt.

Eine kurze Pause trat ein – technisch bedingt: Emily schnappte buchstäblich nach Luft. Aber sie war keineswegs fertig. Wütend gestikulierend lief sie vor den Mädchen hin und her. »Wo wart ihr?«, schrie sie. »Los, sagt es mir! Wir haben uns fast zu Tode geängstigt! Habt ihr auch nur einen Augenblick daran gedacht, welche Sorgen wir uns machen könnten?«

Emily blieb stehen, stemmte die Hände in die Hüften und starrte sie rot vor Wut an.

Wir haben ja nicht geglaubt, dass die Sache auffliegt, dachte Alex.

»Oder habt ihr etwa nicht geglaubt, dass die Sache auffliegt?«, fauchte Emily.

Alex starrte sie mit offenem Mund an. Konnte diese Frau ihre Gedanken lesen? Alex war überzeugt, dass Emily nur von einer Sache überzeugt war: *Bevor Alex zu uns zog, ist so etwas nie passiert.*

Aber genau das dachte Emily nicht. Obwohl sie jeden Grund dafür gehabt hätte. Denn Cam – die perfekte Tochter, die Prinzessin der Familie Barnes – hatte nie irgendwelche Probleme gemacht. Bis Alex gekommen war.

Noch immer wütend, starrte Emily die beiden Mädchen an. Schließlich sagte Cam leise: »Mom? Ich muss dir was sagen. Alex ist nicht schuld. Sondern ich. Wenn du eine Schuldige suchst, nimm mich. Und noch etwas, Mom: Es wird nicht mehr vorkommen.«

Falls Emily sie gehört und verstanden hatte, zeigte sie es nicht. Sie hatte stundenlang voller Panik nach den Zwillingen gesucht; der bloße Gedanke, dass ihnen etwas zugestoßen sein könnte, hatte sie schier zur Verzweiflung getrieben. Jetzt war sie völlig überdreht; so schnell konnte sie nicht abkühlen. Sie lief noch immer auf Hochtouren.

»Wenn ich auch noch herausfinde, dass ihr Dylan in die Sache hineingezogen habt …«

Alex lehnte sich an ihrem Ende der Couch zurück und stöhnte leise. Cam hatte wieder die Beine an den Leib gezogen. Ohne sich zu bewegen oder sich auch nur anzublicken, durchlitten die Zwillingshexen Emilys Schimpftirade in eisigem Schweigen. Nach fünf Minuten ging sie zu Ende: »Ich kann es gar nicht erwarten zu erfahren, warum ihr das gemacht habt. Aber ich sage euch: Lasst euch einen verdammt guten Grund einfallen …«

Natürlich gab es einen verdammt guten Grund. Nur würde Emily ihn schlicht nicht glauben. Und natürlich konnten sie auch Dave keinen Grund für ihr Verhalten nennen, als er ein paar Minuten später nach Hause kam.

Cams Pflegevater David Barnes kannte Karsh und wusste, wie wichtig es war, die Mädchen zu schützen, auch wenn er keine Ahnung hatte, wovor oder vor wem. Aber jetzt war er genauso wütend wie Emily – so wütend, wie Cam ihn noch nie gesehen hatte. Und er war erschüttert – von dem Gedanken, was hätte passieren können, von dem Gedanken, als Vater versagt zu haben.

»Aber Dad …«, begann Cam.

»Tut uns wirklich Leid … irgendwie«, fügte Alex lahm hinzu. Gerade noch rechtzeitig konnte sie verhindern, dass ihr ein »alter Kumpel« entschlüpfte.

»Irgendwie?«, echote David und wandte sich fassungslos an Emily. »Es tut ihnen ›irgendwie‹ Leid! Kannst du dir das vorstellen?«

Emily seufzte nur tief. Davids sonst freundliche Miene war streng und bitter.
Cam warf Alex einen Blick zu; die nickte nur. Sie hatten die Sache wieder mal gründlichst in den Sand gesetzt.

Eingesperrt zu Hause. Und eingesperrt in der Schule. Zumindest soweit alles in einem Guss, allerdings nicht, was die bestraften Personen anging, denn nur Alex bekam Hausarrest und auch nur sie das Verbot, am Nachmittag, nach Unterrichtsschluss, die Schule verlassen zu dürfen. Mit einem Wort: Sie musste nachsitzen. Schließlich war es nicht das erste Mal, dass Alex die Regeln der Schule ein wenig freier auslegte als die Schulleitung es gerne gesehen hätte. Aber für Cam war das Schulschwänzen eine Jungfernfahrt gewesen, das erste Mal, dass sie so etwas tat. Deshalb wurde sie nicht bestraft – dieses Mal noch.
Allerdings hatte auch Cam es nicht gerade leicht. Die restlichen fünf des Sechserpacks fielen sofort über sie her. Beth, Kristen, Bree, Sukari und Amanda platzten schier vor Neugier und nervten Cam ständig, endlich auszuspucken, was da abgegangen war, wo sie und ihr Zwilling gewesen waren. Cam wehrte alles mit der lahmen Bemerkung ab: »Alex und ich hatten was zu erledigen.«
Das schluckten schließlich alle – bis auf Beth.
Beth blieb dicht an ihr dran und belaberte sie den ganzen Morgen. »Was war los? Sag's doch endlich. Warst du beim Arzt? Hat es was mit deinem, du weißt schon … Black-out zu tun, den du neulich hattest?«
Cam versicherte ihr immer wieder, dass alles ganz anders sei, aber es nützte nichts – Beth wurde nur noch neugieriger. Sie

legte eine Platte nach der anderen auf, ohne auch nur ein einziges Byte Information aus Cam herauszulocken. Schließlich verlegte sie sich auf die Ich-kenne-dich-besser-als-alle-anderen-Tour, dann auf die Ich-weiß-doch-wenn-etwas-nicht-stimmt-Tour. Und dann, als höchste Steigerung, mit vor Besorgnis triefender Stimme: »Du bist doch nicht, hm, irgendwie krank oder schwanger oder so?«

Cam gab schließlich nach. In der Mittagspause zog sie Beth in ein leeres Klassenzimmer, um ihr endlich die Sache anzuvertrauen. Oder jedenfalls das, was Beth gefahrlos erfahren durfte.

Bei so viel Geheimnistuerei drehte Beth fast durch. »Oh nein! Ich wusste es! Es stimmt etwas nicht mit dir! Jetzt musst du mir wirklich erzählen …«

»Ich erzähle dir nur, was ich dir schon dauernd gesagt habe«, erklärte Cam. »Also: Achtung, fertig, los!« Sie lehnte sich gegen eine Wand, winkelte ein Bein an, den Fuß gegen die Wand gestützt. »Ich musste wirklich etwas erledigen«, begann sie. »Aber zuerst schwörst du, dass du es nicht weitererzählst! Es geht nämlich um unsere …« Cam zögerte. Es fiel ihr schwer, Beth gegenüber von »unserer echten Mutter« zu reden, denn Beth betrachtete das Haus der Barnes' als zweites Zuhause und Emily als Zweitmutter.

Aber Beth hatte Erfahrung – ihre Eltern hatten sich erst vor kurzem getrennt. »Also eine Familienangelegenheit, oder?«

Cam nickte langsam. Sie wusste, dass sie jetzt sehr vorsichtig sein musste. Aber es tat ihr gut. Sich bei ihrer engsten Freundin richtig ausweinen zu können, war das Beste, was sie tun konnte. So absolut normal, unhexisch, supergut – wie Bowling, flirten oder mit dem Sechserpack eine Pizza 'reinziehen. Einfach ein normales Mädchen sein.

Doch Beth hatte von Cams Hexenabstammung nicht die geringste Ahnung, sie wusste nichts von Karsh, Ileana, Coventry Island, Thantos oder dem durchgeknallten Fredo. Aber jeder wusste, dass Cam und Alex adoptiert worden waren. Wenn sie also einen Tag lang nach ihrer wahren Mutter suchten, war das doch sicher nicht abartig.

Vor allem dann nicht, wenn sie erzählte, dass sie seltsame anonyme Briefe bekommen habe, in denen stand, dass ihre Mutter sie brauchte.

»Mannomann«, sagte Beth atemlos und zutiefst beeindruckt, »das ist ja wirklich stark. Deine Elt… ich meine, Emily und Dave haben null Ahnung davon, dass eure richtige Mutter noch Leben ist?«

»Null minus«, bestätigte Cam. »Und deshalb darfst du das auf keinen Fall weitererzählen.«

Beth fuhr mit der Hand über die Lippen, als zöge sie einen Reißverschluss zu. »Ehrenwort.« Dann grinste sie und zuckte die Schultern. »Aber alle deine Geheimnisse für mich zu behalten, ist ein Vollzeitjob. Trotzdem: Kann ich irgendwie helfen? Ich meine, weißt du, wie früher …?«

Was sie damit meinte, war klar: Wie früher, vor Alex' Ankunft. Beth war Cams bessere Hälfte, das Girl, das immer wusste, wie Cam fühlte oder dachte. Impulsiv warf ihr Cam die Arme um die Schultern und zog sie an sich. »Du bist die Beste!«, sagte sie. Und als sie wieder auf den Flur hinaustraten, fügte sie hinzu: »Ich weiß, du würdest alles für mich tun. Und du weißt, dass ich auch immer für dich da bin.«

»Hundertfünfzigprozentig«, bestätigte Beth.

Auf dem Weg zum Esssaal kamen sie an der Ausstellung der Schülerarbeiten zum Thema »Freundschaft« vorbei, die an den Flurwänden aufgehängt waren. Beth nickte zu einem seltsamen Bild hinüber: »Das dort drüben hat Kristen kreiert!« Noch immer fand Cam, das dies eine sehr eigenartige Collage war. »Was glaubst du – wer auf dem Bild ist Kris und wer ist Bree?«, fragte sie scherzhaft.

Cams Blick verschwamm. Oh nein, bitte nicht jetzt, bitte nicht hier!, dachte sie. Doch es war schon zu spät – undeutlich glaubte sie eine Frau im Schnee knien zu sehen, die sich voller Angst hin und her schaukelte und weinte. Cam kämpfte gegen die Vision. Gab es keinen Zauberspruch dagegen? Beth wird glauben, dass ich krank bin, dachte sie.

Beth wandte sich ihr zu. Cams Blick wurde mit einem Schlag wieder klar. Die Vision war vorbei. Sie standen vor der Schwingtür der Schulcafeteria. Beth zögerte. »Wann zeigst du mir die anonymen Briefe?«, fragte sie. »Kann nicht schaden, wenn jemand anders die Briefe anschaut. Vielleicht sehe ich etwas, was du gar nicht erkennst.«

Cam nickte nur und stieß die Tür auf. Der Lärm war wie eine Mauer, gegen die sie stießen. Doch nach all dem gestrigen Horror war Cam froh, wieder in einer normalen Umgebung zu sein.

Am Tisch des Sechserpacks hielt Brianna Hof. Sie trug ein überdimensionales Sweatshirt und ihre schlanken Finger wirbelten durch die Luft, als sie mit lebhaften Gesten die Clique und alle, die sich in Hörweite befanden, mit Erzählungen über ihre Erlebnisse in der Glitzerstadt L.A. unterhielt, über die Waxman-Villa, die so total hip sei, und dass Brice Stanley der absolut coolste Typ unter all den vielen Stars gewesen sei, die bei Briannas Party aufgekreuzt waren. Mit Brice habe sie sich echt angefreundet.

Alex saß ebenfalls bei der Gruppe. Normalerweise verließ sie die Schule während der Mittagspause, aber das war ihr heute untersagt worden. Teil ihrer Strafe. Sie grinste, als sie Cam sah, die neben Beth am Tisch Platz nahm. *Was wird wohl Ileana zu Brees Abenteuer mit Brice Stanley sagen?*, d-mailte Alex ihrer Schwester.

Lass ihr doch den Spaß, mahnte Cam. Ich glaube nicht, dass eine Fünfzehnjährige eine echte Konkurrenz für die Hexe Ileana darstellt, oder was meinst du?

Die schon gar nicht, da hast du Recht, funkte Alex sofort zurück.

Cam starrte Bree an. Sie musste jeden Sonnenstrahl in Kalifornien vermieden haben, denn sie sah blasser aus als je zuvor. Cam glaubte plötzlich, dass Brianna wie die weinende Frau in ihrer Vision aussah.

Alex' saure Stimmung wurde durch Brees ständiges Gezirpe über die Starszene von L.A. nicht besser. Bree tönte herum, dass sich die Balken bogen. Ein Wochenende in L.A., und Peng! – das Großmaul von Marble Bay war wieder da, aber viel zu hip, um in diesem Universum noch Platz finden zu können. Alex' einziger Lichtblick war Marc, der ein paar Tische entfernt Platz genommen hatte. Er hatte sich wie ein alter Tattergreis ein Sitzkissen besorgt – das musste wohl etwas mit seiner Boden-Kollision in der Bowlingbahn zu tun haben, vermutete Alex.

»Hey, wo ist eigentlich Kris?«, wollte Beth wissen, als sie ihr Sandwich auspackte. »Sag bloß nicht, sie hat sich in einen der Startypen verliebt und ist gleich in Hollywood geblieben.«

Brees Antwort kam wie aus der Pistole geschossen. »Nein, sie ist hier, sie ist mit mir am Montagabend zurückgeflogen. Aber sie hat sich tatsächlich bei meiner Party verliebt. Wahrscheinlich sitzt sie im EDV-Raum und belabert Josh Hartnett mit E-Mails.«

Cam verschluckte sich beinahe an ihrem Erdnussbuttersandwich. Sie hustete heftig. *Josh Ha...!* Drei Oscars. Beth klopfte Cam vorsorglich auf den Rücken, während Cam ihrer Schwester über den Tisch einen Blick zuwarf. Alex verdrehte die Augen.

Dylan hatte Kris am Sonntag getroffen – und diese Tatsache hatte Miss Hsu auch gar nicht bestritten. Was schließen wir daraus?, fragte sich Cam. Kris Hsu war gar nicht nach L. A. gereist. Aber warum erzählte dann Brianna solche Lügengeschichten?

Beth Fish schnüffelte an ihrem Sandwich und fragte angewidert: »Möchte jemand tauschen? Wenn ich noch mal Tunfisch essen muss, verwandle ich mich in einen ...«

»... Fisch?«, kicherte Sukari. Die anderen buhten über den lahmen Witz. »Ich tausche – wenn du Schinken und Käse mit einer Überdosis Majo vertragen kannst. Aber« – sie schielte in Beths Lunchbehälter – »du musst noch was drauflegen. Ein Stück von dem Früchtebrot, das du da drin hast.« Sie deutete auf die drei Stücke Früchtebrot, die Beths Mutter eingepackt hatte.

»Abgemacht«, sagte Beth. Sie tauschte mit Sukari die Sandwiches.

»Würg«, kommentierte Bree und beobachtete angewidert, wie die Mädchen die Brote tauschten. »Ich meine, Tunfisch gegen Schinken und Käse – das ist, als wenn man auf der Titanic den Platz wechselt. Am Untergang ändert das nichts.«

Sukari warf Bree einen kurzen Blick zu, ignorierte aber die Bemerkung. »Wir bekommen nachher unsere Chemiearbeiten zurück. Ich glaube, ich habe irgendwas zwischen einer Eins und einer Zwei. Was glaubst du, wie deine Note ausfällt, Alex?«

Alex zeigte ihr den gesenkten Daumen. »Mit *glauben* hat das nichts zu tun. Ich *weiß*, dass meine Note in den Keller stürzt.« Sukari zuckte die Schultern. »Vielleicht gibt dir die Olsen mit einer zusätzlichen Hausarbeit noch mal eine Chance?« Sie drehte sich plötzlich zu Brianna um. »Hey, du hast doch an dem Tag gefehlt! Du und Alex, ihr könntet gemeinsam eine Hausarbeit machen! Wie wäre das?« Brianna verdrehte die Augen. »Das hätte mir gerade noch gefehlt«, murrte sie.

Das Gespräch glitt in ein anderes Thema. Alex schaltete ab und hing ihren eigenen Gedanken nach. Plötzlich drangen fremde Gedanken zu ihr durch. *Hoffentlich sehen sie mich nicht.*

Alex verzog das Gesicht. Nicht schon wieder einer dieser unerwünschten Einbrüche in Brees Gedanken. Ich habe Hausarrest und Schularrest und fühle mich generell miserabel. Ist das nicht genug Strafe? Da brauch ich nicht auch noch Brees lächerliches Gejammer. Entschlossen stand sie auf und ging zum Wasserspender. Aber die Entfernung reichte nicht aus – immer noch war sie in Brees inneren Monolog eingeloggt und musste zuhören, konnte sich nicht dagegen wehren.

Ich kann das nicht. Und ich mache es auch nicht. Oh mein Gott – wie kann sie mir nur diese Kalorienbombe aufhalsen? Mindestens achttausend Kalorien?

Die Glocke läutete das Ende der Pause. Erleichtert ging Alex zum Klassenzimmer zurück. Großer Gott!, dachte sie grimmig, gibt's wirklich nichts Wichtigeres zu tun als über Kalorien nachzudenken? Dann hörte sie Cams Stimme.

»Bree?«, fragte Cam leise. »Ist alles okay? Was ist los mit dir?«

Bree nagte an ihrer Unterlippe, trommelte nervös mit den Fingern auf ihre Bücher und sah überall hin, nur nicht in Cams Augen. »Was soll mit mir los sein? Klar ist alles okay.«

Oh, verdammt, Camryn, verschwinde. Lass sie allein!, schickte Alex ihrer Schwester eine D-Mail. Brianna hatte eher weinerlich als ungeduldig geklungen, fast so weinerlich wie die Frau im Schnee in Cams Vision.

»Wartest du auf jemanden?«, fragte Cam.

»Nein!«, antwortete Bree scharf, dann wurde ihr klar, dass sie Cam unfair behandelte, und fügte schnell in weicherem Ton hinzu: »Ich warte auf Kris. Nur eine Minute. Geh schon mal voraus, ich komme dann nach.«

Gut!, seufzte Alex im Stillen erleichtert, als Cam sich umdrehte und davonging. Alex ging zum Ausgang – wild entschlossen, sich aus Brees äußerst kalorienarmen Gedanken auszuloggen. Aber auch auf dem Weg zur Schwingtür verschonte Bree sie nicht mit ihrem Monolog.

Ciao, Alex-Klon. Warum hängt dieses Weib eigentlich dauernd hier herum? Ich kann jetzt keine Zuschauer brauchen.

In diesem Augenblick fiel bei Alex der Groschen. Sie hatte gerade die Schwingtür aufgestoßen; als sie diesen Kommentar von Bree hörte. Jetzt drehte sie direkt hinter der Tür links ab und blieb an die Wand gelehnt stehen.

Die Erleuchtung war blitzartig gekommen, aber sie war so logisch und klar, dass sie jetzt nur noch staunen konnte, warum sie nicht schon früher darauf gekommen war.

Die Stimme der verzweifelten Frau, die sie mehrfach gehört hatte – sie hatte gar nichts mit Miranda zu tun. Das war Brees Stimme!

Unentschlossen stieß sich Alex von der Wand ab und ging ein paar Schritte den Flur entlang, um ihre Schwester einzuholen, bevor sie im Klassenzimmer verschwand. Sie musste Cam unbedingt berichten, was sie entdeckt hatte. Aber Cam war bereits nirgends mehr zu sehen. Alex zuckte die Schultern und wandte sich zur Cafeteriatür zurück. In den beiden Türflügeln befanden sich zwei große, sternförmige Fenster. Sie warf einen Blick durch eines der Fenster. Die Kids drängelten sich vor dem Müllschlucker, um ihre Essensreste zu entsorgen und die Tabletts auf die riesigen Stapel zu legen. Brianna hatte sich von den anderen abgesondert. Sie war zu einer großen Mülltonne gegangen, die am entfernten Ende des Raums stand. Alex beobachtete, wie sie ihren kleinen Rucksack öffnete, ihr Lunchpaket herausnahm und in die Mülltonne warf.

Cam war längst zu Hause und schien tief in ihr Buch versunken, als Alex ihren Strafarrest endlich hinter sich hatte und Stunden später ins Zimmer kam.

»Mann, heute ist was wirklich Seltsames abgegangen«, platzte Alex heraus.

»Jetzt nicht!«, fauchte Cam, ohne von ihrem Buch aufzusehen, und hielt abwehrend eine Hand hoch (die, wie Alex bemerkte, leicht zitterte). »Du hast mich jetzt schon genug voll gedröhnt mit deinen Beobachtungen. Im Moment hab ich nicht die geringste Lust, mir noch mehr davon anzuhören.«

Alex zuckte die Schultern, nahm ihren Rucksack ab und schüttete den Inhalt auf ihr Bett. Sie hatte eine Menge Hausaufgaben aufgebrummt bekommen – sozusagen ein zusätzlicher Bonus zu Hausarrest und Nachsitzen. Aber sie entdeckte schon nach kurzer Zeit, dass sie sich nicht darauf konzentrieren konnte. Immer wieder kehrten ihre Gedanken zu Bree zurück. Womit quälte sich die kleine Prinzessin herum? Wo waren sie und Kris wirklich gewesen, während sie eigentlich bei der Megaparty in L.A. hätten sein sollen? Und, als letzte Frage, warum musste sich Alex eigentlich immer Brees Gedanken anhören, sobald diese in der Nähe war? Bree brauchte doch gar keine Hilfe – weder von Hexen noch von sonst jemandem?

Eine Viertelstunde später, als es Alex gerade geschafft hatte, sich endlich auf das Chemiebuch zu konzentrieren, sprang Cam auf und schaltete den Fernseher ein. Die Musik eines Werbespots für den Geländewagen mit dem Stern dröhnte durch den Raum.

Alex knallte wütend ihr Buch auf den Tisch. »Hör mal, hier wird gearbeitet!«, überbrüllte sie das Wummern der Bässe und das Heulen des Motors, der am Südrand des Grand Canyon entlangraste, zwei Zentimeter vom Abgrund entfernt. Dann brach die Musik ab.

»Leidet dein Supergehör darunter?«, fragte Cam in die plötzliche Stille. »Ich warte auf die Nachrichten. Gehört zu meiner Hausaufgabe. Ich mache ein Projekt über das neue Gesetz gegen Sekten und okkulte Praktiken. Hexentänze, Teufelsaustreibungen und so. Schwer spannend. Aber okay, ich spiele jetzt mal die Rücksicht in Person und stelle den Ton ab, bis in den Nachrichten was darüber kommt.« Sie drückte auf die »Ton aus«-Taste der Fernbedienung. »Schließlich will ich nicht daran schuld sein, wenn deine Noten in den Keller gehen.«

»Da sind sie längst angekommen«, murrte Alex bedrückt. Aber, nach ein paar Sekunden blickte sie schon wieder auf. »Cami, wie hat Miranda in deiner Vision eigentlich ausgesehen?«, fragte sie.

»Ich denke, du machst Hausaufgaben?«, fragte Cam verärgert zurück, doch dann zuckte sie die Schultern. »Ich hab sie nicht genau gesehen. Sehr unscharf, nur die Umrisse. Klein … blond … mehr konnte ich nicht sehen.«

»*Blond?*«, echote Alex ungläubig.

»Ich weiß«, gab Cam zu, »das kommt mir auch seltsam vor. Ich hatte sie mir ganz anders vorgestellt.«

»Und was ist, wenn es gar nicht Miran…«, begann Alex, wurde aber von dem durchdringenden Schrei unterbrochen, den Cam plötzlich ausstieß.

Alex sprang auf. »Was ist los?«, rief sie.

Aber Cam gab keine Antwort. Mit weit aufgerissenen Augen, die Hände vor den Mund gepresst, saß sie da und starrte auf den Bildschirm.

Auf dem Bildschirm wurde ein halbes Dutzend Porträtfotos gezeigt, darüber die Überschrift: »Zahl der Toten durch Fahrerflucht-Unfälle erneut gestiegen.« Alex erkannte einen der Abgebildeten. Sie griff nach der Fernbedienung und stellte den Ton an.

»… achtzehnjährige Martha Perks aus Sun Valley starb bei einem Unfall auf einer kaum befahrenen Straße in Arizona«, ertönte die Stimme des Nachrichtensprechers aus dem Off. »Martha trainierte dort täglich für den Marathonlauf, um sich für das olympische Team zu qualifizieren. Vom Fahrer des Wagens fehlt jede Spur. Das jüngste Opfer eines Unfalls mit Fahrerflucht ist Elias McCracken aus Carlston, Kalifornien. Er starb heute Früh in einem Krankenhaus. McCracken war gestern in den frühen Morgenstunden, vermutlich von einem Geländewagen, in einem Industriegebiet überfahren worden, in dem zu diesem Zeitpunkt keinerlei Verkehr herrschte. Auch hier fehlt von dem Fahrer des Wagens jede Spur. McCracken hinterlässt eine Frau und ein einjähriges Kind. Er war freischaffender Fotoreporter und ist das neunte Todesopfer bei Verkehrsunfällen mit Fahrerflucht in diesem Monat.«

Bevor Alex ein Wort herausbrachte, stotterte Cam entsetzt: »Das ist er!«
»Der Typ, der das Bild von Thantos aufgenommen hat?«, stieß Alex heraus.
»Nein – ja – verstehst du nicht?« Cam war vor dem Fernseher auf die Knie gesunken und verbarg ihr Gesicht in den Händen. »Das ist der Mann, den ich nicht retten konnte!«

Kapitel 12

ILEANAS RÜCKKEHR

Ileana kehrte wutentbrannt in den Gerichtssaal zurück – ihre Absätze klickten über den Marmorboden, das Cape wehte hinter ihr her wie eine Donnerwolke und ihre Miene zeigte, dass sie zum Äußersten entschlossen war. Alle Köpfe fuhren ruckartig herum, als sie mit dem Lärm einer mittelgroßen Pferdeherde den Gang entlangfegte und neben Karsh Platz nahm.

Lady Rhianna schüttelte ungläubig den Kopf. »Schon zurück?«, fragte sie spöttisch. »Ihr habt das Beste verpasst. Aber ich will Euch nicht auf die Folter spannen. Die Entscheidung war überwältigend einmütig: Der Angeklagte wurde in allen Punkten für schuldig befunden.«

»Das ist ja eine Überraschung!«, warf Ileana sarkastisch dazwischen. Rhianna ließ sich nicht beirren: »Ihr seid gerade noch rechtzeitig zurückgekommen, sonst hättet Ihr den ganzen Rest des Prozesses verpasst.«

Ileana sprang auf. »Prozess – oder Farce?«, rief sie verächtlich und warf mit einer ungeduldigen Kopfbewegung ihr Goldhaar zurück. Karsh schüttelte den Kopf. Er ahnte, dass sich die junge Hexe gerade erst warm lief. Von jetzt an würde sie nicht mehr zu bremsen sein.

»Hat sie Farce gesagt?«, wandte sich Lord Grivveniss an Rhianna, die Hand hinter dem Ohr.
»Das hat sie, Euer Lordschaft!«, sagte Ileana, bevor Rhianna antworten konnte.
»Ich weise diese Verunglimpfung des Hohen Gerichts entschieden zurück!«, protestierte Lord Grivenniss.
»Schon gut, Mylord«, seufzte Lady Fan und verdrehte die dunklen Augen.
Ileana achtete nicht darauf. »Jawohl – dieses gesamte Verfahren hier ist eine Farce, ein riesiger Bluff, eine Charade, mit einem Wort: ein Witz. Jede Hexe und jeder Hexer hier in diesem Saal weiß, dass heute eigentlich jemand anders hätte angeklagt werden sollen: Lord Thantos!«
Die Versammlung schnappte gleichzeitig nach Luft – der Sauerstoffgehalt in der Kuppel sank gegen null. Dann begann ein heftiges Tuscheln, manche Zuschauer sprangen auf und schrien ihre Empörung, ihre Zustimmung oder ihren Schock laut hinaus. Thantos, das musste Ileana ihm lassen, verzog kaum eine Miene. Er stand langsam hinter dem Tisch der Verteidigung auf und ließ seinen Blick über die aufgewühlte Menge schweifen. Als seine dunklen Augen über die Reihen der Gesichter glitten, verstummten sie nacheinander.
»Lord Karsh«, dröhnte schließlich Thantos' Stimme durch die Halle und klang dabei eher amüsiert als verärgert, »habt Ihr Euer Mündel so schlecht erzogen?« Sein Blick übersprang Ileana einfach und fixierte das Trio der erhabenen Ältesten. »Ist das die Art und Weise, in der diese ungezogene junge Hexe meine Nichten erzieht?«
Im Publikum entstand wieder Unruhe.
»Erhabene Älteste und Mitglieder des Hohen Rates!«, überschrie Ileana den Lärm, »ich beschuldige Lord Thantos Du-

Baer des Mordes!« Ihre Stimme hallte wie ein heller Donner durch die Kuppel – Ileana hatte die Lautstärke mit ein bisschen Zauberkraft hochgepuscht.
»Ruhe im Gerichtssaal!«, brüllte Lady Rhianna. Es dauerte eine Weile, bis sich die Anwesenden wieder ein wenig beruhigt hatten.
»Lord Thantos DuBaer hat seinen Bruder Aron ermordet. Wir alle wissen es!«, rief Ileana eindringlich. »Es gibt jetzt neue Hinweise darauf, dass er danach auch Miranda entführte, die durch den Tod ihres Mannes völlig hilflos war. Und dass Thantos weiß, wo sie sich jetzt befindet! Dass er sie sogar gefangen hält! Und dieses … *Ungeheuer* tut so, als sorge er sich um Mirandas Kinder!«
Beträchtliche Unruhe entstand. Lady Rhiannas braune Gesichtshaut war aschfahl geworden. Sie stand auf und entfaltete ihre großen Flügel. Sie rauschten und erzeugten im Saal eine leichte Brise, die über die Köpfe der Anwesenden hinwegstrich. »Das reicht jetzt, Ileana! Und ihr anderen – seid endlich ruhig!« Das aufgeregte Gemurmel verstummte. Als alles still war, drehte sie sich zu Lord Thantos um. »Lord Thantos, tretet vor das Gericht! Und Ihr, Lord Karsh, bitte ebenfalls!«, befahl sie. Ileana, dreist wie immer, folgte Karsh sofort nach, und als Fredo das sah, stolperte er hinter seinem Bruder her. Das Schuldurteil, das eben über ihn verhängt worden war, schien ihn nicht sonderlich zu kümmern. Rhianna starrte Ileana wütend an. »Ihr habt diese hohe Ratsversammlung entehrt!«, begann sie zornig. »Deshalb verbanne ich Euch …«
»Oh, bitte, schickt sie nicht weg!«, unterbrach sie Lady Fan und ihre kleinen dunklen Augen glitzerten aufgeregt. »Einen Prozess wie diesen hier gibt's schließlich höchstens alle hundert Jahre – so lange kann ich, glaub ich, nicht warten.«

Lord Grivveniss kicherte senil vor sich hin. »Aber ich«, war seine meckernde Stimme zu hören.
Lady Fan betrachtete ihn von unten bis oben. Sie hatte schwere Zweifel, ob der alte Grivveniss überhaupt die heutige Sitzung überleben würde.
Lady Rhianna dachte kurz nach. »Also gut«, gab sie schließlich nach. »Wir versuchen es noch einmal. Aber Ihr« – sie starrte Ileana an, dass sie ihren Blick bis ins Mark spürte – »werdet keinen Ton mehr sagen, solange Ihr nicht direkt gefragt werdet! Ist das klar?«
»Ja, Madam«, beteuerte Ileana.
»Fredo und Ihr setzt Euch wieder, sonst ...« Sie beendete ihren Satz nicht. Fredo leckte seine grünlichen Lippen und wand sich vor Lady Rhianna wie ein Wurm. Dann nickte er zögernd und tat so, als schlösse er seinen Mund mit einem Schlüssel, den er anschließend wegwarf. Die Pantomime misslang fürchterlich und Ileana verdrehte die Augen.
Rhianna wedelte sie mit der Hand an ihre Plätze zurück. »Hochgeehrte Hexer«, sagte sie zu Thantos und Karsh. »Das ist ein ungewöhnlicher Vorfall. Er bietet uns aber auch eine höchst willkommene Chance, diese entsetzlichen Gerüchte und Verdächtigungen endlich klarzustellen und aus dem Weg zu räumen, die schon seit fünfzehn Jahren Zwiespalt in Coventry säen.«
Sie schlug hart mit der Faust auf den Tisch, um den wieder aufbrandenden Lärm unter den Zuhörern zu beenden. »Lord Thantos«, fuhr sie mit kräftiger Stimme fort, »durch Eure Großzügigkeit konnte dieser Saal wieder neu aufgebaut werden. Ihr habt dem Hohen Rat Computer gespendet, die unsere Entscheidungsverfahren wesentlich vereinfachen. Dürfen wir uns jetzt noch einmal an Euch wenden – dieses

Mal, um endlich die Flecken von Eurem Namen zu wischen und unsere Insel wieder die alte Eintracht zurückzugeben? Bitte denkt darüber nach. Und Euch, Lord Karsh, bitte ich, das Volk von Coventry noch einmal zu vertreten, indem Ihr uns erklärt, was Ihr wisst, und indem Ihr die Befragung des Beschuldigten vornehmt. Das soll hier und jetzt geschehen, damit die Ungewissheit endlich aus der Welt geschafft wird, alles was man sich seit mehr als einem Jahrzehnt über Lord Arons Tod zuraunt.«

»Ihr wagt es, von mir zu verlangen, mich vor Gericht für den Tod meines Bruders Aron zu verantworten?«, donnerte Thantos wütend.

»Ach so, geht es also darum?«, war plötzlich Fredos schrille Stimme zu hören, der offenbar erst jetzt checkte, was hier geschah. »Neinneinnein, Rhianna! Ihr habt Euch den Falschen ausgesucht!«

»Woher willst du das wissen?«, fauchte ihn Ileana an.

»RUHE!!!«, brüllte Rhianna außer sich.

»Er hat angefangen!«, gab Ileana nicht weniger wütend zurück.

»Nein, sie!«, heulte Fredo dazwischen.

Thantos schüttelte mit kaltem Lächeln den Kopf, als ginge ihn der kindsköpfige Streit nichts an und als sei seine Geduld mit den beiden endgültig zu Ende. Kühl wandte er sich an Karsh: »Könnt Ihr denn beweisen, dass ich etwas mit dem … unglücklichen Unfall zu tun habe?«

»Ich kann höchstens belastende Umstände anführen«, gab Karsh zu.

»Belastende Umstände?«, fauchte Ileana dazwischen. »Wer zum Teufel hat denn Aron damals am frühen Morgen besucht? Wer war der Letzte, der Miranda lebend gesehen hat?«

Fredo zappelte unruhig auf seinem Sitz. »Lord Karsh«, rief er. Doch Thantos warf ihm einen Blick zu, der einen normalen Sterblichen zu Stein verwandelt hätte. Fredo führte wieder seine Pantomime vor – Mund abschließen, Schlüssel wegwerfen. Ileana wandte sich angewidert ab.

»Erhabene Älteste!«, wandte sich Karsh an Lord Grivveniss und die Ladys Fan und Rhianna. »Wie immer werde ich meine Pflicht erfüllen, die Ihr mir auferlegt habt. Ich werde die Befragung durchführen. Danach mag der Einheitsrat entscheiden.«

»Mit *seinen* Computern!«, protestierte Ileana laut.

»Ruhe!«, brüllte Lady Rhianna.

»Ich werde ebenfalls das tun, was Ihr von mir verlangt!«, erklärte Thantos, ignorierte Ileanas messerscharfe Blicke und setzte mit grimmigem Lächeln hinzu: »Wenn es denn dem Wohle aller dient ...«

Und so geschah es, dass aus dem Gerichtsverfahren gegen den halbirren Fredo DuBaer einer der seltsamsten und ungeheuerlichsten Prozesse wurde, die jemals auf Coventry Island stattgefunden hatten. Angeklagt war einer der angesehensten und am meisten gefürchteten Hexer der gesamten Hexenwelt, der Milliardär und Computermogul Lord Thantos DuBaer höchstselbst.

Entsprechend den ungeschriebenen Regeln des Hohen Rates von Coventry Island boten die erhabenen Ältesten dem Beschuldigten an, einen Rechtsbeistand seiner Wahl als Verteidiger hinzuzuziehen. Ferner offerierten sie ihm, den Termin des Prozesses um mehrere Wochen hinauszuschieben, damit er seine Verteidigung vorbereiten konnte.

Der arrogante Hexenmeister lehnte beide Angebote ab. »Brauche ich Hilfe, um meinen guten Namen reinzuwaschen?«, donnerte er in den Saal.

»Nein!«, kreischte Fredo begeistert.

»Halt die Klappe, Fredo!«, schrie Ileana über die Schulter.

»Ich brauche beides nicht!«, rief Thantos mit seiner gewaltigen Stimme. »Das hier wird nicht lange dauern. Bringen wir diese Farce endlich hinter uns!«

»Hat er Farce gesagt?«, wandte sich Lord Grivveniss an Lady Fan, die Hand hinter dem Ohr.

»Er hat, Mylord«, seufzte Lady Fan.

»Ich weise diese Verunglimpfung des Hohen Rats entschieden …«, begann Lord Grivvenniss.

»Schon gut, Mylord«, seufzte Lady Fan und verdrehte die dunklen Augen.

Auch Karsh verzichtete darauf, den Prozess zu verschieben, um die Anklagepunkte gegen Lord Thantos vorzubereiten. In den vergangenen fünfzehn Jahren hatte es keinen einzigen Tag gegeben, an dem er nicht über die damaligen Ereignisse nachgedacht hatte, die mit dem Mord an Lord Aron zusammenhingen. Er hatte – gemeinsam mit Ileana – Arons blutüberströmte Leiche entdeckt; er hatte die furchtbare Aufgabe übernommen, Miranda von Arons Tod zu unterrichten und ihr Arons blutverschmierten Mantel zu überbringen. Miranda hatte ihm nicht viel darüber erzählen können, was sich an jenem Morgen abgespielt hatte. Aber das Wenige, was sie wusste, war Karsh seither nicht mehr aus dem Kopf gegangen: »Thantos kam … aber er wollte nicht ins Haus kommen. Aron ging hinaus und sie sprachen miteinander.«

Nein – Karsh brauchte keine zusätzliche Zeit, um die Anklage gegen Thantos vorzubereiten oder zu rekonstruieren, was sich damals zugetragen hatte. Er weigerte sich ohnehin, die Geschichte so zu glauben, wie sie sich allem Anschein nach zugetragen haben könnte – irgendetwas in ihm lehnte sich mit aller Macht gegen diese Erklärung auf. Sie schien ihm zu einfach. So weit allerdings die Einzelheiten und die Folgen dieser Sache bekannt waren, wusste Karsh genau Bescheid. Denn es gab nicht viel zu wissen: Aron ging aus dem Haus, in dem sich seine Frau und seine neugeborenen Zwillingskinder befanden, und kehrte nie mehr zurück.

Der alte Mann stand langsam auf und bewegte sich bedächtig zur Mitte der Arena, dorthin, wo sich die Sitze befanden, die für Zeugen der hier stattfindenden Prozesse vorgesehen waren. Seine Stimme war rau aber kräftig.

»Ich kenne die Familie DuBaer schon seit vielen Jahrzehnten«, begann er. »Ich habe die Söhne von Leila und Pantheas DuBaer aufwachsen sehen – einen Sohn, der schlau und klug war, aber von einem unbändigen Ehrgeiz verzehrt wurde, einen zweiten Sohn, der ein hoch begabter, brillanter Kopf war, und einen dritten Sohn.« Karsh senkte den Blick auf seine knochigen Hände, die er im Schoß zusammengelegt hatte und machte eine kurze Pause. »Einen dritten Sohn, der unglücklicherweise …« Er beendete seinen Satz nicht.

Fredo strahlte. Wieder einmal war von ihm die Rede!

»Thantos, der Älteste«, fuhr Karsh fort, »bewunderte und beneidete seinen jüngeren Bruder Aron um alles, was dieser erreichte oder besaß – Arons scharfen Verstand, Arons ebenso kluge Frau, Arons Zwillingstöchter, die im späteren Leben mehr Zauberkraft besitzen würden als alle Zauberer der Insel zusammen. Und vor allem bewunderte Thantos das Computerunternehmen, das sein Bruder Aron gegründet und aufgebaut hatte.«

»Bewunderte?« Ileana war wieder einmal wütend aufgesprungen. »Ich würde sagen, er begehrte es!«
Karsh ignorierte sie. »Das Unternehmen, das damals unter dem Namen ›CompuMage‹ bekannt war und heute ›DuBaer Industries‹ heißt. Aron und Thantos stritten sich erbittert darüber, wie das Unternehmen geführt werden solle, wie seine riesigen Gewinne eingesetzt werden sollten …«
Ileana warf den Kopf herum und starrte Thantos an. Sein Gesicht war zu einer Maske erstarrt, aber in seinem Blick brodelte mühsam unterdrückte Wut. Er stieß ein ungeduldiges Knurren aus.
Karsh ließ sich nicht beirren. »Mehr weiß ich nicht – außer einer Tatsache: Thantos war der Letzte, der Aron DuBaer«, er schloss die Augen, »lebend gesehen hat.«
Bleiernes Schweigen legte sich über die Versammlung. Karsh verbeugte sich leicht vor den erhabenen Ältesten und ging langsam zum Sitz des anklagenden Volkes zurück.
Thantos erhob sich schwerfällig von seinem Stuhl. Er schien plötzlich um Jahre gealtert. Offenbar hatte er sich entschlossen, Karsh nicht ins Kreuzverhör zu nehmen. Stattdessen ließ er den Blick über die Versammlung gleiten. Noch immer herrschte Schweigen, während er ein Gesicht nach dem anderen musterte. Ohne ein Wort gesprochen zu haben, hatte der gewaltige Hexer alle in seinen Bann geschlagen.
Dann, urplötzlich, donnerte seine Stimme: »Lord Karsh hat Recht!« Der Ausruf, der in Thantos' tiefer, starker Stimme durch die Halle dröhnte, erschütterte die gesamte Kuppel. Dann wurde seine Stimme drohend: »Er hat Recht – aber nur bei einem einzigen Wort: *lebend!*« Jetzt machte er eine Pause, um seine Worte wirken zu lassen. »Ich werde jetzt schildern, was sich an jenem tragischen Tag wirklich abgespielt hat.«

Thantos drehte sich um und richtete seinen zwingenden Blick auf Karsh. »Denn ich war dabei! Und dieser alte Mann war nicht dabei!«
Ileanas Gesicht lief rot an. Sie war bereits halb aus dem Sitz, als Karsh sie am Ärmel wieder zurückzog und ihr mit einer einzigen Handbewegung zu schweigen gebot.
Thantos hatte sich nicht auf den Zeugenstuhl gesetzt, sondern ging vor den Sitzreihen auf und ab. Seine nietenbeschlagenen Stiefel klackten über den Marmorboden. »An jenem Morgen besuchte ich Aron; ich ging bis zur Tür, trat aber nicht ein. So weit stimmt die Geschichte, die Karsh erzählte. Aron bat mich ins Haus zu kommen und meine neugeborenen Nichten anzuschauen. Das wollte ich auch tun, aber gerade in dieser Nacht hatten sich im Unternehmen sehr schwierige, dringliche Angelegenheiten ergeben, die von mir zu klären waren. Und ich wollte auch nicht das Glück meiner Schwägerin stören, indem ich vor ihr von alldem gesprochen hätte. Ich bat deshalb Aron um ein Wort, aber im Freien. Aron kam heraus. Ich schilderte ihm, was geschehen wart – dass CompuMag plötzlich in eine schwere Krise geraten sei. Er verlangte daraufhin, dass ich sofort in unser Unternehmen zurückkehren solle. Erst am nächsten Tag erfuhr ich, dass er ermordet worden war. Ich war zutiefst geschockt und traurig.«
»Als Ihr davon erfahren hattet«, unterbrach ihn Lady Rhianna, »warum seid Ihr dann nicht nach Coventry Island zurückgekehrt? Warum nicht? Aron war schließlich Euer Bruder!«
Jetzt hätte kein Zauberer der Welt Ileana noch zurückhalten können. Blitzschnell sprang sie auf die Füße. »Ja, warum nicht?«, schrie sie schrill. »Ihr habt Euch fünfzehn Jahre lang versteckt! Ihr seid ein Feigling!«

Thantos Kieferknochen traten scharf hervor; er knirschte hörbar mit den Zähnen. Mühsam beherrschte er sich, beachtete aber Ileana mit keinem Blick, sondern wandte sich an Lady Rhianna. »Ich kannte die Umstände seines Todes nicht; ich hätte nichts erklären können, als der Mord untersucht wurde. Und später« – jetzt wirbelte er plötzlich herum und starrte Ileana direkt in die Augen, sein Gesicht war noch immer maskenhaft starr – »später schmerzte mich der Tod meines Bruders zu sehr, als dass ich darüber noch hätte sprechen wollen. Mein geliebter Bruder war tot. Meine verehrte Schwägerin war verschwunden. Meine Nichten befanden sich unter dem so genannten Schutz einer äußerst arroganten jungen Hexe, die zu ihrem Vormund bestimmt worden war. Gegen meinen Willen! Schließlich konzentrierte ich mich darauf, aus dem Unternehmen den größten und erfolgreichsten Computerkonzern zu machen, den die Welt jemals gesehen hat – genauso, wie es Aron gewollt hätte.«

Jetzt stand ganz einfach Aussage gegen Aussage – Karshs »belastende Umstände« gegen Thantos' Wort.

Nach dem auf Coventry Island seit knapp fünfhundert Jahren geltenden Recht mussten in einer solchen Situation so genannte »Persönlichkeitszeugen« angehört werden, die über den Charakter des Angeklagten Auskunft geben konnten. Der Angeklagte durfte als Erster seine Zeugen aufrufen.

»Es gibt tausende!«, prahlte Thantos. »Tausende, die für mich die Hand ins Feuer legen würden!«

»Na klar, der Teufel zum Beispiel! Der kann sich nicht verbrennen!«, keifte Ileana.

Thantos ignorierte ihren Einwurf, heftete aber seine dunklen Augen spöttisch auf sie. Bei dem, was er jetzt sagte, wollte er offenbar ihre Reaktion genau beobachten – und genießen.

»Ich rufe eine Person auf, die auf der ganzen Welt bekannt ist und deren Wort unangreifbar ist. Ich rufe den Hexer Bevin Staphylus.«

Ileana starrte Thantos völlig verblüfft an. Bevin … wer? Nie gehört. Wer mochte denn das sein? Wahrscheinlich einer von Thantos' Stiefelleckern und Wasserträgern, einer von den Typen, die er benutzte wie Werkzeuge und die ständig um ihn herumschleimten.

Sie wandte sich zum Auditorium und beschattete die Augen, um gegen das gleißende Sonnenlicht in der Kuppel besser sehen zu können. Plötzlich erhob sich ein leichter Wind, ein Klingen lag in der Luft wie von tausend winzigen Glöckchen, dann bildete sich eine silberne Kugel unter der Kuppel, sie schwebte langsam ins Auditorium nieder und formte sich zu einem jungen Mann. Groß gewachsen, sehr gut aussehend, in eleganten Kleidern. Mit fließenden Bewegungen kam er die Treppe herunter und schritt zum Zeugenstuhl. Aber sein Blick war zu Boden geheftet; seine Schultern hingen ein wenig herab.

Ileanas Augen waren weit geworden, ihre Hand flog zum Mund, der in stummem Entsetzen aufgerissen war. Ein Stöhnen drang tief aus ihrem Körper.

Thantos beobachtete ihren Schmerz und grinste breit, als er seinen Triumph voll auskostete. Sein donnerndes Lachen dröhnte durch die Kuppel. »Vielleicht ist er unter seinem Künstlernamen besser bekannt: Brice Stanley, früher mein Pflegekind, heute einer der größten Filmstars der Welt!«

Ileana hatte die Hände vors Gesicht geschlagen. Brice – ihr Brice! Die Liebe ihres Lebens! Wie konnte das sein? Brice war Thantos' Zögling gewesen? Von ihm großgezogen worden? Ihre Kehle war plötzlich ausgetrocknet. Wenn Karsh ihr nicht beruhigend den Arm um die Schultern gelegt hätte, wäre sie zusammengebrochen.

Brice Stanley – Ileanas Freund, ihre große Liebe! Der Mann, dem sie zu allen Dreharbeiten nachgereist war, der ihr ständig versichert hatte, wie sehr er sie liebte, war ein Verräter! Ileana war zutiefst geschockt. Doch ihr Schock wurde noch größer, als sie seine Aussage hörte. Sie geriet in einen Gefühlstaumel, so furchtbar, so grausam, dass sie am liebsten in den Erdboden versunken wäre. Wenn das, was Brice hier vor Gericht aussagte, wirklich stimmte, dann war er wirklich einer der größten, begnadetsten Schauspieler dieser Welt – er verdiente nicht nur einen zweiten vergoldeten Oscar, sondern sogar einen Oscar aus Platin! Oder aus reinsten Diamanten!

Brice saß gelassen im Zeugenstuhl, sonnengebräunt, cool, redete ausführlich über all die guten Taten, die »der große Lord Thantos« für die Gemeinde, für die Schulen, für die Krankenhäuser getan habe, wie seine Wohltätigkeit auf der ganzen Welt unzählige Kinder vor dem Hungertod gerettet, zahllosen Kranken die Heilung ermöglicht habe. Und während seiner gesamten Aussage wich Brice Ileanas Blick aus, sah ihr nicht ein einziges Mal in die Augen. Obwohl sie keine fünf Meter entfernt von ihm saß.

Brice wies die erhabenen Ältesten am Schluss seiner Aussage darauf hin, dass sich ein Mann wie Thantos, so zurückgezogen er auch leben mochte, niemals erlauben könne, sich einem solchen Gerichtsverfahren zu unterwerfen, wenn er nicht völlig unschuldig wäre.

Das schien vielen im Saal einzuleuchten. Brice erhob sich langsam, ging quer durch die Arena zur Treppe hinüber, die zu den Publikumssitzen hinaufführte. Als er an der Sitzreihe der Anklage vorbeikam, stand Ileana auf und heftete ihren brennenden Blick auf ihn. Brice versuchte, so schnell wie möglich an ihr vorbeizukommen. Blind vor Wut, fiel Ileana nicht auf, dass er niedergeschlagen wirkte, dass tief in seinem Herzen eine unsägliche Traurigkeit herrschte.

Dann war er vorbei. Ileana sank auf ihren Stuhl zurück. Das Kapitel Brice war – so weit es sie betraf – abgeschlossen.

Ein weiterer Charakterzeuge wurde aufgerufen – dieses Mal durch Karsh. »Das Volk von Coventry Island ruft Shane Argos als Zeugen auf.«

Das war nun eine zweite unangenehme Überraschung – doch dieses Mal für Thantos. Der gut aussehende junge Mann bezeugte, dass er als Junge all die großartigen Gerüchte gehört habe, die man sich über den brillanten und mächtigen Lord Thantos erzählte. Auch Shane gehörte dem DuBaer-Clan an. Vor kurzem habe er auf Befehl des mächtigen Hexenmeisters versucht, sich an Apollo und Artemis heranzumachen.

Thantos hörte sich Shanes Aussage mit grimmigem Gesichtsausdruck an. Er wusste genau, was dieser Junge als Nächstes aussagen würde. Und Shane nahm kein Blatt vor den Mund. Geradeheraus erklärte er: »Hätte dieser Prozess vor ein paar Monaten stattgefunden, so hätte ich hier jedes Wort bestätigt, das Bevin ausgesagt hat. Aber inzwischen habe ich auch die andere Seite von Lord Thantos kennen gelernt. Ich bin heute überzeugt, dass er auch zu einem Mord fähig wäre.«

Im Publikum erhob sich lautes Stimmengewirr. Ausrufe wie »Lüge!«, »Genau so ist es!« und »Lasst ihn doch ausreden!« schwirrten wild durcheinander.

Lady Rhianna brachte die Menge mit einer einzigen Handbewegung zum Schweigen. Als wieder Ruhe eingekehrt war, wandte sie sich an Shane: »Erzählt der Versammlung genau, was Ihr beobachtet habt.«

Shane schilderte, dass Thantos ihm befohlen habe, sich bei den Zwillingen einzuschmeicheln. Der erste Kontakt sei über eine enge Freundin der Zwillinge erfolgt – Beth Fish, die allerdings keine Ahnung davon habe, dass sie für diese Aufgabe benutzt worden sei. Als es ihm über diesen Umweg tatsächlich gelungen war, sich mit den misstrauischen Zwillingen anzufreunden, habe ihm Thantos beiläufig befohlen, die Freundin der Zwillinge, Beth Fish, nunmehr »zu erledigen«, da sie ihre Rolle erfüllt habe und jetzt nicht mehr gebraucht werde.

Thantos' Faust krachte auf den Tisch, der vor der Bank des Angeklagten stand. »Lüge!«, donnerte er wütend. »Ich habe nicht ›erledigen‹ gesagt, sondern ›entledigen‹! Ist Euer Zeuge schwerhörig, Karsh? Er sollte sie nur loswerden, aber nicht umbringen!«

»Vielleicht habe ich Euer Wort falsch verstanden«, sagte Shane scharf zu Thantos, »aber ganz bestimmt nicht Euern *Willen*!«

Ileana, die sich gespannt vorgebeugt hatte, lehnte sich wieder zurück. Sie brauchte nicht viel Fantasie, um sich vorzustellen, wie der Prozess jetzt weiterging. Beide Seiten würden weitere Zeugen aufrufen, die sich gegenseitig widersprachen. Die Schalen der Waage waren genau im Gleichgewicht. Shanes Aussage hatte Thantos nicht wirklich erschüttert, denn Shane hatte keine konkreten Beweise erbringen können, dass der Zauberer ihm einen Mord befohlen hatte. Wenn es weiterhin unentschieden blieb, würde das Urteil im Zweifelsfall zu Gunsten des Angeklagten gefällt werden. Ein solches Ergebnis würde Ileana niemals hinnehmen. Ihre Muskeln zuckten; wieder einmal war sie kurz davor, aufzuspringen und neue Beschuldigungen in die Welt hinauszuschleudern.

Karsh hatte ihre Gedanken genau verfolgt (tatsächlich hatte er bei diesem Prozess alle Hände voll zu tun, Ileanas überschäumendes Temperament unter Kontrolle zu halten, ohne seine Aufgabe als Ankläger zu vernachlässigen). »Wir können im Augenblick nichts machen, mein Kind«, flüsterte er besänftigend. »Wir müssen akzeptieren …«

»Nein, müssen wir nicht!«, fauchte sie, und zum ersten Mal schreckte Lord Karsh vor dem feurigen und unbeugsamen Willen seines Mündels zurück. Eine plötzliche Idee schoss durch ihren Kopf. *Wenn sie es geschafft haben, dann schaffe ich es auch!*

»Wen meint Ihr damit?«, fragte Karsh besorgt. »Die Zwillinge?«

Ileana schüttelte unwillig den Kopf. »Wer, außer dem Mörder, weiß mit absoluter Gewissheit, wer den Mord begangen hat und wie es geschah?«, fragte sie. »Natürlich das Opfer!«, gab sie sich gleich darauf selbst zur Antwort.

»Lord Aron?«, fragte Karsh entsetzt. »Aber er ist tot!«

»Wisst Ihr eigentlich«, fragte Ileana mit boshaftem Lächeln, wobei sie in die Tasche der Innenseite ihres Capes griff, wo sich das *Kleine Handbuch der Zaubersprüche* befand, »dass sich die Wirkung des Zauberspruchs für Reisende ein wenig verändert, wenn man eine der Zutaten auswechselt?«

Karsh runzelte die Stirn. »Hm. Den Zauberspruch gegen Verstopfung kann man durch Zugabe von Rizinusöl ins Gegenteil …«

Ileana ließ ein glockenhelles Lachen hören und warf ihre prächtige Haarmähne zurück. »Das meine ich nicht. Was passiert, wenn man beim ›Reisenden‹ statt Beifuß Majoran verwendet?«

»Majoran?« Karsh dachte kurz nach. »Das Kraut hilft, große Veränderungen im Leben zu akzeptieren. Und, ah, jetzt fällt's mir wieder ein, in uralten Rezepten heißt es, dass es auch die Toten auf ihren Reisen in andere Welten begleitet …« Karsh brach plötzlich ab und starrte Ileana entsetzt an. »Nein, Ileana!«, flüsterte er dann scharf. »Nein! Daran dürft Ihr nicht einmal denken! Ihr könnt doch nicht … Lord Aron herbeirufen, um ihn gegen seinen eigenen Bruder aussagen zu lassen!«

»Ihr meint, ich könnte es nicht?« Ileana lehnte sich zurück und lachte. Dann schüttelte sie den Kopf. »Aber beruhigt Euch: Wenn ich Aron nicht rufen kann, dann halt jemand anderen …«

Kapitel 13

TOTAL CHINESISCH

Alex' Gitarre gab kreischende Geräusche von sich. Es klang, als sei eine Katze mit angebissenem Schwanz über die Saiten gerutscht. Alex ließ das Instrument auf den weichen Teppichboden fallen und sprang auf, wobei sie ständig mit den Fingern schnipste.

»Cam! Weißt du, was mir eben klar geworden ist?«

»Dass du eigentlich gar nicht Gitarre spielen kannst?«, grinste Cam. »Das hätt ich dir schon lange sagen können.«

Alex ignorierte den lahmen Witz. Ihre Schwester war den ganzen Abend über ziemlich niedergedrückt gewesen, seit sie McCrackens Bild in den Nachrichten gesehen hatte. »Wir haben beim ›Reisenden‹ nichts falsch gemacht!«

Cam runzelte die Stirn. »Sag's noch mal – für den langsameren Teil der Menschheit«, bat sie.

Alex hob die Gitarre auf und stellte sie in ihren Ständer.

»Unser Zauber, den wir benutzten, war …«, sie stockte, »irgendwie klüger als wir. Das ist alles. Es war klar, wo wir am dringendsten gebraucht wurden, zumindest eine von uns. Deshalb sind wir getrennt worden. Jemand brauchte Hilfe. Dort wurdest du hingebracht. Damit du die Mutter und ihr Baby retten konntest.«

»Interessante Theorie«, sagte Cam ein wenig spöttisch. »Willst du damit sagen, dass unsere Zauberkraft so was wie ›denken‹ kann?«
»Genau das will ich sagen.« Alex ließ sich von Cams Spott nicht beirren. »Überleg doch mal: Hatte ich denn Lust, mir die total seichten Gedanken deiner total seichten Freundin anzuhören? Das war eine rhetorische Frage und ich gebe dir auch gleich die Antwort: nein, hatte ich nicht. Ich hatte gar keine Wahl, ich musste mir ihr abgedröhntes Gejammer anhören. Als wir dort in der Bowlingarena standen, hat Bree um Hilfe gerufen.«
Es passierte immer häufiger, dass Alex durch ihre ungewöhnliche Fähigkeit die Gedanken anderer Menschen mit anhörte, ohne selbst die Entscheidung dafür getroffen zu haben, und manchmal sogar gegen ihren eigenen Willen. Zum Beispiel auch heute wieder, als sie sich Brees merkwürdige Gedanken anhören musste. Obwohl sie gar keine Ahnung hatte, worum es eigentlich ging.
Cam war nicht überzeugt. »Wenn unsere Zauberkraft so clever ist, warum konnte ich dann nur zwei von den drei Personen retten? Warum nicht gleich alle drei? Wieso hat es dann beim Fotografen versagt?«
Alex wollte es nicht aussprechen, aber sie konnte auch ihren Gedanken nicht aufhalten. *Weil du den absoluten Top-Oberhexenmeister gegen dich hattest.*
»Ach, so ist das also?«, sagte Cam trübselig. Noch einmal sah sie deutlich vor sich, was gestern geschehen war. »Wenn ich es mit Thantos zu tun habe, gewinnt immer er? Ich hab gegen ihn keine Chance?«
»Das heißt nicht, dass du nichts wert bist«, meinte Alex. »Sei nicht so grausam zu dir selbst. Gegen Thantos hast du viel-

leicht nur geringe Chancen, solange du allein bist, aber wenn wir zusammen dorthin …«

»Nein!« Cam sprang von ihrem Fenstersitz auf. Sie hatte urplötzlich eine Entscheidung getroffen. Oder vielleicht sprach sie jetzt nur etwas aus, was in ihrem Kopf schon herangereift war, seit sie den Unfall und die Fahrerflucht beobachtet hatte.

»Was heißt ›nein‹?«

»Ich dachte, du kannst Gedanken lesen? Dann mach es doch mal, Oberschwester. Oder warte, schone deine Gehirnreste für später, ich erkläre es dir. Wenn Onkel T mir einen echten Schrecken einjagen wollte, darfst du dreimal raten, ob ihm das gelungen ist. Bingo! Er hat gewonnen. Ich trete zurück. Mit sofortiger Wirkung lege ich mein Amt als Hexe nieder.« Cam verschränkte die Arme und stand trotzig im Raum.

Alex starrte ihre Schwester mit offenem Mund an. Dann legte sie den Kopf in den Nacken und brüllte vor Lachen. Es dauerte eine Weile, bis sie sich wieder beruhigt hatte. »Du legst dein Hexenamt nieder?«, kreischte sie vergnügt. »Super! Nur kannst du das gar nicht. Du bist als … *Freak* geboren, klaro?«

Cam trat dicht vor ihre Schwester und starrte ihr ernst in die Augen. »Konzentriere deine drei grauen Zellen einmal auf die Fakten, Alex: Es passieren schreckliche Dinge. Menschen sterben. Die Sache ist um Lichtjahre zu groß für uns. Damit werden wir nicht fertig. Entweder ich steige aus – oder wir rufen Ileana. Und Karsh.«

»Besetztzeichen, Madam«, erinnerte Alex ihre Schwester. »Bitte nicht stören. Do not disturb. Sie haben im Moment andere Sorgen.« Alex wich zurück und wandte die Augen ab, als sie spürte, dass Cams Blick zu brennen begann. Sie hatte keine Lust, sich von Cams Feuerblick blenden zu lassen oder gar geröstet zu werden.

»Thantos schickte zwei seiner Schlägertypen, die McCracken liquidieren sollten!«, schrie Cam Alex an. »Und seine Familie! Das reicht doch wohl für einen Notruf, oder?«

»Und? Was willst du damit sagen? Es ist schließlich nicht das erste Mal, dass er jemanden … beseitigt. Er hat unseren Vater ermordet, Cam! Und wahrscheinlich meinen Adoptivvater, auch wenn dem niemand hinterherheult.« Alex bückte sich, hob Cams Buch auf und warf es auf eines der Betten. »Außerdem ist das unser Kampf. Ileana hat damit überhaupt nichts zu tun.«

»Okay – du willst unseren Vormund nicht zu Hilfe rufen. Steht dir frei. Aber ohne mich. Ich nehme eine Auszeit. Du musst auf mich verzichten.«

Alex weigerte sich, die Sache ernst zu nehmen. »Oh, komm schon! Du blickst das alles nicht richtig. Nimm deine Brille, Cam-ille! Denk noch mal nach: Unsere Mutter lebt. Das steht fest. Du hast es selbst gespürt. Du hast sie sogar gewissermaßen ›gesehen‹. Die anonymen Zettel haben bewiesen, dass du Recht hast. Jetzt müssen wir sie nur noch finden. Wir haben sogar einen Hinweis, wo sie sein könnte. Zwei, um genau zu sein.« Sie hob ihre Hand und zählte an den Fingern ab. »Erstens: die Frau von diesem Fotoreporter. Sie weiß vielleicht, wo ihr Elias das Foto aufgenommen hatte. Sie hat den Angriff überlebt, und das hat sie dir zu verdanken. Dafür schuldet sie dir noch einen Gefallen.«

Cams Geduld war beinahe am Ende. »Und noch einmal: nein!« Die Frau des Fotografen lebte an der Westküste und Cam an der Ostküste. Nie und nimmer würde Cam den Zauberspruch ein zweites Mal benutzen.

Alex wischte die Sache mit einer Handbewegung beiseite. »Zweitens: Wer auch immer die anonymen Mitteilungen geschickt hat – selbst wenn es unser geliebter Onkel Thantos persönlich war –, weiß, wo unsere Mutter ist. Wenn wir rausfinden, wer die Zettel geschrieben hat, finden wir auch sie.«

Alex war fest entschlossen, mit der Frau des Fotoreporters Kontakt aufzunehmen – ob Cam ihr dabei half oder nicht. Zunächst würde sie die Sache allerdings »anonym« betreiben. Brianna Waxman spielte bei diesem Plan keine Rolle. Leider jedoch war sie ständig präsent – tobte in Alex' Gedanken herum, als sei sie dort geboren –, zierlich, erschöpft, aber scharfzüngig wie eh und je. Während des Unterrichts am nächsten Tag konnte sich Alex kaum auf etwas anderes konzentrieren als auf sie. Für Tratsch fand Bree jede Menge Zeit, aber in allen anderen Dingen hatte sie wenig Geduld. Und immer war sie so angespannt, dass man glauben konnte, sie würde jeden Augenblick wie ein dünnes Champagnerglas zerspringen. Was war bloß los mit dem Girl? Und was war los mit Alex? Warum schlich sie nach der Mittagspause hinter Bree her? Dieses Mal warf Bree die braune Papiertüte mit dem Lunchpaket in einen Mülleimer in der Mädchentoilette.

»Waxmans Erbin, deine Bree, hat ihr Lunchpaket schon wieder weggeworfen«, informierte Alex ihre Schwester später, als sie vor ihren Schließfächern standen.
»Na und?«, fauchte Cam gereizt.
»Nicht zum ersten Mal«, fuhr Alex beharrlich fort.
Cam verdrehte die Augen. »Mir reicht's langsam. Hör auf, hinter ihr herzuschnüffeln. Wahrscheinlich wirft sie nur die Reste weg! Bree sieht noch lange nicht verhungert aus!«

Alex zuckte die Schultern. »Okay, wie du meinst. Schließlich ist sie nicht meine, sondern deine beste Freundin.«
Cam ärgerte sich, dass Alex glaubte, sie wisse mehr über ihre Freundinnen als sie selbst – Freundinnen, die Cam seit dem Kindergarten kannte. »Bree hatte mit Nahrungsmitteln schon immer Probleme«, sagte sie. »Wenn sie eine Pizza bestellt, will sie nicht Käse oder Salami drauf haben, sondern Salat. Auf einer heißen Pizza! Schmeckt würg. Außerdem schneidet sie immer die Randkruste weg. Und wenn ich Bree richtig kenne, lässt sie sich wahrscheinlich ein Sushi hier in die Schule liefern, Adresse: Schließfach.«
»Ah. Wenn du Bree richtig kennst? Okay, dann hast du ja wahrscheinlich auch die Lösung für ein weiteres Rätsel.«
Cam tat so, als sei sie tödlich gelangweilt. »Versuch's halt mal.« Sie betrachtete eingehend ihre Fingernägel.
»Erinnerst du dich daran, dass sie vor ein paar Tagen herumprahlte, sie würde zu einer Party mit dem Hollywood-Schönling Brice Stanley gehen? Also: In der neuesten Ausgabe von *Access Hollywood* steht, dass Brice Urlaub macht, weit vom Schuss, auf einer abgelegenen Insel, deren Namen nicht bekannt gegeben wurde.«
Cam starrte ihre Schwester an; plötzlich war sie nachdenklich geworden. »Dann ist er wahrscheinlich auf Coventry. Und was hat das mit Brianna zu tun?«
»Zeitgleichheit«, gab Alex zurück. »Kann er denn gleichzeitig Robinson spielen und in L.A. mit Bree auf einer Fete herumhängen?«
Cam seufzte. »Brice Stanley ist ein Hexer, Mädchen. Schon mal gehört? H-E-X-E-R. Zaubersprüche wie der ›Reisende‹. Gestaltveränderung. Kennt alles. Kann alles. Er kann an zwei verschiedenen Orten sein – wenn nicht gleichzeitig, dann je-

denfalls innerhalb von Augenblicken. Kommt dir das alles nicht irgendwie total bekannt vor? Versuchen wir das selber nicht auch ab und zu?«

»Nichts als Vermutungen.« Alex machte eine wegwerfende Handbewegung.

»Und wie lautet deine Theorie?«

»Wir wissen doch, das Kristen nicht nach L.A. geflogen ist. Brianna hat uns angelogen. Ich behaupte, dass auch Bree nicht dort war. Ihr Super-Daddy hat sie wieder mal fallen gelassen wie einen faulen Apfel. Nur war sie dieses Mal mit der Geschichte über ihre Super-Fete zu weit gegangen und hat dann nicht mehr gewagt, allen möglichen Leuten zu gestehen, dass die Kiste längst versenkt war.«

Cam hatte eigentlich nicht aufstampfen wollen, konnte sich aber nicht stoppen. Alex betrachtete besorgt den Boden.

»Ich bin nicht ›alle möglichen Leute‹!«, sagte Cam wütend. »Ich bin eine ihrer besten Freundinnen! Mir würde sie das jedenfalls erzählen!«

Alex zuckte die Schultern, drehte sich um und ging davon. Cam starrte ihr missmutig nach. Wenn etwas mit einer Person nicht stimmte, die Cam so nahe stand wie Bree, dann würden bei Cam jetzt alle Alarmglocken läuten. Sie würde wahrscheinlich eine ihrer Visionen bekommen. Jedenfalls würde sie genau Bescheid wissen.

»Zwillingsstreit?« Cam hatte gerade ihren Schlüssel herausgefummelt, um ihr Schließfach zu öffnen. Sie fuhr herum, als sie Beths Stimme hörte.

Beth blickte sich um, aber es war niemand in der Nähe, der zuhören konnte. »Gibt's irgendwelche Fortschritte bei der Muttersuche?«

Was sollte Cam darauf antworten? Dass Thantos Miranda in

irgendeiner Klapsmühle hatte wegsperren lassen und dass sie, Cam, keine Ahnung hatte, wo sich die Anstalt befand? Das ging nicht. »Noch nicht«, murmelte sie und zog den Schlüssel vom Schloss.

»Das schafft ihr schon«, sagte Beth ermutigend. »Übrigens – hast du daran gedacht, diese irren Zettel mitzubringen?«

»Hab ich vergessen.« Cam öffnete die Schließfachtür. Eine plötzliche Panik durchzuckte sie. Die Bücher und Hefte fielen ihr aus der Hand. An der Innenseite der Tür klebte ein Zettel. Fassungslos starrte sie ihn an.

»Was ist los?«, fragte Beth erschrocken und starrte ebenfalls den Zettel an. »Was ist das?«

Es war eine Collage. Aus winzigen Papierschnipseln gefertigt, darunter kalligrafische Schriften. Aber merkwürdig war vor allem, dass die Buchstaben aus Nahrungsmitteln geformt worden waren. Der Absender hatte die Buchstaben aus Orangen- und Apfelschalen und Käse- und Wurstscheiben ausgeschnitten. Manche Buchstaben bestanden aus Knäckebrot.

Mach endlich die Augen auf. Siehst du nicht, was mit ihr passiert? Sie schreit um Hilfe – warum hörst du sie nicht?

Cams Knie gaben nach; sie zitterte so heftig, dass sie sich auf den Boden setzte und mit dem Rücken gegen die Wand lehnte. Wer auch immer diese Mitteilung in ihren Schrank geklebt hatte, machte sich offenbar über sie lustig – über ihre übernatürliche Fähigkeit, Dinge zu sehen, und über Alex' superscharfes Gehör.

Cam war so erschüttert, dass sie nicht einmal merkte, dass sie laut sprach: »Wer das gemacht hat … hat nur kopiert«, wurde sie von Beth unterbrochen.

»Was?«

»Das ist Kris' Stil!«, rief Beth. Sie wies auf die Bilder zum

Thema »Freundschaft«, die an der Wand hingen. »Da – schau doch mal.«

Cam stand auf und schaute zu den Bildern hinüber. »Was meinst du damit?«

»Die Kalligrafie auf deinem Zettel«, erklärte Beth ungeduldig, »das sieht genau so aus wie diese chinesische Seidenschrift, die Kris zurzeit lernt. Und die Buchstaben aus Nahrungsmitteln – das nennt man ›Food Art‹ und ähnelt der Collage, die sie zum Thema ›Freundschaft‹ gemacht hat. Das Bild dort drüben.« Beth nickte zu Kris' Kunstwerk hinüber.

Cam starrte das Bild an, ging ein wenig näher, um es genauer betrachten zu können. Beth hatte Recht, aber das alles ergab keinerlei Sinn. Sie schüttelte heftig den Kopf, als ob sie damit ihre wachsende Panik niederkämpfen könne. »Warum sollte Kris mir anonyme Briefe über meine Mutter schicken? Sie weiß doch gar nichts von unserer Suche. Das kommt mir total spanisch vor.«

»Eher total chinesisch«, meinte Beth.

Kapitel 14

KUMPELKUNDE

Brianna war total – und nicht gerade angenehm – überrascht, als sie die Haustür öffnete und Cams Klon vor sich sah. Aber Alex hatte auch gar nicht mit einem großen, freudigen »Hallo!« gerechnet, als sie dreißig Sekunden länger als nötig auf die Klingel drückte.

Sie loggte sich sofort in Briannas Gedanken ein. Brees erster Gedanke – *Was will die denn hier?* – stellte keine große Überraschung dar. Aber Brees Begrüßung verdiente den Nobelpreis für grobe Unhöflichkeit: »Deine Montana-Mütze ist total irre. Das meine ich wörtlich. Hoffentlich hast du nicht mehr als zehn Cents dafür ausgegeben?«

Alex verzog keine Miene; im Grunde hatte sie eine solche Begrüßung verdient. Schließlich war es ziemlich heimtückisch, Bree ohne jede Ankündigung zu Hause zu überfallen. Ob Cam es glaubte oder nicht, Alex jedenfalls war überzeugt, dass dieser Hänfling von einem Girl große Probleme hatte. Und daran konnte Alex einfach nicht vorbei, gleichgültig, ob sie Brianna mochte oder nicht. Hexenregel 101 verlangte von ihr, dass sie herausfand, was eigentlich abging und wie sie dem Mädchen helfen konnte. Und deshalb hatte sich Alex mit Mrs Olsen unterhalten und sie dazu überredet, ihr und Bree eine gemeinsame Projektarbeit in Chemie aufzubrummen. Bree hatte sich zuerst dagegen gewehrt, dann aber zugestimmt, das Projekt mit Alex gemeinsam vorzubereiten. Allerdings wollte sie dafür nur zwei Stunden opfern. Maximum. Und Alex hatte natürlich »vergessen« zu erwähnen, dass heute Nachmittag nach der Schule der einzige Termin war, an dem sie selbst Zeit hatte.

Und zwar bei Bree zu Hause.

Bree war momentan etwas von den Socken und ging von unhöflich zu feindselig über. »Hab jetzt null Bock und null Zeit. Grad auf dem Weg zum Fitness.«

So sah sie allerdings nicht aus. Sie trug noch immer die Klamotten vom Vormittag in der Schule – nicht mal die Schuhe hatte sie ausgezogen.

Alex spielte ihre Ich-tu-es-nur-für-meine-Eltern-Karte aus. »Bree, Emily und Dave haben mich ziemlich abgezoomt«, sagte sie, »wegen dieser Sache am Dienstag, als wir die Schule geschwänzt haben. Aus der Tinte komme ich nur raus, wenn ich die Sache mit der Projektarbeit gut durchziehe. Meine letzte Chance, sozusagen. Außerdem sind wir in einer halben Stunde fertig, wenn wir uns konzentrieren.«

Bree schwankte, aber ihre Gedanken rasten. *Ich will nicht, dass sie ins Haus kommt, sie darf nicht sehen, wie ich wohne! Cam hat mir doch versprochen, dass sie Alex fern hält …*

Tatsächlich?, dachte Alex völlig verblüfft. Davon hatte Cam kein Wort gesagt. Alex war es zwar total egal, wie und wo Bree lebte, aber dass Cam ihr so etwas verschweigen würde, war echt stark.

Alex zwang sich, ruhig zu bleiben. »Ich hab mir Sukaris Aufschrieb ausgeliehen«, sagte sie. »Damit könnten wir anfangen.« Und sie redete so lange über Halbjahresnoten, wie ihr

Durchschnitt in den Keller gegangen war, in welchen Fächern sie noch eine Chance hatte, bis Bree schließlich nachgab.

»Okay, dann komm eben rein. Aber eine halbe Stunde ist das Maximum!« *Eigentlich ist es mir völlig egal, was sie denkt,* dachte Bree. *Aber ganz bestimmt hat sie nicht erwartet, dass ich in einer solchen Elendshöhle lebe.*

Das stimmte – Villa Waxman entsprach in keiner Weise dem, was sich Alex vorgestellt hatte. Sie war schon verblüfft, als sie beim Herweg bemerkte, dass Brees Haus nicht einmal im »richtigen« Ortsteil lag, also in den Marble Bay Heights, obwohl das doch bei der Prinzessinnentochter eines Starregisseurs absolut normal gewesen wäre, nicht wahr?

Aber nein. Das hier war ein total normales, bescheidenes, langweiliges Haus in einem der total normalen, bescheidenen, langweiligen Vorortbezirke. Und der größte Schock? Briannas eigenes Zimmer. Was eigentlich hatte Alex erwartet? Jedenfalls ein Zimmer, das etwas hergab – groß, teuer, mit Nischen und Balkonen, elegant eingerichtet. Und die Wirklichkeit? Klein, ärmlich, rechteckig, spärlich möbiliert.

»Ist deine Mutter nicht zu Hause?«, fragte Alex, um ihren Schock zu überspielen.

»Arbeitet«, gab Bree wortkarg zur Antwort. Total untypisch, dass sie sich bei irgendeinem Satz mit einem einzigen Wort begnügte.

»Was macht sie so?«, wollte Alex wissen. Sie hatte angenommen, dass Mrs Waxman, obwohl ihr der Mann abhanden gekommen war, nicht arbeiten müsse. Doch Brianna hatte ihre Mutter nie erwähnt; sie faselte immer nur von ihrem Dad und den Bergen von Cash, die er besitze. War das noch ein weiteres der Bree-Geheimnisse, die Cam vor Alex verheimlicht hatte?

Brianna seufzte. *Könnte es ihr eigentlich genauso gut erzählen. Warum sollte ich diesen Cam-Klon beeindrucken wollen?*, dachte sie.

Danke, grunzte Alex innerlich.

»Sie arbeitet vier Tage in der Woche in einer Arztpraxis, die beiden anderen Tage arbeitet sie als Buchhalterin bei einem Finanzberater. Und am siebten Tage ...«

»... ruht sie?«, grinste Alex, der es total cool vorkam, dass Bree aus der Bibel zitierte.

Bree blieb ernst. »Nein. Am siebten Tag putzt sie hier rum.«

Alex staunte immer mehr. Brees Mutter hatte also zwei Jobs – wie Sara, ihr eigene Pflegemutter? Aber das ergab doch keinerlei Sinn. Für Sara Fielding waren die beiden Jobs überlebensnotwendig gewesen. Zahlte etwa Eric Waxman der Große keinen Unterhalt für seine Familie?

Brianna schnaubte wütend. »Falls du dich wunderst, und ich bin ziemlich sicher, dass du dich wunderst: Mein Vater würde uns jeden Wunsch erfüllen. Er schickt mir Geld für Klamotten und anderes Zeugs. Aber meine Mutter nimmt keinen Cent von ihm. Sie bildet sich ein, dass das ihren Stolz verletzen würde. Sie ist eben sehr eigenwillig.« *Und dumm*, fügte sie still hinzu.

Alex konnte kaum glauben, dass Mrs Waxman und ihr kostbares Edeltöchterchen auch nur ein einziges gemeinsames Gen besitzen könnten. Aber sie nickte verständnisvoll und meinte: »Meine Mutter war auch so. Stolz bis zum Umfallen. Wollte absolut unabhängig bleiben. Aber vielleicht gerade deshalb ein totales Vorbild.«

»Vorbild?« Brianna spuckte das Wort aus wie verdorbenen Kaviar. »Schön für dich, vielleicht. Passt auch zu dir.« Sie seufzte ergeben. *Die geht wohl nicht so schnell*, dachte sie.

»Möchtest du was essen? Ich kann dir nicht viel anbieten, aber vielleicht einen Snack?«

Bree verschwand in der Küche, und Alex blickte sich um. Poster, aus Magazinen herausgerissene Seiten, Fotografien – teilweise von Stars und Starlets, aber auch Fotos vom Sechserpack und von Bree mit einer ganzen Serie von Boys. Aber die meisten Fotos an den Wänden waren Familienfotos. Baby Bree mit ihren Eltern. Mit ihrem Vater und den Großeltern. Als Mädchen und als Teenager mit ihrem Vater und irgendwelchen Filmdivas. Brees Vater in jüngeren Jahren zwischen Redford und Newman, die Arme um die Schultern der beiden Schauspieler gelegt. Brees Vater (neuere Aufnahme) beim Händeschütteln mit diversen jungen Filmstars. Brees Vater mit Politikern. Brees Vater mit einem Filmplakat, auf den Schriftzug »Eric Waxman präsentiert« deutend. Brees Vater mit …

Das Zimmer war ein Altar, ein Heiligtum, eine Eric-Waxman-Gedächtnisstätte. Nur dass der Mann noch lebte. Und dass ihn seine glühendste Verehrerin nie zu sehen bekam. Obwohl er ihr eigener Vater war.

Bree kehrte mit einer Tüte Crisps, einer Kanne Orangensaft und zwei Flaschen Mineralwasser zurück. Alex deutete auf eines der Fotos: »Wie alt warst du da?«

»Ungefähr sechs oder so. Während meiner schlimmsten Babyspeck-Periode. Keine Ahnung, warum ich das Foto nicht schon längst weggeworfen hab«, antwortete Bree sauer.

»Du siehst darauf doch gar nicht dick aus«, protestierte Alex. »Eher total normal und nett.«

Total normal! Die hat Nerven. So total normal und nett, und meine Eltern haben sich einen Tag nach der Aufnahme scheiden lassen. »Ich hab schon immer auf mein Gewicht achten

müssen«, sagte Brianna abschließend. Sie wollte offenbar nicht weiter darüber reden.
Alex erinnerte sich, was Brianna über sich selbst beim Bowling gedacht hatte. »Dumm. Fett. Hässlich.« Aber waren diese drei Ängste nicht so etwas wie die Erkennungsmelodie aller jungen Mädchen in der Marble Bay Highschool – und überhaupt auf der halben Welt?
Das musste doch nicht bedeuten, dass es in jedem Fall stimmte, oder?
»Wir sollten jedenfalls mal mit diesem doofen Projekt anfangen«, sagte Brianna. »Bringen wir's hinter uns, dann komme ich vielleicht doch noch rechtzeitig ins Fitnessstudio.«
Alex hob den Kopf. »Möchtest du nicht zu uns zum Abendessen kommen?« *Kaum zu glauben – ich hab sie gerade zum Essen eingeladen!*
»Äh – nein … danke.« Brianna rümpfte die Nase und warf ihr einen so eindeutigen Blick (»Bist du völlig durchgeknallt?«) zu, dass Alex ihre Einladung sofort wieder bereute.
Sie machten sich an die Arbeit. Alex stellte fest, dass sie mit Brianna erstaunlich gut zusammenarbeiten konnte. Das Mädchen hatte ein Supergedächtnis, sie hatte offenbar mühelos jede Menge statistischer Angaben und Daten und die gesamte Übersicht über chemische Elemente im Kopf gespeichert. Wenn man einmal von ihrem Eric-Waxman-ist-mein-Superdad-Spleen und von ihrer Besessenheit im Hinblick auf Geld absah, war Brianna eigentlich total in Ordnung. Sie war das genaue Gegenteil der Vorstellung, die sie von sich selbst hatte. Dumm – fett – hässlich? Voll daneben. Sie war intelligent, superdünn und elfenhaft hübsch.
Aber warum wollte sie partout nur als Tochter des Starregisseurs Eric Waxman gesehen werden?, fragte sich Alex ver-

wundert. Sie versteckte sich völlig hinter diesem Image, als gebe es in ihrem Leben nichts Wichtigeres.

Als hätte Brianna ihre Gedanken gelesen, sagte sie unvermittelt und mit ziemlich hochnäsiger Stimme: »Mein Dad hat mich eingeladen, die Sommerferien bei ihm zu verbringen. In L.A. Aber ich weiß nicht – ich bin noch nicht in Bikini-Form.«

Alex' Mund klappte auf. Das Girl war nicht nur alles andere als dick, sie war so mager, dass sich ein Bikini nirgendwo mehr festhalten konnte.

»Das solltest du aber auf jeden Fall machen«, sagte Alex zögernd. »Obwohl du ja wohl gerade eben erst aus L.A. zurückgekommen bist.« Und unmittelbar danach hörte sie Brianna denken: *Gerade aus L.A. zurück, super. Eher aus unserem Vorgarten. Cam hat schon herausgefunden, dass Kris gar nicht in L.A. war. Aber wenn die anderen erst mal entdecken, dass mir mein Dad gar keine Tickets geschickt hat, dann bin ich wirklich …*

Zum ersten Mal, seit Alex entdeckt hatte, dass sie die Gedanken anderer Leute hören konnte, musste sie sich auf die Zunge beißen, um nicht laut mit einer Bemerkung über das herauszuplatzen, was sie soeben gehört hatte. Warum konnte Bree nicht erkennen, dass nicht sie, sondern ihr Super-Dad der totale Versager war? Aber Brees Selbstwertgefühl stand völlig im Schatten ihres geliebten Starregisseurs. Genauer: Sie hatte gar kein Selbstwertgefühl mehr. Sie war total daneben.

Kapitel 15

SCHICKSALSSCHWESTERN

Cam vermied es bewusst, Alex von der neuesten anonymen Mitteilung zu erzählen. Kristen Hsu war schließlich Cams Freundin, auch wenn sich Alex inzwischen wie eine Sechserpack-Expertin aufführte. Cam wollte zuerst einmal über das nachdenken, was sie in Erfahrung gebracht hatte. Alle drei anonymen Briefe waren in Kris' Stil verfasst worden. Und offenbar kannte der Absender auch die Codenummer von Cams Schließfach. Aber natürlich konnte jede halbwegs fähige Hexe (oder Hexer) Kris' Kunststil nachahmen und eine lächerliche vierstellige Schließfachkombination knacken.

Cam beschloss, die Rätsel selbst zu lösen. Sie würde aufpassen müssen, dass sie in Alex' Gegenwart nicht darüber nachdachte.

Es fiel ihr nicht schwer, Alex aus dem Weg zu gehen, denn Emily und David hatten impulsiv beschlossen, direkt von der Arbeit zu irgendeinem Kulturfestival in Boston zu fahren. Es gab also kein gemeinsames Abendessen, bei dem Cam unweigerlich an die aus Nahrungsmitteln bestehenden Buchstaben in den anonymen Briefen hätte denken müssen.

Sie bereitete sich einen Imbiss aus Salat und Tunfisch auf Toast und nahm ihn mit in ihr Zimmer. Hier konnte sie essen, über die geheimnisvollen Zettel nachdenken und ihre Hausaufgaben erledigen. Niemals würde ihre Schwester im gemeinsamen Schlafzimmer herumhängen, wenn Emily und Dave nicht im Haus waren.

Und sie behielt Recht. Da Emily nun also ihre ständigen Gesundheitsermahnungen nicht anbringen konnte, nutzten Alex und Dylan die Gelegenheit, sich durch Berge von Junkfood zu arbeiten – Tiefkühlpizza, Käsestangen, Mikrowellen-Popcorn – und sie krönten ihr Festmahl auch noch mit Tiefkühl-Hamburgern. Und das Ganze fand im Wohnzimmer statt, was Emily mit Sicherheit einen Herzinfarkt verschafft hätte. Dort hielten sie ihr schweinisches Gelage vor dem auf volle Lautstärke aufgedrehten Fernseher. Cam stöhnte, weil sie sich bei dem Lärm kaum konzentrieren konnte. Und manchmal fuhren sie den Ton herunter und griffen zu ihren Gitarren – dann stöhnte Cam noch mehr.

Alex vermied es bewusst, Cam von ihrer Feldforschung in Brees Haus zu erzählen. Warum sollte sie auch? Die ganze Zeit, seit Alex bei Cams Familie wohnte, hatte Cam sie bedrängt, sich mit dem Rest des Sechserpacks anzufreunden. Und jetzt fand Alex heraus, dass Cam ihr gegenüber nicht vollkommen offen gewesen war, was ihre Freundinnen anging. Ein paar »heikle« Informationen hatte Cam einfach für sich behalten.

Cam hatte zum Beispiel immer Brees Anweisung befolgt, Alex von Brees Wohnung fern zu halten.

In Alex' Augen hieß das, dass Cam, wenn sie vor die Wahl gestellt würde, zwischen ihren Freundinnen und ihrer leiblichen Schwester zu wählen, sich für ihre Freundinnen entscheiden würde. Alex sagte sich, dass sie darüber weder überrascht noch beleidigt sein dürfe. Und selbst wenn sie allein etwas herausfand, gab es keinen Grund, ihrer Schwester alles sofort mitzuteilen.

Beide versuchten, einander aus dem Weg zu gehen. Als das Telefon im Flur läutete, ging Cam wie selbstverständlich zuerst an den Apparat. Sie fragte nicht einmal, wer dran war, sondern brüllte nur die Treppe hinunter: »Alex, für dich!« Und verdrängte den flüchtigen Eindruck, dass ihr die Stimme in der Leitung irgendwie bekannt vorgekommen war.

Als Alex am unteren Apparat den Hörer abnahm, legte Cam auf. Wahrscheinlich einer von ihren Montana-Kumpeln, dachte sie – obwohl ihr ein Gefühl sagte, dass Alex von jemand anders angerufen wurde.

Alex nahm den schnurlosen Hörer in die Küche mit, wo Dylan nicht zuhören konnte. Die Anruferin war Molly McCracken, die Witwe des Fotoreporters. Alex hatte intensive Internetrecherche betrieben und war ziemlich stolz darauf, dass es ihr gelungen war, Mrs McCracken ausfindig zu machen. Wie Alex herausgefunden hatte, hatte man die Frau des Reporters und ihr Baby vorläufig in einer sozialen Einrichtung in Carlston, Kalifornien, untergebracht.

Bevor Alex zu Brees Haus gegangen war, hatte sie die Nummer des Heims angerufen und Mrs McCracken ausrichten lassen, dass sie zurückrufen solle.

Mrs McCracken meldete sich mit nervöser Stimme, und als Alex hörte, dass Cam aufgelegt hatte, erklärte sie ihr, dass sie, Alex, mit dem Mädchen verwandt sei, das ihr das Leben gerettet habe.

»Was wollen Sie von mir?«, fragte Mrs McCracken misstrauisch. Alex versicherte ihr schnell, dass sie nur einen Wunsch

habe: den Namen und die Anschrift des Sanatoriums, vor dem ihr Mann das Foto von Lord Thantos aufgenommen hatte.
Am anderen Ende herrschte lange Zeit Schweigen. Alex hielt den Atem an. Aber schließlich sagte Mrs McCracken: »Ich wünschte, ich könnte Ihnen helfen. Aber ich weiß rein gar nichts über das Foto. Ich weiß nur, dass Elias es in Kalifornien aufgenommen hat, aber ich habe keine Ahnung, in welcher Stadt. Und jetzt ist er ums Leben gekommen …«

Ein paar Stunden später, mitten in der Nacht, wurde Alex urplötzlich aus dem Schlaf gerissen. Sie setzte sich aufrecht; ihr Herz raste. Etwas stimmte nicht. Sie warf einen Blick zu Cams Bett hinüber. Cam saß aufrecht im Bett und starrte Alex an.
»Was ist los?«, flüsterte Alex. »Wie lange sitzt du schon da?«
»Ich hab dir etwas verschwiegen«, flüsterte Cam zögernd. »Ich …«
Deshalb ist sie aufgewacht, dachte Alex. Cam wurde von ihrem Gewissen geplagt. Nun, es gab noch jemanden, der diese Krankheit hatte! Erleichtert unterbrach Alex ihre Schwester. »Ich hab dir auch etwas verschwiegen. Über Bree …«
»Und ich habe noch einen anonymen Brief bekommen«, gestand Cam gleichzeitig. »Ich weiß jetzt, wer die Briefe geschrieben hat. Ich weiß nur noch nicht warum.«

Kapitel 16

ICH VERRATE NICHTS

Wer sich bei Nacht und Nebel in ein Haus schleichen will, braucht mehr Geschick als ein ganzer Indianerstamm. Und absolute Selbstbeherrschung. Cam und Alex waren entschlossen, noch leiser als Indianer zu sein. Nur mit der Selbstbeherrschung haperte es ein bisschen.

Kurz nach Mitternacht zogen sie dicke Kleidung an – Jeans, dieselben dunklen Rollkragenpullover und jeweils zwei Sweatshirts. Darüber dickes Zeug – Cam in ihrer unvermeidlichen pinkfarbenen Skijacke, Alex wie immer in ihrem Punkeroutfit, einer gesteppten Militärjacke mit Tarnmuster.

Als sie am großen Spiegel im Flur vorbeikamen, konnte Cam ein Kichern nicht unterdrücken. »Sehen wir nicht wie totale Modefreaks aus? Oder wie Miss Pink und Miss Punk?«

Sie schlichen auf Zehenspitzen zur Haustür, zogen ihre Schuhe an – ausgelatschte Springerstiefel für Alex, hochmodische Naturleder-Timberlands für Cam – und machten sich auf den Weg zu Kristen Hsus Haus.

Welches Rätsel wollten sie lösen? Das größte Rätsel überhaupt: Was hatte Kris mit der vermissten Mutter der Zwillinge zu tun? Wieso konnte Kris behaupten, dass Miranda Hilfe brauchte? Woher wusste sie überhaupt von Miranda?

Alex zog die Kapuze ihres Sweatshirts dicht zu; der starke Wind trieb scharfe Eisnadeln in ihr Gesicht. »Vielleicht ist sie Thantos' neuester Spion?« Dieser Verdacht hatte beide schon seit einer Weile beschäftigt. Schließlich wäre es nicht das erste Mal, dass ihr verbrecherischer Onkel Thantos versuchte, den Zwillingen einen seiner Gefolgsleute auf den Hals zu schicken, der dann die Gestalt eines Freundes annnahm. Aber soweit sie wussten, hatte er sich noch nie jemandem in Cams engstem Freundinnenkreis – dem Sechserpack – genähert.
Sie mussten mit Kris reden, um das Rätsel zu lösen und herauszufinden, was sie wusste. Oder nicht wusste. Drei glückliche Umstände halfen ihnen dabei: Erstens lag Kris' Haus nur ein paar Gehminuten entfernt. Zweitens war Kris vor kurzem ins Gartengeschoss umgezogen, wo sie mehr Platz und mehr Freiheit hatte, bis spät in die Nacht zu lernen, ohne den Rest der Familie Hsu zu stören. Und drittens konnte man an der Rückseite des Hauses direkt an ihr Fenster klopfen. Oder einsteigen, wenn es nötig würde.
Alex hielt Wache, während Cam in einer Schneewehe stand und versuchte, in das Fenster hineinzuschauen. Eiskaltes Schneewasser drang ungehindert in ihre Stiefelschäfte und durch ihre Jeans. Sie zitterte vor Kälte.
Alex ging es nicht viel besser. »Warum zum Teufel schaltest du nicht deinen Superblick ein?«, flüsterte sie ungeduldig.
»Stress mich nicht!«, gab Cam zurück. »Ich seh ja schon was.«
Das Fenster war von innen mit einer Jalousie geschlossen. Cam konzentrierte ihren Blick wie ein Teleskop auf den großen dunklen Raum, der dahinter lag. Nach ein paar Sekunden wurden Gegenstände sichtbar – Schrank, Schreibtisch, Stereoanlage … und ein Bett, in dem Kris lag. Sie hielt ihren schäbigen alten Riesenteddy eng umschlungen.

Alex hob die Hand, um ans Fenster zu klopfen.
»Lass das«, sagte Cam. »Sie würde nur erschrecken und wahrscheinlich zu schreien anfangen.«
»Hast du eine bessere Idee?«, fragte Alex.
»Hm. Wir könnten versuchen, den Teddy zu bewegen, um sie aufzuwecken.«
Die Hexengirls konzentrierten sich auf den Teddy – Cam sah ihn durch die Jalousie hindurch; Alex stellte sich vor, dass der Teddy sich in Kris' Armen bewegte, hin- und herrollte, schließlich einen seiner weichen Arme hob und Kristen sanft über das Gesicht fuhr – über Stirn und Wangen, dann über die Nase, eine Zulage, die Alex besonders viel Spaß machte.
Kris bewegte sich zwar, wachte aber immer noch nicht auf. Alex und Cam steigerten die Bewegungen des Teddys. Dieses Mal ließ Alex den Teddyarm sehr viel kräftiger gegen Kris' Nase boxen. Bang!
»Sehr witzig«, schimpfte Cam, als sie sah, dass Kristen voller Entsetzen aus dem Schlaf auffuhr, sich verwirrt umblickte und verwundert ihre Nase abtastete. Sie klopfte ans Fenster und rief leise: »Kris! Ich bin's, Cam! Bitte erschrick nicht!«
Das Mädchen hatte bereits den Mund zu einem Schrei geöffnet; jetzt schwang sie die schlanken Beine aus dem Bett und lief zum Fenster. »Was ist los? Warum kommt ihr mitten in der Nacht? Ihr habt sie wohl nicht alle?!« Kristen zitterte heftig – nicht nur vor Kälte, sondern auch vor Schreck.
»Kris, tut mir Leid, aber wir wussten keinen anderen Weg ... Und wir dürfen keine Zeit mehr ...«, begann Cam.
»Kris, warum schickst du uns anonyme Briefe?«, stellte Alex das Mädchen zur Rede.
»Wenn du es warst ...«, ruderte Cam ein wenig zurück. Schließlich hatten sie bisher keinerlei Beweise.

Doch Kris' schuldbewusste Reaktion sagte ihr, dass der Verdacht stimmte. Alex konnte hören, dass sich Kris' Puls erhöhte, dass ihr Herz zu rasen begann wie nach einem Hundert-Meter-Lauf. Und sie hörte, wie sich Kris' Gedanken überstürzten: *Endlich! Endlich haben sie's herausgefunden! Haben ja lange genug gebraucht. Hoffentlich ist es noch nicht zu spät!*

Kristen sprach nichts davon laut aus. Sie rieb die Arme, um sich aufzuwärmen. Auch Alex spürte jetzt die Kälte wieder, die sie einen Augenblick lang fast vergessen hatte. »Lass uns erst mal rein, bevor wir erfrieren.«

»Geht nicht. Alle im Haus würden aufwachen.« Aber Kris öffnete die Terrassentür und blieb im Türrahmen stehen.

»Dann bringen wir's endlich hinter uns«, knurrte Alex. »Mir ist kalt.«

Kris zitterte noch heftiger. Cam zog ihre Skijacke aus und legte sie dem Mädchen um die Schultern. Mit gesenktem Kopf und niedergeschlagenen Augen gab Kristen zu: »Ich wollte euch eigentlich nur einen einzigen Brief schicken.«

Die Zwillinge hatten diese Antwort erwartet, aber für Cam war sie trotzdem ein Schock. »Aber du weißt doch gar nichts von ihr. Wie konntest du dann diese Briefe schicken?«

Kristens Kopf fuhr hoch. »Wer kennt sie denn besser als ich?«

Alex loggte sich in Kris' panische Gedanken ein. *Wenn die beiden sie nicht retten können, weiß ich auch nicht mehr weiter. Dann könnte sie wirklich sterben.*

»Wer hat dir gesagt, dass du das tun sollst?«, wollte Alex wissen.

Cam packte Kris an den Schultern und redete eindringlich auf sie ein. »Jemand benutzt dich für ein ganz miserables Spiel, Kris. Wir wissen, dass du nur die Briefe überbringen sollst.

Jetzt sag uns endlich, wo sie ist und wie wir sie finden können.«
»Und mach dir über Thantos keine Sorgen«, fügte Alex hinzu.
Kris riss die Augen auf und starrte die Zwillinge abwechselnd an. »Seid ihr beide jetzt völlig durchgeknallt? Sie ist natürlich zu Hause! Wo sonst?« Am ganzen Körper zitternd, stieß sie Cams Hände von sich. »Und was ist ein Thantos?«
»Wir reden von unserer Mutter!«, fauchte Cam wütend und lauter als beabsichtigt. »Jetzt hör endlich auf, uns weiszumachen, dass du nichts davon weißt!«
»Unsere wahre Mutter Miranda liegt vielleicht im Sterben, Kris – und du weißt es.« Alex versuchte, so ruhig wie möglich zu klingen. »Sonst hättest du uns ja nicht diese Warnungen geschickt.«
»Was?« Kristen starrte erst Alex, dann Cam an.
Wieder hörte Alex das heftige Herzklopfen. Sie fragte noch einmal: »Warum schickst du uns diese Botschaften über unsere Mutter? Wer hat dich dazu gebracht, so etwas zu tun?«
Und in diesem Augenblick explodierte die kleine schlanke Gestalt förmlich vor Wut. Sie brüllte mit einer Stimme, die überhaupt nicht zu ihrer schmächtigen Gestalt passte: »Eure Mutter?! Was geht mich eure Mutter an? Wie könnt ihr nur eine Sekunde lang annehmen, dass ich euch Briefe über eure Mutter schreibe?«
Cam und Alex standen wie im Schock da und brachten kein Wort heraus.
»Natürlich hatten die Briefe etwas mit ihr zu tun … Ich meine, wer sonst …? Aber wenn nicht unsere Mutter … warum schickst du uns die Nachrichten dann? Und wer stirbt?« Kristen schüttelte den Kopf und begann zu schluchzen. »Ich darf es euch nicht sagen. Ich hab's fest versprochen.

Wenn ihr es nicht selbst herausfindet … Ich darf's nicht sagen.«

Alex begriff endlich. »Ein Geheimnis! Wie in deiner Collage«, flüsterte sie. »Du hast geschworen, dass du das Geheimnis für dich behältst. Und jetzt erstickst du fast daran!«

Aber wessen Geheimnis musste Kris für sich behalten? Bevor Cam die Frage zu Ende gedacht hatte, wusste sie die Antwort. Brianna.

Meine Vision!, d-mailte sie ihrer Schwester. *Das Mädchen im Schnee.*

Klein, blond, d-mailte Alex zurück. *Und eine weinerliche, verängstigte Stimme.*

Das war gar nicht unsere Mutter, das war Bree!, dachte Cam. *Alles passt zusammen! Bree kauerte irgendwo hier in der Stadt im Schnee und weinte, als wir alle glaubten, sie wäre in L.A.*

Und außerdem, fügte Cam der Gedankenmail an ihre Schwester hinzu, *kam meine Vision praktisch im selben Augenblick, in dem Scribble sagte: »Weiß jemand, wo Brianna ist?«*

Alex Schultern sackten nach unten. Wie konnten wir nur so blöd sein?, dachte sie. Sie machte sich grauenhafte Vorwürfe – nicht nur wegen Brianna und Kris, sondern auch wegen Cam. Natürlich passte das alles zusammen. Hatte sie, Alex, nicht selbst entdeckt, dass Bree gar nicht nach L.A. geflogen war? Dass Briannas Selbstbewusstsein gegen null tendierte? Alex und Cam hatten nur gesehen, was zu ihrem eigenen Problem passte und nicht das, was sich direkt vor ihren Augen abspielte. Was war nun schlimmer? Dass sie einer Freundin in ihrer Not nicht beigestanden hatten oder dass sie bei der Suche nach ihrer Mutter wieder da standen, wo sie angefangen hatten? Cam wusste keine Antwort darauf. Sie atmete tief die kalte Luft ein, bis ihr der Rachen wehtat. *Ileana hatte von Anfang an gewusst, dass die Briefe nichts mit ihrer Mutter zu tun hatten.*

Kristen bemerkte das Schweigen, wusste aber nicht, dass die Gedanken zwischen den beiden Mädchen hin- und herflogen. Cam legte dem noch immer weinenden Mädchen einen Arm um die Schultern. »Es geht also um Brianna! Was ist los mit ihr?«, fragte sie sanft.

»Ich durfte doch nichts sagen. Deshalb hab ich versucht, euch die Sache auf andere Weise klar zu machen.«

»Warum gerade uns?«, wollte Alex wissen. Obwohl sie die Antwort ziemlich genau kannte.

Kristen wischte sich mit dem Ärmel von Cams Jacke die Tränen aus den Augen. »Weil ich glaubte, dass ihr beide helfen könntet. Seit du hier bist, Alex, ist Cam nicht mehr wie früher, sie ist völlig abgedreht. Aber ich dachte, für euch beide zusammen wäre die Sache vielleicht nicht schwierig. Ich hab natürlich nicht gedacht, dass ihr euer eigenes Drama lösen wollt und dass ihr so völlig blind sein würdet, wenn es um eine eurer besten Freundinnen geht … Jedenfalls von dir, Cam, hätte ich das nicht gedacht.«

Cam senkte schuldbewusst den Blick, aber Alex knurrte: »Vielen Dank auch.«

»Macht doch endlich die Augen auf!«, flehte Kris sie an. »Bree weiß doch gar nicht, was mit ihr geschieht! Wieso bin ich denn die Einzige, die etwas merkt? Ich habe versucht, mit ihr über die Sache zu reden, aber sie hat einfach abgeblockt. Total. Und sie hat mir das Ehrenwort abgenommen, niemandem jemals davon zu erzählen. Aber ich bin doch ihre beste Freundin! Ich kann doch nicht einfach zusehen, wie sie …«

In den Köpfen der Zwillinge fielen die Teile des Puzzles plötzlich wie von selbst an die richtigen Stellen. Jetzt sah das Muster der Geschichte ganz anders aus. Oder richtiger: Sie merkten, dass es eine ganz andere »Story« war. Die viel zu großen Klamotten, die Bree neuerdings trug, ihr abgehärmtes, bleiches Gesicht mit den eingesunkenen Wangen, ihr ständiger Fitnessfimmel, ihre heimlich weggeworfenen Lunchpakete, ihre Lügen, ihre Heimlichtuerei: Alles wurde den Zwillingen mit einem Schlag klar.
Brianna Waxman hatte beschlossen, sich zu Tode zu hungern.

Kapitel 17

DIE HÖHLEN VON COVENTRY

Die Geister versammelten sich an vielen Orten. Einer davon war die Eiche im Mariner's Park. Ileana wusste, dass an dieser Stelle Karshs Ururgroßmutter – eine Heilerin – gehängt worden war. Man hatte sie beschuldigt, die Leute im Ort verhext zu haben. Das war während der Zeiten der Hexenverfolgungen von Salem gewesen. Auch der heilige Fluss, der in den Crow Creek mündete, war einer dieser geheimnisvollen Orte. Dort, so behaupteten die Zwillinge, seien sie ihrer Großmutter begegnet, der verstorbenen Matriarchin der DuBaer-Familie: Leila, die Mutter von Thantos, Aron und Fredo.

Doch Ileana vermutete, dass es noch einen weiteren derartigen Ort gab. Sie breitete ihr Cape aus und begab sich zur dunklen Seite von Coventry Island, dorthin, wo Crailmore, die Festung der DuBaers, stand. Genau unter den riesigen Steinmauern der Festung lagen riesige Höhlen – Höhlen, in denen Generationen von DuBaer-Hexen und -Hexern ihr Leben verbracht und ihr Ende gefunden hatten. Wenn es einen Ort gab, an dem Arons Geist seine Ruhe gefunden haben mochte, dann waren es diese Höhlen unter der Festung – wenn er überhaupt Ruhe finden konnte, solange seine Kinder von seinem mörderischen Bruder bedroht wurden.

Ileana eilte über den Waldboden und kämpfte sich durch die dichten Brombeerhecken, hinter denen sich viele der Höhleneingänge verbargen. Als sie endlich den Eingang zur richtigen, zur größten Höhle gefunden hatte, sah sie weit weniger prächtig aus als zuvor: An ihrem Cape hing der Saum herunter; Dornen und Disteln hatten den Stoff zerrissen und Rindenstücke, Tannennadeln und Laub hing in ihrem Haar. Doch wenigstens hatte sie ihr Ziel erreicht. Stolz und erwartungsvoll trat sie in die heilige Höhle, kauerte sich nieder und nahm die für ihr Vorhaben nötigen Gegenstände aus der Tasche.

Majoran und Beifuß – Ileana hatte beides dabei. Kerzen aus reinem Bienenwachs. Ein Opal, der Stein der Geister, und einen Saphir, der helfen sollte, verlorene Wahrheiten zu finden. Achatgeoden und ein Quarzkristall, die ihr Konzentrationsvermögen und ihre psychischen Fähigkeiten steigern sollten.

Ileana neigte den Kopf, bis ihre Stirn den frostigen Boden berührte. Dann zog sie einen Kreis um sich, stellte die brennenden Kerzen auf den Höhlengrund, legte die Edelsteine in die Mitte und streute Majoran und Beifuß rings um den Kreis.

Sie trat in das Rund, hob den Kopf und rief laut den Zauberspruch »Der Reisende« in die frostige Luft.

Einen Augenblick später wurde sie von einem Schwindelanfall überwältigt. Sie spürte, dass ihr Körper emporgehoben wurde. Ein ohrenbetäubend röhrender Wirbelwind schien sie zu packen. Es war, als sei sie mitten in einen Tornado geraten, doch war der Wind überraschend warm und hüllte sie ein wie eine große weiche Decke.

Ileana verlor jedes Zeitgefühl – und jede Empfindung von

Gefahr. Sie ließ sich in einen unendlichen Raum hinaustragen, schwebte dahin, bis sie plötzlich und ohne jede Vorwarnung auf harten, unebenen Felsenboden fiel. Hier blies ein eisiger Wind.
Langsam öffnete sie die Augen wieder und sah, dass sie sich tief im Höhleninneren befand. Bis hier fiel kein irdisches Licht mehr vom Eingang kommend, es herrschte tiefe Finsternis. Und doch bemerkte sie ein paar Meter entfernt ein leichtes Glimmen. Ein Glühen, das immer stärker und größer wurde. Gleichzeitig nahmen Wind und Kälte zu.
»Endlich kommst du!«, erklang eine tiefe, fast zornige Stimme. Es war nicht Arons Stimme, aber ihr doch ähnlich.
»Ich komme, um Aron DuBaer zu sehen«, erklärte Ileana so höflich wie sie nur konnte. Sie mochte es nicht, wenn man sie anschrie, egal ob Geist oder nicht. Aber sie musste den Geistern mit Achtung begegnen, selbst wenn diese wütend oder ungeduldig waren. »Lord Aron, den Vater der Zwillinge Artemis und Apolla«, erklärte sie dem seltsamen Leuchten.
Und das Leuchten veränderte die Form, nahm Gestalt an, veränderte sich von einem unbestimmten, winzigen Wesen in immer neue Gestalten. Ileana kniete auf dem Höhlenboden nieder und wartete so geduldig, wie sie unter diesen Umständen nur sein konnte. Sie hoffte, dass sie am Ende dieser Reise mit Aron zusammentreffen würde.
»Du suchst meinen Sohn?«, fragte die unbestimmte, nebelhafte Gestalt, die sich vor ihr aus dem Leuchten bildete. Die Gestalt einer Frau wurde sichtbar.
Ileana schluckte ihre Enttäuschung hinunter. Sie hoffte, dass die Verwandlung des Geistes noch nicht abgeschlossen war. Vielleicht wurde doch noch Aron daraus. Doch der Geist blieb eine Frau und Ileana beobachtete die undeutliche Erschei-

nung mit großer Neugier. Die schemenhafte Gestalt wurde immer klarer, und nun sah Ileana, dass die Frau einen knotigen Gehstock in einer vom Alter zerfurchten Hand hielt.
Plötzlich wurde ihr klar, was die Frau gesagt hatte. »Euer Sohn?«, fragte sie erstaunt.
»Lord Aron DuBaer, der Vater von Artemis und Apolla, früherer Ehemann der verwitweten Miranda«, erklärte die alte Dame mit hohler, dröhnender Stimme, die nicht sehr freundlich klang.
»Dann seid Ihr …«
»Deine Großmutter Leila!«
Ileana starrte die würdevolle alte Frau erstaunt an. Sie hatte wohl nicht mehr alles richtig auf die Reihe bekommen, kein Wunder in dem Alter. »Ihr meint wohl, Ihr seid die Großmutter der Zwillinge, nicht wahr?« Oh nein!, stöhnte sie gleichzeitig innerlich. Entsetzen packte sie. Was war, wenn die alte Frau genau das meinte, was sie gesagt hatte? Ileanas geheimste, furchtbarste Ahnungen würden dann Wirklichkeit. Sie schlug die Hände vors Gesicht. Gleich wird sie mir sagen, dass Fredo mein Vater ist …
»Dieser Dummkopf?«, hallte die Stimme der Alten durch die Höhle. »Mein jüngster Sohn, mein missratener Sohn! Unfähig, irgendetwas hervorzubringen, mit Ausnahme dieser entsetzlichen kleinen Ungeheuer, die er als seine Nachkommen bezeichnet! Idiotische, grausame Monster, wie er selbst!«
»Meint Ihr Vey und Tsuris?«, fragte Ileana, unendlich erleichtert, dass sie nicht als einer von Fredos Sprösslingen aufgelistet wurde. Es war eine rein rhetorische Frage, aber Ileana war froh, etwas Zeit gewonnen zu haben. Vielleicht konnte sie hier die Wahrheit über ihren eigenen Vater herausfinden.

Die alte Frau machte eine wegwerfende Handbewegung. »Sag mir, warum du den Geist meines geliebten Sohnes suchst?«

War Leila überhaupt bekannt, dass Aron ermordet worden war?, fragte sich Ileana plötzlich. Vielleicht wurde den Geistern der Ahnen der Schmerz erspart, erfahren zu müssen, wie ihre Kinder starben. Ileana wusste es nicht, und sie wollte auch nicht die Überbringerin solcher Nachrichten sein – selbst wenn diese Nachrichten fünfzehn Jahre alt waren.

»Ach, wie teilnahmsvoll du doch bist!«, lachte die alte Frau. »Also ist wenigstens dir noch so etwas wie Mitgefühl vererbt worden! Möchte nur wissen, von wem!«

Ileana starrte sie an. Offenbar hatte die alte Frau – von wem auch immer – die Fähigkeit nicht verloren, die Gedanken lebender Personen zu hören. Doch allmählich wurde Ileana wütend. Sie vergeudete hier kostbare Zeit und hatte noch immer nichts Wichtiges erfahren. »Ich habe nicht viel Zeit, Lady Leila!«, sagte sie ungeduldig.

»Nenne mich Göttin!«, sagte die alte Frau scharf.

Ileana stutzte verblüfft. Das kam ihr irgendwie bekannt vor. Aber dann konzentrierte sie sich wieder auf das, was sie hier herauszufinden hatte. »Göttin«, sagte sie, »ich suche Euren Sohn Aron, um zu erfahren, wie er starb. Und wer ihn umbrachte.«

»Kind, lass mich dich anschauen. Wer weiß, wann ich dich wiedersehe? Ich bin deine Großmutter. Das ist die Wahrheit.«

Ileana spürte, dass ihr Kinn angehoben wurde, als stünde jemand direkt vor ihr, um ihr Gesicht genau zu betrachten. Doch die alte Frau hatte sich nicht bewegt.

»Ich schäme mich für das, was dein Vater dir angetan hat«, fuhr Leila fort und blickte Ileana mit ihren klaren und stahlgrauen Augen an, die Ileana so sehr an die Augen der Zwillinge erinnerten – und an ihre eigenen. »Diese Scham ist größer noch als die Schande, die ich über mich selbst brachte, denn auch ich habe ihm Schlimmes angetan. Meine liebe Ileana – meine kleine Göttin, denn so habe ich dich bei deiner Geburt genannt –, wenn ich nicht so unnachgiebig und eitel gewesen wäre, hätte er dich wahrscheinlich nicht verstoßen. Doch dann hätte dich auch der mächtige Zauberer Karsh nicht großziehen können. Und, wahrhaftig, er hat dir all das gegeben, was deine eigene, so unmäßig stolze Familie dir nicht geben konnte. So hat sich alles zum Besten gewendet. Doch das, was ich getan habe, ist meine eigene Schande, und ich bereue es zutiefst.«

Das Dröhnen und Rauschen in Ileanas Ohren wurde lauter. Das Wissen, das sie hier erhalten hatte, und ihre eigenen Gefühle dröhnten in ihrem Kopf. Sie wollte – sie musste! – noch die eine Frage stellen, die Karsh ihr nie beantwortet hatte: Wer ist mein Vater? Gab es denn noch einen Bruder, den niemand erwähnte, ein schwarzes Familiengeheimnis. Und sie musste mit Aron sprechen, um endlich zu erfahren, wer ihn ermordet hatte. Sie wollte von seinem Geist die Bestätigung: Ja, es war Thantos … Sie wollte genau wissen, was sich damals ereignet hatte und wofür sich Leila jetzt entschuldigte. Aber die Gestalt vor ihr verblasste; das Dröhnen wurde lauter, umgab sie wie ein Nebel aus donnernden Geräuschen, hüllte sie ein, trug sie hinweg – und der immer stärker werdende Wind sagte ihr, dass sie wieder davongetragen wurde.

»Großmutter!«, rief sie verzweifelt.

Dieses eine Wort war wie ein mächtiger Zauberspruch. Für einen Augenblick erstarb das Lärmen und Ileana nahm wieder das ruhige Rauschen wahr, das vorher in der Höhle geherrscht hatte. Leilas Gestalt wurde erneut deutlicher.

»Schnell, kleine Göttin!«, rief die alte Frau. »Nur noch eine Frage, denn meine Kraft schwindet und ich kann nicht mehr lange in deiner Welt verweilen.« Leilas Stimme klang jetzt sehr sanft, wie aus größerer Ferne. Der Wind schien jedes Wort zu verwehen.

Doch Ileana hatte zu viele Fragen. Welche war die Wichtigste, auch für die Gemeinschaft von Coventry Island? Die Frage nach dem Mörder Arons oder die nach ihrem Vater? Welche sollte sie stellen, wenn ihr nur Zeit für eine einzige blieb? Niemals in ihrem Leben hatte sich Ileana damit befasst, was für die Gemeinschaft der Hexen und Hexer von Coventry Island wichtig war. Nie hatte sie das Wohl der anderen über ihre eigenen Wünsche gestellt.

Das Licht vor ihr, das die Gestalt umgab, wurde schwächer. Und mit ihm wurde die Erscheinung schwächer, die sich jetzt nur noch nebelhaft grau vor der Höhlenwand abzeichnete. Doch in Ileana begann ein anderes Licht zu glühen, ein warmes, sanftes Licht, das sie nie zuvor wahrgenommen hatte. Sie fühlte sich leicht und alle Anspannung fiel von ihr ab. Sie lachte leise.

»Die Frage! Schnell, die Frage!«, stieß Leila mit schwächer werdender Stimme hervor.

Der Prozess, dachte Ileana, aber ihre Gedanken waren so unbeschwert, dass sie sie nicht konzentrieren konnte. Ja, der Prozess war wichtig. Auch das Schicksal der Zwillinge war wichtig. Aber am wichtigsten war die Wahrheit. Die Gemeinschaft musste endlich die Wahrheit über das erfahren, was sich am Morgen der Geburt der Zwillinge abgespielt hatte.

»Wurde Aron von seinem Bruder ermordet?«, fragte Ileana.

»Ja«, antwortete Leila.

Ileana fiel auf die Knie. »Es bleibt keine Zeit mehr, ich weiß.

Aber bitte, sag mir noch eins: Kannst du mit mir kommen und ein für alle Mal diese Wahrheit bestätigen?«

»Willst du das wirklich? Du willst, dass ich dem Hohen Rat erscheine?«

»Ja. Das will ich, mehr als alles andere.«

Leilas Blick drang tief in Ileanas Augen. »Mein Kind, meine kleine Göttin«, mahnte sie. »Denke genau nach, ob du das wirklich willst.«

Kapitel 18

BREE KNICKT EIN

Sie hatten sich nicht angemeldet. Brianna öffnete die Tür, nur mit einem Shirt bekleidet. Ohne Make-up sah sie entsetzlich aus; ihre Wangen waren eingefallen und ihre Gesichtshaut hatte eine gelbliche Farbe. Selbst ihr Haar schien stumpf und dünner zu werden.

»Oh mein Gott!«, stöhnte sie, als sie die Zwillinge an der Tür stehen sah. »Eine von euch ist schon der totale Stressfaktor, aber beide zusammen halt ich nicht aus!« Sie blickte über Alex' Schulter und sah Daves Wagen vor dem Haus stehen. Aus dem Auspuff kräuselten sich Abgase. »Wow. Offenbar ist die ganze Familie angerückt. Womit hab ich das verdient?«

»Zieh was an«, sagte Cam sanft. »Wir müssen mal miteinander reden.«

»Reden könnte ich auch nackt«, gab Bree zurück. Dann sah sie die Zwillinge nacheinander an, wobei sie den Kopf leicht schief legte und versuchte, wie immer einen unbekümmerten Eindruck zu erwecken. »Eine Verhaftung also. Wollt ihr mich nicht über meine verfassungsmäßigen Rechte informieren?«, fragte sie. »Das ist doch so üblich, oder?«

Aber ihr Scherz funktionierte nicht. Cam und Alex sahen sie ruhig und ernst an.

»Okay, okay, Kommissar«, winkte Bree schließlich ab. »Ich bin gleich wieder da.«
»Zieh was Warmes an«, rief Alex hinter ihr her. »Wir gehen zum Mariner's Park. Das ist Cams Superidee.«
Bree war schon auf der Treppe und warf einen Blick über die Schulter zurück. »Was soll ich denn da?«, sagte sie und verschwand in ihrem Zimmer.
»Wessen Superidee?«, murrte Cam vorwurfsvoll. »Meine?«
»Ein Ort, der mit der Geschichte der Hexen verbunden ist«, erinnerte Alex ihre Schwester. Und obwohl es nicht gerade der beste Zeitpunkt war, um ihrer vom Sechserpack besessenen Schwester Vorwürfe zu machen, fügte sie hinzu: »Irgendwie hat mich eine telepathische Botschaft erreicht, dass ich bei Bree Hausverbot habe. Nett, wenn man das erfährt und nicht mal von der eigenen Schwester.«
Volltreffer. Cam senkte den Kopf. »Das war hart«, gab sie zu. »Für Bree war es unglaublich wichtig, dass alle glauben, sie sei die total verwöhnte Edelpuppe mit steinreichen Eltern. Wir anderen vom Sechserpack wissen Bescheid, aber wir sind ja auch ihre engsten Freunde. Und wir können schweigen. Also, erzähl's bloß nicht weiter!«
Selbst wenn dieses Geheimnis für die Betroffene gefährlich und sogar schädlich sein kann?, dachte Alex sehr laut und deutlich, damit Cam diesen Gedanken auch bestimmt hörte.
Cam musste unwillkürlich lachen. *Wusste nicht, dass man Gedanken auch brüllen kann!*, gab sie mit höchster Denklautstärke zurück. Laut sagte sie: »Du hast sie ja auch nie besuchen wollen. Mit Bree hattest du sowieso nichts am Hut. Sie war dir völlig egal. Du hast es dir doch ganz einfach gemacht und deine Vorurteile immer schön gepflegt. Und mir ist es dadurch noch leichter gefallen, das zu tun, was Bree wollte.«

»Ist ja schon gut«, antwortete Alex. »Schwamm drüber. Jetzt müssen wir etwas tun, was sie nicht will.«
»Danke für die unwiderstehliche Einladung«, sagte Bree, als sie wieder zurückkam. Sie trug Jeans und Sweatshirt und Trainers. »Aber ich hab's mir überlegt. Ich möchte euren Querfeldeinmarsch in dieser Herrgottsfrühe doch nicht mitmachen. Ich gehe lieber zum Fitnessstudio.«
»Warte mal«, sagte Cam ruhig, aber fest. »Natürlich haben wir einen bestimmten Grund für den Trip zum Mariner's Park. Wir haben den Ort nicht zufällig gewählt.«
»Nein?« Brianna hob die Augenbrauen. »Schatzsuche? Nein? Habt ihr einen Metalldetektor dabei? Auch nicht? Dann habt ihr dort oben bestimmt ein Lager mit coolen Boys entdeckt? Das wär' so ziemlich das Einzige, womit ihr mich überreden könntet. Aber davon hätte ich wohl schon längst gehört.« Sie blickte von einer zur anderen. »Also auch nicht? Was habt ihr denn überhaupt zu bieten?«
Alex ließ sich durch Brees Wortschwall nicht von ihrem Plan abbringen. »Wir haben etwas für dich«, sagte sie. »Irgendwie ist es sogar so etwas wie ein vergrabener Schatz.«
Bree warf Cam einen scharfen Blick zu. *Hat deine Schwester nicht alle?*, hörte Alex sie denken.
»Wir möchten dir wirklich etwas geben, Bree«, versicherte Cam. »Irgendwas … na ja, Wertvolles.« Cam war es, als sehe sie ihre Freundin zum ersten Mal. Ihre Stimme klang unsicher, dem Weinen nahe.
Vielleicht gab das den Ausschlag. Brianna verzog das Gesicht, warf noch einmal einen Blick auf das wartende Auto und sagte: »Okay, ich bin dabei. Wie lange dauert es, bis ihr mir euer Geschenk überreicht habt? Wenn ich zu spät zum Fitnesscenter komme, wird kein einziges Gerät mehr frei sein.«

David Barnes setzte sie am Eingang des Park ab. Auf den Wegen joggten bereits viele Menschen, die kleine Atemwolken vor sich herbliesen. Ein paar Leute spazierten mit ihren Hunden durch die Anlagen.
»Hast du dein Handy dabei, Cam?«, fragte Dave. Alex und sogar Bree lachten. Dave grinste. »Okay, hohes Gericht, ich ziehe die Frage zurück. Begründung: Es ist offensichtlich, dass sie mit dem Handy zur Welt kam. Ruf mich an, wenn's Probleme gibt, okay?«
Das Trio joggte den Hügel zu Cams Lieblingsplatz hinauf. Bree kam ziemlich schnell außer Atem, obwohl sie immer behauptet hatte, jeden Tag ins Studio zu gehen. »Ich hoffe, ihr habt euch was Besonderes einfallen lassen«, keuchte sie. »Etwas Ungewöhnliches. Eine Supershow. Eine Megafete. In Zwillingsausgabe, sonst …«
Sonst was?, wollte Alex fragen, hielt aber den Mund.
Cam kickte ihre Schwester gegen das Schienbein. »Ehrenwort, Bree. Du wirst uns dafür noch dankbar sein.«
In the Year Twentyfive-Twentyfive, sang Alex in Gedanken, *wenn sie das Wort ›Danke‹ endlich gelernt hat.* Schnell hüpfte sie zur Seite, um einem weiteren Schienbeinkick ihrer Schwester auszuweichen.
Cam hatte eine Decke mitgebracht, die sie unter der knorrigen alten Eiche ausbreitete. Alex warf die beiden Kristallkugeln in die Mitte.
Brianna verfolgte die Vorbereitungen mit runden Augen. Die Zwillinge setzten sich auf die Decke und forderten Brianna ebenfalls dazu auf. Mürrisch tat sie es und streckte die Hand aus. »Also dann, wo ist das Geschenk? Und warum habt ihr es hier oben versteckt?«
Obwohl Cam sich alles genau überlegt hatte, wusste sie plötz-

lich nicht, wie sie beginnen sollte, wie sie ihrer Freundin diese Dinge direkt ins Gesicht sagen sollte. Wie lange ging das schon so? Cam wurde fast übel, als sie Brees magere Arme und Beine sah, die Schulterknochen, die durch das Sweatshirt deutlich hervortraten. Sie schluckte, aber dann stieß sie endlich die ersten Worte heraus. »Unser Geschenk für dich ist die Wahrheit, Brianna.«

»Ja, klar, Diamanten werdet ihr euch kaum leisten können«, gab Bree zurück. Sie verdrehte die Augen und wollte aufstehen. »Also, Leute, mir reicht's. Ihr seid offenbar auf irgendeinem Erleuchtungstrip. Aber auf Dalai Lama und indische Gurus fahre ich nicht ab. Mit mir könnt ihr nicht rechnen. Ich weiß gar nicht, warum ich mich von euch hab voll dröhnen lassen, diese Farce hier mitzumachen.«

Alex packte Brees Arm und zog sie auf die Decke zurück. »Alles okay, Bree. Wir wissen Bescheid.«

»Und worüber wisst ihr Bescheid?« Brees Stimme klang schrill. Und nervös.

Jetzt platzte Cam heraus. »Du hungerst dich zu Tode. Du hast eine Essstörung. Und du brauchst Hilfe.«

Brees Reaktion kam als Schock. Sie lachte laut los. »Ihr habt vielleicht Ideen!«

»Nein!« Cam fiel es schwer, ruhig zu bleiben. »Wir haben keine Ideen, sondern Beweise.«

Bree legte die Arme um die Knie und schaute Cam und Alex nacheinander verächtlich an. »Essstörung? Hunger? Jetzt seid ihr aber total durchgeknallt. Ich könnte wochenlang von meinen Fettpolstern leben!«

»Oh verdammt, jetzt reicht's mir aber langsam!«, fluchte Alex halblaut.

»Mir auch, das kann ich dir flüstern!«, gab Bree zurück. Dann kicherte sie plötzlich: »Habt ihr mich hier raufgeschleppt, um mir diesen Scheiß zu erzählen? Ich gehe. Ich werde ein Taxi nehmen müssen, um noch rechtzeitig zum Studio zu kommen.« Sie zog ihr Handy aus der Tasche und begann zu wählen.

»Du kannst nicht weg. Du kannst nicht immer davonlaufen«, sagte Cam eindringlich. Es klang verzweifelt. »Nicht bevor wir dir klar gemacht haben, was du dir antust. Offenbar weißt du es wirklich nicht. Wir wollen dir helfen.«

Doch Brianna fand die Sache längst nicht mehr komisch. Sie wurde wütend. »Euer Plan ist verreckt. Ich mache nicht mit. Ich brauche keine Hilfe, und von euch schon gar nicht. Ihr könnt mich nicht zwingen, eurem Gerede zuzuhören.«

Die Zwillinge wechselten einen Blick. Cam zuckte die Schultern, griff unter ihr Sweatshirt und zog das Sonnenamulett hervor, das im Morgenlicht glitzerte. Gleichzeitig griff Alex nach ihrem Mondamulett und rieb es zwischen Daumen und Zeigefinger.

Brianna starrte von einer zur anderen. »Was soll das? Schon wieder irgendein Sektentrip? Oder wollt ihr mir eure Anhänger verkaufen? Seh ich so aus, als ob ich so was tragen würde?« Nervös brach sie ab, als sie Cams Blick sah.

Der Wahrheitsfinder. Einer der ersten Zaubersprüche, den die Zwillinge erlernt hatten. Er musste jetzt funktionieren!

Denn wenn er nicht funktionierte, konnte es sein, dass Brianna sehr bald gegen ihren Willen in ein Sanatorium gebracht würde. Dann würde das geschehen, was sie am meisten verabscheute: dass alle Welt erfuhr, was wirklich los war.

Cam griff nach Briannas rechter Hand, Alex nach ihrer linken. Bree versuchte, beider Hände abzuschütteln. »Was soll das nun wieder? Eine Teufelsaustreibung?«

Die Zwillinge gaben keine Antwort. Bree spürte plötzlich Angst in sich aufsteigen. Ein warmer Windhauch strich über die drei Mädchen – ein eigenartig warmer Wind an diesem kühlen Morgen. Cam und Alex spürten einen Schauer über den Rücken laufen. Und sie rochen den Duft frischer Kräuter und Gräser. Ileanas Duft.

»Ileana?«, flüsterte Alex.

Bree zerrte an ihren Händen und brachte sie jäh in die Wirklichkeit zurück. Doch sie war nicht stark genug, um sich zu befreien. »Wie könnt ihr nur so gemein sein?«, schrie sie wütend. Doch Cam und Alex achteten nicht auf sie; stattdessen begannen sie, den Zauberspruch aufzusagen. »Ihr habt mich gekidnappt, und jetzt macht ihr … ich weiß nicht, was ihr da macht, aber ich mag es nicht! Irgendwelche Zauberkünste? Ich dachte, du seist meine Freundin, Cam!«

Cam und Alex murmelten gemeinsam den Zauberspruch.

»Oh Sonne, du gibst uns Freude und Licht,
vertreibe die Furcht und erleuchte mich!
Befreie Brianna von Zweifel und Schmerz,
gib Vertrauen ihr ein,
lass sie erleichtern das Herz!«

Fast sofort spürten sie, wie sich die Amulette erwärmten und in ihren Fingern vibrierten. Und dann, wie es schon mehrmals geschehen war, bewegten sie sich wie Magnete aufeinander zu, von einer unwiderstehlichen Kraft gezogen. Und durch die silbernen Ketten, an denen die Amulette um Alex' und Cams Hals hingen, wurden auch die beiden Mädchen zueinander gezogen. Sie hielten noch immer Briannas Hände, und so bildeten die drei Freundinnen einen engen Kreis. Und eng und vollkommen fügten sich die beiden Amulette ineinander.

Briannas Blick wurde trübe. Ihr Widerstand erstarb und ihr wütender Gesichtsausdruck verschwand. Dann trennten sich die Amulette wieder und die Zwillinge konnten sich wieder bequem zurechtsetzen.

Unter Cams sanften Fragen begann Brianna die Wahrheit zu erzählen. Sie wollte abnehmen. Sie glaubte, dass sie viel zu dick sei. Je mehr Pfunde sie verlor, desto hübscher glaubte sie zu werden. »Eines Tages werde ich wie die Stars aussehen, mit denen mein Daddy jeden Tag zu tun hat. Und dann wird er sehen, was für eine hübsche Tochter er hat.«

In Cams Augen traten Tränen. *Will sie ihn damit auf sich aufmerksam machen?*, fragte sie ihre Schwester im Stillen.

Alex zuckte die Schultern. *Vielleicht will sie damit ihre zerrüttete Familie wieder zusammenkitten. Sie will doch eigentlich immer alles unter Kontrolle haben*, vermutete sie.

Das war die Ironie an dieser Geschichte: Brianna wollte alles kontrollieren können, hatte aber längst die Kontrolle über sich selbst verloren. Und vor allem hatte sie keine Ahnung, wie krank sie in Wirklichkeit schon aussah. Kristen hatte Recht.

Cam versuchte es noch einmal. »So geht es nicht weiter, Bree. Du schadest dir nur selber. Und allen anderen, die dich mögen. Allen deinen Freunden. Deiner Mutter.« Sie zögerte. »Sogar deinem Vater.« Aber was Brees Vater anging, war Cam nicht sicher, ob er überhaupt wusste, dass er eine Tochter hatte. Eric Waxman interessierte sich nur für einen einzigen Menschen: Eric Waxman.

Ohne Vorwarnung platzte Bree plötzlich heraus: »Ihr versteht das alles nicht! Er will nichts mit mir zu tun haben, solange ich so fett und hässlich bin wie jetzt! Er hasst mich doch nur deshalb, weil ich so hässlich aussehe!«

Cam schüttelte frustriert den Kopf. »Sie kapiert es immer noch nicht!«
»Dann zeig es ihr!«, riet Alex.
»Wie denn?« Doch dann hielt Cam plötzlich den Atem an. Sie wusste, was Alex gemeint hatte – aber das hieß noch lange nicht, dass es auch machbar war.
»Ich soll Bree eine meiner Visionen sehen lassen? Das hab ich doch noch nie gemacht …«
»Vielleicht war es auch noch nie so wichtig wie in diesem Fall«, meinte Alex.
Brianna war wie in Eis erstarrt. Sie saß teilnahmslos da. Der Wahrheitsfinder-Zauber hatte ihr das Letzte abverlangt und sie völlig verwirrt und ausgebrannt zurückgelassen.
Cam schloss die Augen. Mit aller inneren Kraft versuchte sie, sich ihre Vision des Mädchens wieder in Erinnerung zu rufen, das vor Schrecken wie gelähmt im Schnee gekniet hatte – dünn, abgemagert, verloren. *Bitte mach, dass es funktioniert,* flehte Cam still.
Konzentriere dich, drängte Alex, doch Cam hörte das Denken ihrer Schwester nur noch von weit, weit weg, während sie durch eine Nebelwelt driftete. Dann wurde ihr Blick klar und sie konnte Einzelheiten erkennen – kahle Bäume, Schnee, ein Haus aus Backsteinen. Cam sah jetzt, dass es Brees Haus war, und sie sah das Mädchen, das im Garten davor kniete und weinte und flehte, dass niemand sie verstehe.
Alex drängte ihre Schwester voran: *Gut so, Cam, du schaffst es. Ich kann jetzt alles hören … Mach weiter so, Cami, ich spüre es, da ist die Kälte, der Schnee …*
Cam hatte es geschafft, ihre Vision wieder herbeizuholen. Doch der nächste Schritt war schwerer: Sie mussten Bree dazu bringen, Cams Vision zu sehen.

Hilf mir, Alex, flehte Cam. *Ich brauche deine Kraft. Du musst die Geräusche und Gefühle zu ihr hinüberbringen. Hilf mir, die Vision zu Bree zu bringen. Sie muss erkennen, wie sie in den Augen anderer Menschen tatsächlich aussieht …*

Ich weiß nicht wie … Jetzt war es Alex, die verzweifelt war. *Ich weiß nicht, ob ich deine Bilder oder Gedanken zu Bree übertragen kann … sie sind so … ungreifbar …*

Doch in diesem Augenblick merkte sie, dass auch sie sich die Vision genau vorstellen konnte, die Cam in diesem Augenblick erlebte. Sie stellte sich vor, dass sie sich an diese Eindrücke klammerte, als seien sie Gemälde oder Zeichnungen, die man anderen Menschen zeigen konnte. Und sie sah, dass sie diese Bilder Brianna zuwarf.

»Oh!«, stieß Brianna plötzlich hervor und begann sich wieder zu bewegen. »Was ist das denn?« Sie fuhr sich mit beiden Händen durch die Haare, raufte sie völlig verwirrt, als suche sie verzweifelt nach einer bestimmten Erinnerung. Und riss plötzlich die Augen weit auf. In ihrem Kopf schien sich etwas abzuspielen, was sie noch nie erlebt hatte.

Ein furchtbarer Schrei riss Alex und Cam aus ihrem tiefen, tranceähnlichen Dämmerzustand. »Oh mein Gott! Das bin ja ich! Oh nein! Sehe ich wirklich so aus?«

Brianna verbarg ihr Gesicht in den Händen und begann zu weinen. Cam weinte mit ihr, und selbst Alex kamen ein paar Tränen.

In den nächsten Tagen machte Brianna die ersten Schritte auf dem Weg zur Besserung. Das bedeutete, dass man ihr helfen konnte – jetzt waren vor allem ihre Eltern wichtig.

Briannas Mutter war zutiefst geschockt und schämte sich, dass sie nicht selbst bemerkt hatte, was mit Brianna los war. Sie steckte bis über den Kopf in ihrer Arbeit und kämpfte Tag und Nacht darum, unabhängig bleiben zu können. Sie war tatsächlich überzeugt gewesen, dass es ihrer Tochter gut ging. Mrs Waxman brauchte niemanden, der ihr Vorwürfe machte: Die härtesten Vorwürfe machte sie sich selbst.

Emily ließ es sich nicht nehmen, sich in dieses Durcheinander kräftig einzumischen. Immer wieder versicherte sie Mrs Waxmann, dass die Sache nicht ihre Schuld sei, denn es komme gar nicht selten vor, dass die Eltern die letzten Personen seien, denen etwas Ungewöhnliches an ihren Kindern auffalle. »Wenn Ihnen Ihre Tochter etwas verheimlichen will«, erklärte sie, wobei sie Cam und Alex zuzwinkerte, »sind Sie absolut machtlos. Dagegen können Sie nichts tun. Die Mädchen wissen genau, wie sie das anstellen müssen.« Und sie zitierte statistische Daten aus Umfragen, die belegten, dass die Eltern meistens keine Ahnung hatten, was eigentlich abging.

Cam und Alex grinsten, aber voller Bewunderung. Emily hatte den totalen Durchblick. Cam war stolz auf ihre Mom. Alex war stolz auf ihren Vormund, der ihnen geholfen hatte.

Dave wiederum ließ es sich in diesen Tagen nicht nehmen, sich auf praktische Art einzumischen. Er rief einen der Ärzte an, mit denen seine Kanzlei schon des Öfteren zusammengearbeitet hatte, und bat ihn um Unterstützung »unter medizinischen Gesichtspunkten«, wie er sich ausdrückte. Gemeinsam schafften sie es, Mr Waxman davon zu überzeugen, dass Briannas Zustand Besorgnis erregend sei. Und sie entlockten dem Starregisseur die Zusage, die Kosten für Briannas Behandlung zu übernehmen.

Natürlich hatte der Hollywood-Mogul dabei mehrere Motive. Zum einen empfand er tatsächlich Scham, dass er seine Tochter auf ihre Hungertour getrieben hatte. Zum anderen jedoch hatte er überhaupt kein Interesse daran, seine eigene Tochter als neuestes Opfer der überall grassierenden Magersucht-Epidemie auf dem Titelblatt des Magazins *People* entdecken zu müssen. Er sorgte deshalb dafür, dass Bree zunächst einmal von der Bildfläche verschwand – dass sie in eine der angesehensten Rehabilitationskliniken aufgenommen wurde, in eine Klinik, die nicht nur schön abgeschieden lag, sondern auch sehr privat und deshalb extrem teuer war. Dave besorgte sich Informationen und Statistiken über die Gesundungserfolge der Klinik und stellte fest, dass sie zur Spitzenklasse gehörte.

Weder Dave noch Briannas Vater wollten den Namen der Klinik verraten – Briannas Gesundung sollte nicht durch ständige Telefonanrufe ihrer Freundinnen gestört werden. Zumindest so lange nicht, bis es ihr definitiv besser ging.

»Die Klinik ist zwar nicht billig, aber das ist jetzt nebensächlich«, hörten Cam und Alex Mr Waxman erklären, als er sich mit Dave zu einem Gespräch im Haus der Familie Barnes traf. Rein zufällig hatten die Zwillinge über eine Stunde lang in der Nähe der Wohnzimmertür zu tun, wo es zwar absolut nichts zu tun gab, wo sie aber – natürlich gegen ihren Willen und ohne jede Absicht – Teile des Gesprächs mit anhören mussten. »… für meine Tochter ist mir nichts zu teuer«, fügte Mr Waxman hinzu.

Alex verdrehte die Augen. Cam flüsterte angewidert: »Ich glaube, Brees Zustand ist ansteckend. Wenn ich das noch länger mit anhören muss, muss ich kotzen.«

Kapitel 19

ABSCHIED

Der Sechserpack hatte sich versammelt, um sich von Bree zu verabschieden, und es fiel den Mädchen schwerer als alles andere, was sie jemals gemeinsam hatten tun müssen. An einem strahlend sonnigen Nachmittag reiste Bree ab, und ihre Freundinnen wollten ihr zeigen, wie sehr sie hofften, dass sie gesund wiederkäme.

Sie schrieben eine Karte und stellten einen Geschenkkorb zusammen. Kristen legte ihren abgenutzten Teddybär hinein – das größte Opfer, zu dem sie fähig war! Amanda bastelte eigens für Bree ein »Glücksbringer-Amulett«, das ihr »Gesundheit und Charakterstärke« bringen solle. Beth überreichte Bree ein extravagantes Modeheft, Sukari schenkte ihr einen Glücksstein, auf dem das Wort »Glauben« eingraviert war. Cam hatte einen Diskman gekauft und Alex hatte stundenlang Popsongs vom Internet heruntergeladen und auf drei CDs gebrannt. Und natürlich umarmten sie Bree.

Alle versprachen, dass ein unablässiger Strom von E-Mails für Bree die Netze blockieren und die Telefonrechnungen des verbleibenden Sechserpacks ins Astronomische treiben würde. Jeden Tag und jede Stunde würden sie Kontakt zu ihr halten.

Als Bree abgereist war, versammelte sich der traurige Rest im Pic in the Sky bei Pizza und Coke. Sie saßen in ihrer Stammnische. Die Stimmung war – passend zum Anlass – gedrückt. Vergeblich suchten sie nach einer Erklärung, warum sie – Brees engste Freundinnen – nichts von deren Essstörungen bemerkt hatten. Waren sie so selbstsüchtig, so sehr mit sich und ihren eigenen Problemen beschäftigt? Oder war Bree einfach zu geschickt gewesen, ihr Problem zu verheimlichen? Warum hatte niemand bemerkt, dass sie ihren Schlankheitsspleen so total übertrieben hatte, bis schließlich alles außer Kontrolle geraten war?

Niemand außer Kristen hatte etwas bemerkt, und Kris war von Bree gezwungen worden, das Geheimnis für sich zu behalten. Ein Geheimnis, an dem sie selbst nahezu erstickt war, um ihre Freundin nicht zu verraten.

Sie diskutierten darüber, was Freundschaft bedeutete. Mussten sie nicht eine neue Definition finden? Wäre Kris nicht letztlich eine bessere Freundin gewesen, wenn sie die Sache verraten hätte? Einem Erwachsenen, zum Beispiel?

Sukari behauptete, genau das hätte sie an Kris' Stelle gemacht. »Wenn es um so etwas Ernstes geht, ist das doch gar keine Frage! Man macht das, was für die Freundin am besten ist, sogar dann, wenn es gegen ihren Willen ist. Erst dadurch wird man zum Freund.«

Kris sagte nichts, aber Beth meinte, auch Sukari hätte – wäre sie tatsächlich an Kris' Stelle gewesen – nicht gewusst, wie sie sich hätte verhalten sollen. Sie legte Kris einen Arm um die Schultern und sagte: »Du musstest eine Entscheidung treffen. Du hast sie getroffen. Du hast alles getan, was du konntest. Ich denke, du bist eine Super-Freundin.«

Danach flossen am Tisch reichlich die Tränen. Dylan, der am

Nachbartisch mit Freunden zusammensaß, rief die Kellnerin und ließ einen Eimer mit Wischlappen an den Sechserpack-Tisch bringen.

Alex war erleichtert, dass Bree jetzt endlich Hilfe bekam, um ihre Probleme zu bewältigen. Trotzdem schien es ihr, dass Brees Glück ihr – Cams und Alex' – Unglück war. Denn die anonymen Mitteilungen hatten sich also gar nicht auf Miranda bezogen; die Zwillinge waren bei der Suche nach ihrer leiblichen Mutter also keinen einzigen Schritt weitergekommen und, was noch schlimmer war, sie hatten auch noch mehrere Wochen Zeit verloren. Sie standen wieder am Anfang.

Oder etwa nicht?

»Wissen wir überhaupt mit Bestimmtheit, ob unsere Mutter in einem Asyl oder einer Anstalt ist?«, fragte Cam vorsichtig, als sie später in ihrem Zimmer saßen. Alex sollte nicht glauben, dass Cam das Interesse an der Suche nach Miranda verloren hatte.

»Es muss einen Grund geben, warum Thantos dieses Foto verschwinden ließ«, meinte Alex. »Schließlich soll er total ausgerastet sein, als es in der Zeitung erschien. Er wollte absolut vermeiden, dass irgendjemand erfuhr, wo das Foto aufgenommen worden war.«

»Und Fredo hat uns ja erzählt, dass sie krank wurde. Nach Arons Tod, meine ich. Dass man sie – *wegsperren* musste.« Cam schauderte, als sie sich daran erinnerte, wie gemein sich Fredo ausgedrückt hatte.

»Also dann – legen wir einen höheren Gang ein«, erklärte Alex. »Wir haben eine Menge Nachforschungen vor uns.

Molly McCracken sagt, das Foto sei in Kalifornien aufgenommen worden. Wir fangen mit dem Internet an. Los, fahr den PC hoch.«

Cam zögerte. »Aber was ist mit Molly? Ich möchte wetten, dass unser feinfühliger Onkel Thantos das Auto geschickt hat, mit dem der Reporter überfahren wurde. Ich denke, wir sollten ihr helfen.«

Alex stimmte zu. Dann fiel ihr ein, wie sie es anstellen konnten, Molly zu helfen.

Glücklicherweise stellte David Barnes nicht allzu viele Fragen. Er akzeptierte sofort, dass etwas getan werden müsse, und bot Mrs McCracken an, ihre Interessen umsonst, also als Probono-Rechtsanwalt, zu vertreten. Vor allem wollte er dafür sorgen, dass sie das Geld bekam, das ihrem Mann vom *Starstruck* noch zustand – den »Hauptgewinn«, den die Zeitung an Elias McCracken hatte schicken wollen. Sogar die Praktikanten in Daves Kanzlei wurden eingespannt und mussten für Mrs McCracken auf Wohnungssuche gehen und Babysitter spielen.

»Du bist der Allerbeste!«, jubelte Cam und presste Dave heftig an sich, als die Zwillinge herausfanden, was er unternommen hatte.

»Oh, hm, ja, das denke ich auch«, murmelte Alex verlegen. Die Umarmung ersparte sie sich – vielleicht an anderes Mal.

Kapitel 20

EIN GEIST ALS ZEUGE

Ileana kehrte völlig verändert in die Versammlungshalle zurück. Sie war stolz auf sich. Denn sie hatte eine Entscheidung getroffen, und zwar eine Entscheidung, die sie bisher nie in Erwägung gezogen hatte: Sie hatte das Wohlergehen anderer über sich selbst gestellt. Jetzt wollte sie erleben, wie diese edle Haltung Früchte trug – wie Gerechtigkeit und Wahrheit sich für ein und alle Mal durchsetzten.

Und diese Chance war ihr von ihrer eigenen Großmutter gegeben worden, ihrem eigenen Fleisch und Blut.

Bei diesem Gedanken musste Ileana lachen. Leila war alles andere als ihr eigenes Fleisch und Blut – sie war ein Geist, eine Erinnerung an ein früheres Leben, der Geist einer wunderbaren und schönen Frau. Absolut erstaunlich, dass diese Frau ihre Großmutter gewesen war. Wieder fragte sich Ileana, ob es da noch irgendein Geheimnis gab … Welcher von Leilas Söhnen war dafür verantwortlich?

»Habe ich etwas Wichtiges verpasst? Was ist inzwischen passiert?«, flüsterte sie Karsh zu, nachdem sie sich (bescheiden, wie sie nun einmal war!) auf Zehenspitzen durch die Halle geschlichen und sich wieder neben ihn gesetzt hatte.

»Das könnte ich Euch auch fragen!«, gab Karsh ein wenig

gereizt zurück. Er betrachtete ihr gerötetes, erregtes Gesicht, auf dem noch immer ein leichtes Lächeln lag. »Was ist mit Euch geschehen? Ihr seht absolut … verwandelt aus!«

Ja, erzählt uns endlich, was los war!

Lady Rhianna hatte nicht laut gesprochen, hatte jedoch den Gedanken auf Ileana und Karsh geschleudert wie eine wütende Lehrerin, die ihre Schüler mit einem Radiergummi bombardiert. Sie wandte sich wieder dem Tisch der Angeklagten zu – wo Thantos wütend vor sich hin kochte und Fredo wie ein Vollidiot grinste – und erklärte: »Lord Thantos hat eine Reihe von Zeugen aufgerufen, die alle die Reinheit seines Charakters und die Lauterkeit seiner Absichten bestätigten. Lord Karsh hat ebenfalls eine Anzahl von Zeugen aufgerufen, die das genaue Gegenteil behaupteten. Wir werden jetzt abstimmen.«

Fredo stand abrupt auf. Das Grinsen war verschwunden. »Ausspruch … äh, Einspruch, Euer Hochwür … Euer Ehren!«, rief er. »Ich will auch was aussagen! Ich bin überhaupt nicht gefragt worden! Warum darf ich nicht erzählen, wie die Sache aus meiner Perspiration, äh, Perspektive aussieht?«

»Setz dich!«, befahl ihm sein Bruder. »Du hast keine Perspektive.« Und Fredo sank gehorsam auf seinen Sitz zurück.

»Einen Augenblick«, sagte Ileana und trat vor den Ältestenrat. »Das hohe Gericht möge mir erlauben …«

»Das wird es nicht tun!«, fuhr Lady Rhianna dazwischen. »Wir haben genug gehört!«

»Ich habe noch einen wichtigen Zeugen!« Ileana ließ sich nicht beirren. »Jemand, der unbedingt angehört werden muss. Jemand, vor dem sich der Mörder nicht verstecken kann.« Sie richtete ihren stahlgrauen Blick auf Thantos, der mit grimmigem Gesicht zurückstarrte.

Fredo begann zu wimmern.
»Gut, hören wir uns auch diesen Zeugen noch an«, bellte Thantos. »Ein paar Minuten mehr oder weniger sind jetzt gleich. Vielleicht wird es sogar ganz spannend.«
»Oh, es wird spannend, das versichere ich Euch!«, gab Ileana zurück. Sie senkte den Kopf und warf eine Hand voll Beifuß und Majoran in die Mitte der Arena. Dann rief sie laut: »Ich rufe den Geist einer stolzen und ungebeugten Mutter, die in einer anderen Welt weilt. Ich rufe SIE, denn sie kennt die Wahrheit und sie kennt keine Furcht. Ich rufe den Geist von Leila DuBaer!«
Ein blendendes Licht füllte die Halle und die Kuppel und obwohl die Fenster geschlossen waren, entstand plötzlich ein starker Wind, der sich in der Arena zu einem kreiselförmigen Wirbel verdichtete, direkt vor den Sitzen der erhabenen Ältesten. Lady Rhianna, Lady Fan und Lord Grivveniss waren so geschockt, dass sie kein Wort hervorbrachten, und so erging es auch allen anderen Anwesenden. Ehrfürchtig sahen sie, wie sich der Luftwirbel zu einer Gestalt verwandelte, die sich als Silhouette vor einem außerirdischen Lichtschein abzeichnete. Der Geist von Leila DuBaer erschien.
Thantos' Wut erstickte. Mit offenem Mund starrte er die Erscheinung an. »Das muss irgendein Trick sein ... Sie kann unmöglich ...!« Doch dieses eine Mal verschlug es dem mächtigen Hexenmeister die Sprache.
Auch Lady Rhianna war starr vor Staunen. »Wie hat sie ...?«
Und Lord Grivveniss beendete ihrer Frage: »... das gemacht?«
Karsh wurde von Stolz überwältigt – seine Schülerin! Ein Meisterstück der Zauberkunst. Aber in seinen Stolz mischte sich auch Furcht. Er erkannte zum ersten Mal, dass Ileana

über Kräfte verfügte, die er ihr nicht verliehen hatte und die er wahrscheinlich nicht kontrollieren konnte. Und er bezweifelte, dass Ileana selbst solche Kräfte unter Kontrolle halten konnte.

»Die Geister unserer Toten finden keine Ruhe«, verkündete Ileana, »solange nicht der Gerechtigkeit zum Durchbruch verholfen wird. Auch wenn dieser Geist ein furchtbares Familiengeheimnis enthüllen muss!«

Karsh erhob sich und neigte den Kopf. »Lady Leila, willkommen in unserer Mitte.«

»Ihr wisst, dass ich nicht lange verweilen kann«, flüsterte die Erscheinung und blickte den Ältestenrat an.

Sachlich und kühl ergriff Ileana das Wort. »Es dauert nicht lange. Vor wenigen Augenblicken habt Ihr mir erklärt, dass Euer Sohn Aron durch die Hand seines eigenen Bruders ums Leben kam.«

»Das ist richtig«, bestätigte Leila traurig.

»Woher wisst Ihr das? Wart Ihr dabei?«

»Das war nicht nötig. Ich kenne meine Söhne. Und der Mörder hat mir die Tat gestanden – und er war so stolz darauf! Auf das, was er getan hatte.«

»Ich frage Euch, ehrwürdiger Geist der Mutter Leila, ist der Mörder von Aron hier in dieser Halle?«

»Ja, er ist hier.« Einen kurzen Augenblick lang schien Leilas stolze Haltung zusammenzubrechen; das Licht wurde schwächer, das sie umgab.

Ileana war der Panik nahe. In ihrer Aufregung hatte sie übersehen, wie wenig Zeit blieb. Der Geist durfte noch nicht gehen, jetzt noch nicht, so kurz vor der endgültigen Lösung des Rätsels! »Zeigt ihn uns!«, bat sie.

Der Geist wandte sich langsam um und hob den Arm. Ein

ausgestreckter Zeigefinger richtete sich auf den Tisch des Angeklagten. Ileana – und mit ihr alle anderen Anwesenden – hielten den Atem an.
Leilas Blick ruhte auf Thantos. »Wie konntest du das nur tun?«, rief sie.
Doch ihr anklagender Finger bewegte sich noch immer. Er glitt über Thantos hinweg und richtete sich auf – Fredo.
Leila sprach, aber ihre Stimme wurde immer schwächer. Sie verbrauchte die letzten Reste ihrer irdischen Energie. »Du solltest auf ihn aufpassen!«, flüsterte sie in Richtung Thantos. »Du wusstest doch, dass er sich nicht beherrschen konnte! Du hast es geschworen! Es stimmt – mir gefiel das Mädchen nicht, das du heiraten wolltest, aber gab dir das wirklich einen Grund, dein Versprechen zu brechen? Aus Trotz mir gegenüber, deiner Mutter. Wie sonst kannst du erklären, dass du es zugelassen hast, dass Fredo meinen lieben Sohn Aron tötete?«

Leilas Worte verklangen wie ein Donner. Alle Anwesenden waren sprachlos, geschockt, entsetzt. Die Wahrheit war ausgesprochen worden – eine Wahrheit, mit der niemand gerechnet hatte. Selbst das Trio der erhabenen Ältesten fand keine Worte.
Das Schweigen wurde von Fredos Söhnen Vey und Tsuris durchbrochen, die mit vor Wut hochroten Gesichtern den Mittelgang zur Arena hinunterrannten. »Das ist ein Trick! Ein übler, fauler Trick!«, brüllte Tsuris außer sich. »Das hat sie gemacht, um unserem Vater zu schaden! Er ist unschuldig!«
»Sag es ihnen, Onkel Thantos«, flehte Vey und streckte die Hand aus, um sie auf Thantos' Schulter zu legen.
Thantos schüttelte Veys Hand ab und erhob sich abrupt. Er

wandte sich um und ging mit schwerem Schritt durch den Mittelgang auf die Tür zu.

Ileana löste sie aus ihrer Erstarrung. »Nein!«, rief sie. »Bleibt! Ich befehle es Euch! Ich weiß nicht, wie Ihr es getan habt, aber Ihr habt Leila gezwungen zu lügen, solange sie lebte! Ihr habt den Geist Eurer eigenen Mutter besudelt, alles nur, um Eure mörderische Haut zu retten!«

Thantos wirbelte herum und starrte sie wütend an. Er öffnete den Mund, um etwas zu sagen, aber er ließ es. Zum ersten Mal schlich sich ein Ausdruck von Unsicherheit auf sein Gesicht. Er warf Karsh einen seltsamen, fast Mitleid erregenden Blick zu; dann schien seine hohe Gestalt einzusinken. Leicht schwankend ging er zu seinem Sitz zurück und ließ sich schwer hineinfallen. Düster starrte er den Ältestenrat an.

»Lasst unseren Vater etwas sagen!«, rief Tsuris.

»Er hat keine Angst! Wir haben keine Angst!«, fügte Vey hinzu.

»Ruhe!«, donnerte Lady Rhianna – wütend, erschüttert, aber noch immer mit einer gewissen Würde. Sie hatte offenbar ihre Sprache wiedergefunden und übernahm erneut die Leitung der Verhandlung. Sie wandte sich an Karsh, ihren alten Freund und besten Ratgeber. »Was sagt Ihr dazu, Lord Karsh?«

Karsh zögerte; er hatte Mühe, seine Erregung zu bewältigen. All die Jahre hatte er vermutet, dass nicht Thantos der Mörder gewesen war; Beweise hatte er allerdings nicht gehabt. Doch Fredo hatte er nie verdächtigt; vor allem hätte er nie geglaubt, dass der Halbidiot Fredo gefährlicher sein könnte als sein mächtiger Bruder. Doch genau das schien der Fall zu sein.

Karsh nickte Rhianna zu. »Lasst ihn reden, Lady Rhianna.«

Fredo war überglücklich. Endlich stand er im Rampenlicht –

er war der Star! Er grinste und sprang auf. »Mama hat's ja schon gesagt, oder vielmehr ihr Geist! Ich war's! Ich allein, der Mann, der den mächtigen Aron bezwang! Er fiel um wie ein gefällter Baum. Ein einziger, ziemlich schwerer Stein hat gereicht. Peng, bumm, tot! Ihr würdet nicht glauben, was man mit einem einzigen Stein anrichten kann! Und warum das alles? Aron hat mich nämlich gefragt, auf welcher Seite ich stehe. Da hab ich mich entscheiden müssen. Ich hab's ihm gezeigt, auf welcher Seite ich stehe. Ich stand auf der einen Seite, er auf der anderen. Und danach stand er dann überhaupt nicht mehr, sondern lag flach im Gras.«

»Das glaube ich nicht!«, schrie Ileana.

»Warum nicht?«, fragte Fredo mit unschuldiger Miene. »Ich wollte ja Aron gar nicht kaltmachen. Nur ein bisschen erschrecken. Ich wollte nur meinem anderen Bruder, Thantos, zeigen, dass ich auf seiner Seite bin. Sie stritten sich nämlich immer. Ich meine, schaut mal, ich dachte, Thantos würde sich freuen! Aber er freute sich gar nicht! Er wurde wütend, so wütend, wie ich ihn noch nie gesehen hab!«

»Du lügst!«, beschuldigte ihn Ileana. »Warum?«

»Wieso sagst du, dass ich lüge, Ileana? Du hast doch den Geist unserer Mutter herbeigerufen und sie hat die Wahrheit gesagt! Geister können nicht lügen. Du wolltest die Wahrheit wissen, jetzt hast du sie erfahren.«

Thantos stand schwerfällig auf. »Haben wir diese Farce noch nicht weit genug getrieben?«, donnerte er in die Halle.

Doch Ileana hatte sich so in ihre Überzeugung verrannt, dass Thantos der Mörder sein müsse, dass sie nicht mehr zurück konnte. Sie weigerte sich einfach, die Wahrheit zu glauben.

»Natürlich wollt Ihr, dass Fredo jetzt aufhört! Er hat ja für Euch gelogen!«

»Soll ich es ihr erzählen, wie es passiert ist?«, fragte Fredo eifrig, zu seinem Bruder gewandt. »Soll ich? Bitte, lass es mich erzählen!«

Doch bevor Thantos antworten konnte, war Karsh wieder aufgestanden. Er hob gebieterisch die Hand. »Das reicht jetzt! Lord Thantos hat Recht: Die Sache dauert schon viel zu lange!«

»Aber Karsh!«, protestierte Ileana. »Irgendetwas ist schief gelaufen. Vielleicht habe ich den Zauberspruch falsch aufgesagt, oder zu viel Majoran verstreut …« Sie wirbelte zu Thantos herum und fixierte ihn aus zusammengekniffenen Augen. »Er hat Leilas Geist beeinflusst, damit sie sagt, Fredo sei der Mörder! Er ist so mächtig und kennt alle möglichen Tricks!«

Doch in diesem Augenblick erinnerte sie sich daran, was Leila gesagt hatte: Sei vorsichtig, was du dir wünschst …

Sie schüttelte den Gedanken ab. Es konnte einfach nicht sein! »Fredo sagt das nur, um Thantos reinzuwaschen. Es ist doch klar: Wenn wir Fredo ins Gefängnis werfen, wird der wahre Mörder weiterhin frei herumlaufen. Wir können doch nicht zulassen, dass dieses Ungeheuer, dieser Teufel einen Mord begeht und dann einfach davonkommt …«

»Ungeheuer? Teufel?«, überbrüllte Fredo die tobende Ileana. »Er ist dein Vater, Ileana!«

Totenstille breitete sich aus. Die Ältesten, der gesamte Rat und alle Anwesenden wagten nicht mehr zu atmen. Ileana, Karsh und Thantos standen wie erstarrt; nur Fredo grinste voller Genugtuung.

»Nein!«, schluchzte Ileana auf. »Nein! Du bist verrückt, Fredo!« Sie wandte sich an Karsh. »Sagt mir, dass das nicht wahr ist!«

Doch Karsh hatte den Kopf gesenkt und gab keine Antwort.

Und Ileana wusste, dass Fredo die Wahrheit gesagt hatte. Im Grunde hatte sie es schon längst gewusst, sich aber geweigert, es zu glauben, es zu akzeptieren. Thantos – der brutale, mächtige, alles beherrschende Hexer – ihr Vater? Sie schlug die Hände vor das Gesicht.

Thantos erhob sich so abrupt, dass sein Stuhl umfiel. Der Aufprall wirkte wie ein Donnerschlag. Er ging, ohne sich umzusehen, durch zum Ausgang. Seine Hände waren zu Fäusten geballt und seine Schritte hallten drohend durch den Saal.

»Onkel T, warte doch!«, jaulte Vey hinter ihm her.

»Du kannst unseren Vater nicht im Stich lassen!«, rief Tsuris wütend. »Nach allem, was er für dich getan hat! Er hat Aron doch nur getötet, weil er wusste, dass du es so wolltest! Und was wird aus uns?«

»Ja, was wird aus uns?«, echote Vey. »Den Fotoreporter haben wir doch auch nur für dich erledigt, hast du das schon vergessen?«

Ileana hielt sich die Ohren zu und taumelte in Karshs Arme. Der alte Hexenmeister presste die zitternde junge Frau fest an sich, und sie verbarg ihren Kopf in seinem warmen Samtumhang. »Das kann doch alles nicht wahr sein … Sagt mir doch endlich, dass es nicht wahr ist, Karsh, bitte!«

Doch Karsh schwieg, und Ileana wusste, dass Fredo die Wahrheit gesagt hatte. Ihre letzten Zweifel schwanden und machten einer grausamen Gewissheit Platz. Der gierige Hexenmeister Thantos, der Mann, vor dem Ileana die Zwillinge seit ihrer Geburt hatte schützen müssen, war ihr eigener Vater.

Kapitel 21

HALLO …?

Cam stand fast täglich mit Brianna in Kontakt – sooft sie eine Chance bekam, ihren Computer zu benutzen, auf dem Alex stundenlang Tomb Raider und andere Online-Spiele spielte. Und manchmal verirrte sie sich so tief in der Cyberworld, dass sie Cam zu Hilfe rufen musste.

Anfangs waren Brees E-Mail-Antworten verwirrend und Besorgnis erregend – kurze, weinerliche, manchmal beleidigte oder wütende Mitteilungen, manchmal lange Klagen über die Klinik, die Art und Weise, in der sie dort behandelt wurde, überhaupt die Tatsache, dass sie »hier bleiben muss«, dass man sie zwang zum Essen, dass ihr Gewicht »tonnenweise« zunahm. Bree war nicht einmal sicher, wo sie war, in welcher Stadt, ob sie überhaupt in der Nähe einer Stadt war, ob es irgendwelche Klamottenläden in der Nähe gab. Sie wusste nichts. Und es interessierte sie auch nicht besonders. Sie wusste nur, dass die Klinik »Rolling Hills« hieß und dass hinter dem Klinikgelände ein Wald lag.

Brees Mutter hatte sich beurlauben lassen und wohnte in einem Hotel in der Nähe der Klinik. Sie besuchte Bree jeden Tag. Vor die Wahl zwischen ihrem persönlichen Stolz und der Gesundheit ihrer Tochter gestellt, hatte sich Mrs Waxman schließlich dazu durchgerungen, das Angebot von Brees Vater anzunehmen, der für Brees Behandlung zahlen wollte. Und der Starregisseur besuchte Bree sogar ein paarmal in der Klinik.

Ich musste erst mal richtig krank werden, bevor er überhaupt merkte, dass es mich gab, schrieb Bree verzweifelt. *Ist das nicht verrückt?*

Doch nach ein paar Wochen klangen Brees E-Mails immer hoffnungsvoller. Die Behandlung schien zu wirken, und außerdem, vertraute sie Cam eines Tages an, hatten ihre Eltern gemeinsam einen Eheberater aufgesucht. Das hieß noch lange nicht, dass sie von Feinden zu Freunden geworden seien, aber immerhin ... Bree selbst hatte ihrem Vater eine richtige Standpauke gehalten, hatte die unendlich lange Reihe seiner nicht gehaltenen Versprechen aufgezählt und ihm vorgeworfen, dass er sie immer und immer wieder im Stich gelassen habe.

Natürlich sei sie danach sofort eingeknickt und habe zu weinen angefangen, aber ihr Seelenklempner sei »total stolz« auf sie gewesen. Brianna behauptete, der Psychiater wolle einen neuen Sticker auf seinen Cadillac kleben: *Brianna Waxman erhält den Irren-Oscar!*

Brianna war definitiv auf dem Wege der Besserung, und Cam wünschte sich nur, dass Alex ebenfalls Fortschritte machte. Ihre Zwillingsschwester hatte sich seit Wochen in eine virtuelle Jagd nach ihrer Mutter verrannt. Im Moment konzentrierte sie sich auf drei Anstalten in der Nähe von San Diego. Sie ließ endlose Klinikbeschreibungen ausdrucken, legte meterlange Listen von Kliniknamen und -adressen an, schickte dutzende von Briefen weg, um dann ein paar Tage später per Post tonnenweise Prospekte und Broschüren für alle möglichen Geisteskrankheiten zu erhalten. Cam schätzte, dass Alex inzwischen über das beste Dokumentationszentrum für entsprechende Einrichtungen in Kalifornien verfügte. Alex verglich gewissenhaft jedes Foto der Kliniken, die ihre Prospekte an sie schickten, mit dem *Starstruck*-Foto, das Thantos vor einem Gebäudeeingang zeigte. Sie suchte geradezu verzweifelt nach einer einsam stehenden Palme vor dem Eingang – der Palme, die sie im Hintergrund des Thantos-Fotos zu erkennen glaubte. Doch bisher hatte sie kein Glück gehabt. Sie klickte jede Website an, die Informationen über Kliniken enthielt, informierte sich über Anstalten, die vor allem reiche Patienten aufnahmen, und las jede neue Ausgabe des Magazins People, um herauszufinden, welche von den Superreichen und den Stars bevorzugt wurden. Doch es gab hunderte solcher Einrichtungen. Tausende sogar.

Alex hatte immer geglaubt, im so genannten »Golden State« Kalifornien wohnten die reichsten, berühmtesten und schönsten Menschen. »Voll daneben«, sagte sie zu Cam. »In Kalifornien wohnen die süchtigsten, verrücktesten und kaputtesten Menschen. So viele Kliniken und Rehabilitationszentren wie in Kalifornien gibt's nirgendwo sonst.«

Dass Bree allmählich gesund wurde, merkte Cam, als ihre Freundin anfing, sich über »die anderen Irren in dieser Klapsmühle« lustig zu machen. Rolling Hills, schrieb Brianna eines Tages, sei »ein riesiges Nest voller schräger Vögel«. Überall liefen Drogensüchtige herum, Leute mit Essstörungen (»Stell dir das mal vor!«), Typen, die glaubten, die Welt würde jeden Moment untergehen, ein paar Leute mit »ganz normalen Nervenzusammenbrüchen« und tobsuchtsanfällige Alkoholiker, die sich immer was Neues einfallen ließen, um das Klinikpersonal selbst endlich zum Wahnsinn zu treiben.

Gab es auch ein paar Berühmtheiten, einen totalen Star vielleicht, wollte Cam wissen. Bree antwortete, sie dürfe nicht über die berühmten Patienten reden. Und schon gar nicht über deren Krankheiten oder Behandlung. »Aber natürlich weiß die Regenbogenpresse genau Bescheid – du brauchst also nur die neuesten Hefte zu kaufen.« Cam merkte, wie sehr es Bree juckte, dass sie nicht über die berühmten Stars reden durfte, die mit ihr Tür an Tür wohnten. Wahrscheinlich genau solche Typen wie jene, von denen sie behauptet hatte, dass sie bei ihrer erfundenen Party in L.A. gewesen seien, dachte Cam. Aber sie musste anerkennen, dass sich Bree an die Regeln hielt, die in der Klinik galten.

Aber Bree berichtete auch, dass die Klinik nicht nur Süchtige und Verrückte beherbergte, sondern auch gewisse Vorteile bot. Das Leben sei sogar recht angenehm, schrieb sie, eigentlich sogar der totale Luxus. Die Zimmer seien riesig, mit dicken, weichen Teppichen. In jedem Raum stehe ein gewaltiger Stereo-Fernseher mit eingebautem Videorekorder und CD- und DVD-Player. Außerdem gebe es einen Medienraum, einen Computerraum mit Internet-Café (»Alle meine E-Mails schreibe ich im Internet-Café.«), ein Mineralbad mit Meereswellen, künstlichem Wasserfall und Solariumhöhle auf einem echten Felsen (»Das Ganze sieht aus wie eine Tropenlandschaft. Fehlen nur die Krokodile. Aber manche von den männlichen Bekloppten reißen die Mäuler genauso weit auf, wenn sie mich in meinem neuen weißen String-Bikini stehen!«).

Am meisten schien Bree zu genießen, dass sie von vorn bis hinten verwöhnt wurde. »Von morgens bis abends schwirrt dauernd eine Art Butler um dich herum«, schrieb sie. »Völlig irre. Niemand hier muss selbst die Tassen abwaschen. Abgesehen davon haben sowieso die meisten nicht alle Tassen im Schrank. (Ausnahme: Absenderin.) Aber immer bedient zu werden – daran könnte ich mich gut gewöhnen.« Genau das hatte sie aber nicht vor: Brianna wollte so schnell wie möglich nach Hause. »Ein paar hier haben lebenslänglich. Stell dir das mal vor. Das würde mich umbringen.«

Und sie schrieb, dass die Klinik sogar einen eigenen »Beauty-Salon« besitze (»Wie der in Marble-Bay, stell dir das mal vor!«) mit allem, was dazu gehöre, sogar mit einem »Maestro«. Ein irrer Typ, genau wie seine Patienten, sorry, seine Kunden. Allerdings gebe es auch eine »Lebenslängliche«, die nie im Beauty-Salon gewesen sei. »Eine Frau, mit der ich mich ein wenig angefreundet habe. Sie hat ihr Haar nicht mehr schneiden lassen, seit sie hierher kam – vor fünfzehn Jahren!«

»Fünfzehn Jahre? Wie heißt Brees Klinik noch mal?«, fragte Alex, als Cam ihr Brees Mail vorgelesen hatte.

»Rolling Hills. Warum?«, wollte Cam wissen, obwohl sie genau wie Alex einen plötzlichen Schock verspürt hatte, als sie die Zahl fünfzehn in Brees Mail las. »Du glaubst doch nicht etwa …«

»Ich glaube gar nichts, Schwesterhexe.« Alex' Zeigefinger fuhr eine lange Liste von Kliniknamen entlang. »Aber ich muss jedem Hinweis nachgehen.« Nach ein paar Sekunden ließ sie frustriert die Liste auf ihr Bett flattern. »Nicht mal auf meiner Liste aufgeführt. Muss ja eine *sehr* exklusive Einrichtung sein!«

Beth hatte Cam beauftragt, Bree über die Boys in ihrer Klinik auszufragen. Aber Bree schien total desinteressiert. »Oh, natürlich gibt's ein paar heiße Typen«, schrieb sie zurück. »Aber Du wirst lachen: Die sind absolut nicht mein Fall. Obwohl ein paar anonyme Stars dabei sind. Du kennst doch sicher den Song ›Kiss me‹ von … aber nein, ich darf nichts verraten. Der Typ steht sowieso immer voll unter Koks. Meistens bin ich mit der Frau mit dem langen Haar zusammen, ob du's glaubst oder nicht. Ich nenne sie Rapunzel …«

Die Märchenprinzessin aus old Germany, die ihr Haar immer aus dem Fenster ihres Turmes hängen ließ, damit ihr Prinz daran emporklettern konnte. Bree schrieb, die Frau komme ihr irgendwie »königlich« vor. Eigentlich auch unheimlich, denn die Frau habe noch nie den Beauty-Salon aufgesucht, trage nie Make-up und sehe trotzdem so gut aus, dass man sie ohne weiteres auf den Titel eines Magazins bringen könne. Aber sie sei nie ohne einen alten Stofflappen zu sehen, irgendeine Quiltdecke, die sie immer an sich presse. Sie nehme die Decke zu allen Mahlzeiten mit, ins Solarium und (glaubte Bree) sogar unter die Dusche.

Alex stand hinter Cam, als sie diese E-Mail öffnete und las.

»Eine Quiltdecke?« Alex musste sich plötzlich auf Cams Schulter stützen. »Hat Karsh nicht erzählt, dass Miranda eine Quiltdecke für uns genäht hat?«

Cam zuckte die Schultern, aber nur, weil sie ihrer Stimme nicht traute. Ihre Lippen fühlten sich plötzlich sehr trocken an. Und ihr Puls raste.

Bree berichtete, sie fühle sich in Gesellschaft dieser Frau so wohl wie sonst nie. Nicht so übertrieben hip aber irgendwie … glücklich (»Wenn du weißt, was ich meine.«).

Und sie fühle sich so gesund, wenn sie mit der Frau zusammen sei. »Wie nach einem Bad in einer kühlen Quelle, nackt, mitten in der Natur. Aber erzähl das bloß nicht Amanda, sie würde sofort die Klinik stürmen. Auf so was steht sie total. Aber Rapunzel fährt voll auf Kräuter und Gräser ab und Kerzen und Kristallkugeln und so.«

»Cam?«, frage Alex leise mit brüchiger Stimme. »Das kann doch nicht sein, oder?« Bevor Cam antworten konnte, fuhr sie fort: »Es ist unmöglich. Jemand spielt uns einen Streich.«
»Entweder das oder …«
»Oder was?!«, fragte Alex scharf. Der bloße Gedanke war ihr plötzlich unangenehm. Monatelang hatte sie Cam angetrieben, ihr bei der Suche nach ihrer Mutter zu helfen, und jetzt, wo es möglich schien, dass sie Miranda gefunden hatten, war Alex unsicher, ob sie selbst überhaupt schon dazu bereit war. Jetzt, hier … Wollte sie wirklich ihre Mutter kennen lernen? War sie bereit für die riesige Enttäuschung, die ihr bevorstand? Denn was sonst konnte es sein, eine Frau kennenzulernen, die ihre Mutter war und die seit fünfzehn Jahren in einer Anstalt lebte – und die seit fünfzehn Jahren ihr Haar wachsen ließ? Mit anderen Worten: eine verwirrte Frau?!
Alex schauderte bei diesem Gedanken. Und Cam, die ihr zugehört hatte, schauderte ebenfalls.
Sie beschlossen, zunächst so viel wie möglich über diese Frau in Erfahrung zu bringen und Bree über »Rapunzel« auszuforschen.
»Sie scheint auf dieses ›New-Age‹-Ding abzufahren«, berichtete Bree in ihrer nächsten Mail. »An manchen Abenden sitzt sie nur auf der Terrasse, in ihre alte Quiltdecke gehüllt, und starrt buchstäblich ins Weltall. Kennt alle Sterne beim Namen, jedes Sternzeichen, total unglaublich, sag ich dir. Ich bin tagsüber meistens mit einem anderen Mädchen zusammen. Den Namen darf ich nicht verraten, nur so viel: Sie ist ein Starlet, eigentlich schon fast ein Star, mehrere TV-Serien, in denen sie die Tochter eines Rechtsanwalts spielt, und sie ist tatsächlich bei einem Ladendiebstahl erwischt und verurteilt worden, und außerdem wegen Drogenbesitzes – die Zeitun-

gen und Mags waren voll davon, erinnerst du dich? Vor drei Monaten. Aber wie gesagt ich darf ihren Namen nicht verraten … Mit der jedenfalls bin ich auch oft zusammen, und wenn wir dann abends Rapunzel auf der Terrasse besuchen, dann taucht sie urplötzlich aus ihrer Trance oder was immer auf und verwandelt sich in Mama Bär. Voll da. Überhaupt nicht daneben. Will alles wissen, was wir so gemacht haben, welche Musik wir hören, sie kennt sogar alle Popstars und so. Sogar Joce … ich meine, sogar den Namen meiner Star-Freundin kannte sie. Und von Brice Stanley kennt sie alle Filme. Sie ist wirklich eine wunderbare, erstaunliche Persönlichkeit, kann unheimlich gut zuhören. Und scheint alles zu verstehen. Irgendwie ist sie anders als alle Frauen, die ich jemals kennen gelernt habe. Warum willst du eigentlich so viel über sie wissen???«

Cam ließ Bree keine Antwort auf diese letzte Frage zukommen. Sie lehnte sich zurück, nachdem sie Brees lange Beschreibung von »Rapunzel« gelesen hatte, und blickte ihre Schwester an, die sich auf die Armlehne von Cams Stuhl gesetzt hatte.

Anders als alle anderen Frauen. Hatten das Cam und Alex nicht immer gefühlt, ja sogar gewusst, dass ihre Mutter anders als alle anderen Frauen sein müsse? War »Rapunzel« genauso anders wie sie, Cam und Alex, anders waren als alle anderen Mädchen?

»Das ist sie«, sagte Cam am nächsten Tag. In diesem Augenblick klingelte das Telefon. »Nein, ich meine nicht das Telefon – ich meine Brees … Freundin. Es ist Miranda, Alex.«

»Das ist nur eine Vermutung«, warnte Alex.

Cam nahm den Hörer ab und schaltete den Lautsprecher ein. Brianna meldete sich, und sie klang genauso wie sie früher geklungen hatte, fand Alex – dieselben egozentrischen Monologe über Stars und Klamotten, über Sex und Wer-mit-Wem. Heute erzählte Bree über ihren neuesten Shopping-Trip in die Stadt, ein Privileg, das ihr jetzt genehmigt worden war, da sie schon als fast völlig geheilt galt und bald nach Hause zurückkehren würde. Und außerdem war ihr vor einigen Tagen auch erlaubt worden zu telefonieren.

»Allerdings gibt es in dieser gottverlassenen Gegend nicht besonders viele Läden mit Designerklamotten«, beklagte sich Bree.

Alex verdrehte die Augen. Die Zeit unförmiger Sweatshirts war bei Bree offenbar endgültig vorbei. Bree hatte ihnen auch erzählt, wo sich die »gottverlassene Gegend« befand: Die Klinik Rolling Hills lag auf einer kleinen Insel vor der Küste Kaliforniens und befand sich in Privatbesitz.

Das Telefongespräch würde wohl noch eine Weile dauern. Alex griff nach ihrer Gitarre und war eben im Begriff, die Flucht zu ergreifen, als sie Bree sagen hörte: »Ach, beinah hätte ich's vergessen zu erwähnen: die Quiltdeckenfrau, Rapunzel, erinnerst du dich, Cam? Sie trägt nichts anderes außer Klinikklamotten. Ich hab ihr eine Bluse mitgebracht, weil ich dachte, dass sie darin absolut super aussehen würde. Sie hat es dann auch anprobiert und da hab ich was entdeckt. Rate mal was? Sie trägt ein Amulett um den Hals, ich hatte es noch nie gesehen, weil es immer unter ihrer Kleidung war. Aber wenn man eure zwei Amulette, deines und das von Alex, zusammenfügt, dann würde es genau so aussehen wie Rapunzels Anhänger.«

Cam schwieg.

Alex warf ihre Gitarre auf ihr Bett und riss Cam den Hörer aus der Hand. »Wie heißt sie?«, fragte sie. »Doch wohl nicht ›Rapunzel‹?«

»Nein«, lachte Bree, »den Namen hab ich ihr gegeben. Sie heißt eigentlich Minda oder so ähnlich. Ich weiß es nicht genau.«

Cam hatte sich inzwischen wieder gefasst. Vorsichtig stellten sie Brianna weitere Fragen. Sie wussten bereits, dass die Frau »lebenslänglich« in der Klinik war. Brianna hatte keine Ahnung warum, aber manchmal sei ihr die Frau furchtbar depressiv erschienen. »Ihre Geschichte ist wirklich total rührselig«, meinte Bree. »Ein echter Tränenkitzler. Ihr Mann ist nämlich ums Leben gekommen. Sie wird immer nur von einem düsteren, unheimlichen Mann besucht. Schwarzer Bart, sieht ziemlich gemein aus, Cowboystiefel und so.«

Meine Vision!, zuckte es plötzlich durch Cams Kopf. Sie schickte sofort eine D-Mail an Alex. *Weißt du noch – die Vision, die ich früher schon mal hatte? Eine Frau mit einem langen Zopf, die aus einem großen Fenster blickt? Und um sie herum waren viele Farben – das muss die Patchworkdecke gewesen sein! Alex, glaubst du noch immer, dass das ein …*

… ein Zufall von absolut historischer Einmaligkeit ist?, fragte Alex still zurück. *Irgendein finsterer Plot, ein Trick, ein arrangiertes Drama? Thantos sagte doch schon mehrfach – als wir ihm die ersten Male begegneten –, dass er uns zu ihr bringen würde.* »Hey, Breesy«, sagte sie in den Hörer, »kannst du noch einen Moment dranbleiben?« Sie deckte die Sprechmuschel mit der Hand ab.

»Aber hätte Thantos es wirklich arrangieren können, dass Brianna in derselben Klinik untergebracht wird wie sie? Oder werden wir beide nun einfach galaktisch paranoid?«

Cam entriss ihr den Hörer. »Bree, pass auf, Testfrage: Gibt es in deiner Klinik einen sehr sonnigen Raum mit vielen Pflanzen?«

»Hey!«, tönte Brees Stimme erstaunt. »Klar gibt es den, es ist unser Wintergarten! Das ist Rapunzels Hauptquartier.« Die Zwillinge löcherten Bree mit Fragen, wobei der Hörer ständig von Cam zu Alex zu Cam wanderte. Die Frau war von durchschnittlicher Größe, ihr Haar rotbraun, und: »Sie lässt es nie schneiden, trägt es in einem langen Zopf auf dem Rücken.« Die Zwillinge fragten weiter und erfuhren: »Graue Augen, ja, und sie sieht manchmal richtig entrückt aus, als hätte jemand den Stecker gezogen, aber dann wieder ganz normal. Ihre Augen sind übrigens so ähnlich wie eure. Wie alt? Keine Ahnung. Schwer zu schätzen. Aber im Alterschätzen war ich noch nie gut.«

Alex verdrehte wieder ungeduldig die Augen. Gab es etwas, worin Bree wirklich gut war?

»Kommt mir jetzt so vor, dass sie gern mit mir redet«, erzählte Bree weiter. »Sie fragt mich richtig aus – wo ich wohne, was ich über alles Mögliche denke. Wir unterhalten uns richtig gut. Und weißt du, was wirklich komisch ist? Nicht komisch-haha, sondern komisch-unheimlich, wenn du weißt, was ich meine. Wir haben hier jede Menge Ärzte und Seelenklempner, aber nur mit Minda kann ich mich über ernste Dinge unterhalten. Wir reden über meinen Dad, der sich ja wirklich wie ein Johnny Depp benommen hat. Und dass ich vielleicht, wenn ich Glück habe, eines Tages froh sein werde, dass es mich gibt. Und dass ich so bin, wie ich bin. Dick oder nicht dick. Und wir reden über Liebe und so und über Freundschaft. Ich hab ihr vom Sechserpack erzählt, und dass wir eigentlich ein Siebenerpack sind, seit Cam ihre Zwillingsschwester gefunden hat …« Brees Stimme klang nachdenklich. »Sonst redet sie kaum mit den anderen Leuten. Nur mit mir und mit Jocelyn – autsch, Scheiße. Jetzt hab ich mich doch verraten. Ich meine natürlich meine anonyme Freundin, die mit dem Ladendiebstahl.«

»Hat Rapunzel jemals gesagt, ob sie Kinder hat?«, fragte Cam mit belegter Stimme.

»Hat sie verloren. Sie hat ihre Babys verloren, erwähnte sie mal.«

»Babys – Plural? Zwei Babys, vielleicht?«

Später an diesem Abend saßen die Zwillinge in ihrem Zimmer und starrten das Telefon an.

»Ich hatte heute keine Vision«, erinnerte Cam ihre Schwester, als sie sah, dass Alex voller Hoffnung war.

»Ich weiß. Ich habe auch keine Düfte gerochen und nichts gehört, was irgendwie mit Miranda zu tun haben könnte«, antwortete Alex.

»Aber sie wird anrufen, meinst du nicht auch?«

»Bald«, sagte Alex mit großer Bestimmtheit. »Sind deine Hände auch so feucht?«

»Nein, aber mir ist zu warm. Im Moment. Vorher war mir zu kalt.« Cam zog am Kragen ihres Pullovers. »Heiß und kalt, heiß und kalt und ich schwitze.«

Alex grinste. »Mutterschaftsleiden, schätze ich. Da müssen wir durch.«

Und in diesem Augenblick läutete das Telefon.

Sie starrten den Apparat reglos an. Sie wussten, wer anrief.

Gleichzeitig begannen Alex' Ohren zu klingen, so laut, dass sie dachte: Oh nein! Was ist, wenn ich sie gar nicht hören kann?

Und Cams Blick wurde trüb und ihre Augen brannten, als bekäme sie gleich eine Vision.

»Willst du nicht abnehmen?«, fragte Alex rau.

»Wieso ich?« Trotzdem griff Cam langsam nach dem Hörer, und Alex' Hand schoss vor und drückte auf den Lautsprecherknopf.

»Hallo ...?«, sagte Cam fragend.

Eine sanfte, leise Stimme fragte: »Könnte ich bitte mit ... Apolla ... Verzeihung, ich meine, mit Camryn sprechen? Camryn Barnes?«

Cams ganzer Körper schien plötzlich weich wie Gelee zu werden. »Das ... das bin ich ...«, brachte sie hervor.

Alex' Atem ging rasend schnell. Die Frau am anderen Ende der Leitung blieb still. Schließlich sagte sie, noch leiser als zuvor: »Und ... Artem ... ist auch Alexandra ...?«

»Ja!« Alex war so angespannt, dass sie praktisch brüllte. Erschrocken mäßigte sie ihre Stimme. »Ich ... hier ist Artemis. Und Apolla ist auch hier.«

Sie hörten die Frau weinen. Plötzlich liefen auch Tränen über Cams Gesicht und sie konnte kaum noch sprechen. »Bist du das wirklich?«

»Geht es dir gut?«, fragte Alex, die ebenfalls weinte.

Plötzlich spielte es keine Rolle mehr, ob Thantos die ganze Sache geplant hatte oder ob er das Zusammentreffen hatte verhindern wollen. Es spielte keine Rolle, ob er Miranda für seine Pläne benutzt hatte oder nicht, ob er sogar ihre Mutter benutzte, um die Zwillinge in seine Gewalt zu bekommen und ihre wachsende Zauberkraft für seine düsteren Zwecke einzuspannen.

Die Person am anderen Ende der Leitung – sie schien jetzt so nahe. Und das, obwohl sie fünftausend Kilometer weit entfernt in einem Sanatorium lebte. Aber Cam und Alex hatten nach ihr gesucht, seit sie einander gefunden hatten. »Können wir dich sehen?«, fragte Cam schluchzend.

Miranda schien ihre Tränen hinunterzukämpfen. »Bald«, flüsterte sie. »Sehr bald. Ich komme zu euch.«

»Kannst du denn einfach aus der Klinik hinaus? Werden sie dich überhaupt gehen lassen?«, wollte Alex wissen.

»Ich kann gehen, wohin ich will. Nur hat es für mich bisher keinen Grund dafür gegeben. Doch die meiste Zeit war ich krank. Deshalb bin ich fünfzehn Jahre lang nicht von hier weggegangen. Wohin auch? Ich hatte ja niemanden, und hier habe ich alles, was ich zum Leben brauche.« Es klang ein wenig bitter. »Aber wenn ihr meine Babys seid, meine Kinder, die ich ... verloren glaubte ...« Miranda konnte nicht mehr weitersprechen.

Warum hast du nicht nach uns gesucht? Alex dachte die Frage nur, aber ihre Mutter hörte ihre Gedanken und verstand sie sofort, fünftausend Kilometer entfernt. Und sie gab eine Antwort.

»Ich war lange Zeit sehr krank, viele Jahre lang. Ich war verwirrt, nicht bei mir, wie man so sagt. Fast zehn Jahre lebte ich in einer langen, langen Nacht. Und als ich wieder gesund wurde, fragte ich nach euch. Man sagte mir, ihr wärt nicht mehr am Leben. Und ich brach erneut zusammen. Erst seit zwei Jahren gelte ich als ... geheilt.«

»Wer hat dir das erzählt, dass es uns nicht mehr gibt – Thantos?«, fragte Alex bitter. Bevor Miranda antworten konnte, fuhr Cam vorwurfsvoll dazwischen: »Und du hast ihm das geglaubt?«

Miranda seufzte. »Tief im Innern habe ich die Hoffnung nie aufgegeben. Apolla. Artemis. Ich kann es trotzdem kaum glauben.« Miranda konnte kaum noch sprechen. »Ich komme zu euch …«

»Warte!«, rief Cam entsetzt, weil sie fürchtete, dass Miranda gleich auflegen würde und dass sie dann ihre Mutter wieder verlieren könnten, dieses Mal für immer. »Leg nicht auf! Bitte! Ich … wo … Ich meine, kommst du hierher, zu unserem Haus? Und wann? Was sollen wir meinen Elt… Emily und Dave sagen? Oder sollen wir dich irgendwo treffen? Mach einen Vorschlag.«

»Ich weiß aus alten Erzählungen«, sagte Miranda, »irgendwo in eurer Stadt gibt es einen alten Baum, eine uralte, riesige Eiche. Der Baum hat eine große Bedeutung für unsere Familie. Ich habe es mir oft vorgestellt, dass ich euch dort finden werde, mitten auf einer Hügelkuppe, in einem Park, glaube ich, und dahinter liegt ein Hafen mit vielen Segelbooten. Gibt es so einen Park in eurer Stadt?«

»Das ist der Mariner's Park«, sagte Cam. »Wir wissen, welche Stelle du meinst.«

»Aber wann?«, drängte Alex.

»Bald«, versprach Miranda. »Sehr bald.«

Dann legte sie auf.

Alex und Cam blickten sich in die Augen. Graue Augen. Mit kohlschwarzem Rand um die Iris. Und dann, instinktiv, wie auf einen geheimen Befehl, fassten beide Mädchen nach dem Amulett um ihren Hals. Sie fühlten, wie die Mond-und-Sonnen-Anhänger sich erwärmten. Ihre Kraft entwickelten. Sich aufeinander zubewegten.

Ende des fünften Teils

Wenn du mehr über Alex und Cam, die Zwillings-schwestern, und ihre magischen Kräfte erfahren willst, lies in den Büchern:

Band 1 Die Entdeckung der Kraft
Band 2 Warnung aus der anderen Welt
Band 3 Rufe aus der Nacht
Band 4 Schatten der Vergangenheit

WITCHES
HEXENGIRLS

Leseprobe aus Band 1
»Die Entdeckung der Kraft«

»Siehst du es denn nicht, Cam?«, kreischte Beth. »Sie sieht total genauso aus wie du!«

»Soll das heißen, dass ich dreitausend Kilometer weit gereist bin um, sagen wir mal, meine böse Zwillingsschwester zu finden?« Cam zwang sich zu einem Lachen. Sie wagte es nicht, noch einmal zu dem Mädchen in der ausgefransten Kunstlederjacke hinzusehen. »Daraus könnte man vielleicht einen Film der Woche fürs Regional-TV machen. Besten Dank für das Kompliment, Beth.«

Beth war verblüfft. »Das ist kein Witz, Camryn. Sondern eher das sonderbarste Ereignis aller Zeiten. Hast du es denn wirklich nicht bemerkt? Hast du plötzlich abgeschaltet? Wie neulich …?«

»Beim Fußballspiel? Musst du mich daran denn schon wieder erinnern?«

Widerwillig hielt Beth sich zurück. Cam setzte ihre Sonnenbrille auf. Und die Freundinnen verbrachten die nächsten Minuten in einer unbehaglichen Stille, die nur vom rostigen Quietschen des Riesenrades gestört wurde.

Sie waren beide dankbar, als die Fahrt vorüber war, aber Cams Erleichterung sollte nicht von langer Dauer sein. Als sie und

Beth aus der Gondel hüpften, sah sie die Kids, die auf sie gezeigt hatten – und wusste, dass sie auf sie warteten.
Es war offensichtlich, dass der große Junge mit seinen struppigen Rastalocken und das rundliche Mädchen mit den Pipi-Langstrumpf-macht-auf-Punk-Zöpfen sie anstarrten. Nur die Blauhaarige mit den glühenden Augen schenkte ihnen keine Beachtung. Sie hatte sich über ihren Rucksack gebeugt und schien sehr konzentriert nach irgendetwas zu suchen.
Cam fühlte sich extrem unwohl, aus dem Gleichgewicht gebracht, nicht in der Lage zu einer unverbindlichen Begrüßung – nicht, solange ihre Augen noch von ihrem Zusammenprall in den luftigen Höhen brannten und solange ihr Herz so schnell raste, dass sie nicht einmal sicher war, ob sie überhaupt sprechen konnte. Verzweifelt hoffte sie, einfach so tun zu können, als habe sie die anderen gar nicht bemerkt.
Jemand berührte vorsichtig ihren Arm und machte die Hoffnung zunichte. Es war der Junge. »Sag mal, könntest du wohl mal deine Mütze abnehmen?«, bat er sie aufgeregt. »Und die Brille?«
Und ihn ihre trüben Augen sehen lassen? In Cam stieg Panik auf und sie versuchte, Beth mit Blicken ein Nichts-wie-weg-Hier zu übermitteln.
Aber Beth blieb wie angewurzelt stehen.
Das Mädchen mit den abstehenden Zöpfen ergriff das Wort. »Beachte ihn einfach gar nicht, okay? Manchmal verfällt er noch in seine Muttersprache: unhöflich.«
Cam konnte sich ein Grinsen nicht verkneifen.
Das Mädchen fuhr fort: »Entschuldige, aber uns ist einfach aufgefallen, wie ähnlich du unserer Freundin hier siehst.« Sie zeigte auf Alex, die noch immer auf der Erde kniete und allen den Rücken zuwandte. »Wir dachten nur, dass wir dein Ge-

sicht besser erkennen könnten, wenn du die Mütze und die Brille abnimmst.«

»Nein!« Cam war wieder völlig Abwehr. »Ich meine, ich kann nicht. Medizinische Gründe«, log sie. »Ohne meine Brille sehe ich absolut nichts.«

Aber Beth reagierte total begeistert. »Uns ist das auch aufgefallen«, kreischte sie. Und zu Cams Verblüffung tippte ihre beste Freundin dem Rucksack-Mädchen tatsächlich auf die Schulter und sagte: »Würde es dir was ausmachen, dich mal umzudrehen?«

Langsam richtete Alex sich auf und wandte sich Cam zu. Die Ausrufe des Erstaunens, die von ihren Freunden kamen, als sich die Mädchen schließlich genau gegenüber standen, waren so laut, dass ein paar Passanten in der Nähe sich umdrehten und zu ihnen hinübersahen.

Sie waren exakt gleich groß.

Sie hatten den gleichen Körperbau.

Ihre Lippen waren voll. Ihre Nasen leicht nach unten gebogen, aber dennoch mit einem kleinen flachen Knubbel an der Spitze. Die Wangenknochen breit, das Kinn stark und leicht trotzig vorstehend.

Ihr Gesichtsausdruck – schockiert, gequält, schlicht panisch – vollkommen identisch.

Cam sah ihre eigenen Augen, nur dass es die Augen des anderen Mädchens waren.

Alex hörte das wilde Pochen eines Herzens, nur dass es nicht ihr eigenes war. Es war das Mädchen ihr gegenüber.

»Ich sehe ihr überhaupt nicht ähnlich.«

Cams Hand schnellte zu ihrem Mund, als genau die gleichen Worte aus den Lippen der Fremden schossen.

Es war zu viel, viel zu viel, um es aufzunehmen, zu verarbeiten, zu glauben. Sie konnten sich unmöglich so ähnlich sein, im gleichen Moment das Gleiche sagen, sogar mit der gleichen Stimme …

Das kann alles gar nicht wirklich passieren, sagte sich Alex. Das ist nur der Stress wegen Mom – zu wenig Schlaf, zu viele verrückte Träume, zu viel Arbeit und Sorge. Als sie einen Schritt zurück machte, ertappte sie Miss Touri Nummer zwei dabei, wie die sie mit offenem Mund anstarrte. »Vielleicht solltest du deine Freundin besser in den Schatten bringen«, sagte Alex in einem unabsichtlich übellaunigen Tonfall. »Ich glaube, sie hat Hallus.«

»Das muss wohl ansteckend sein, irgendein Virus, das umgeht«, verteidigte sich Cam holprig. »Deine Freunde sind genauso gestört.« Es war nicht Beth, die sich Sachen einbildete, dachte Cam, sie war es selbst – erst der weißhaarige alte Typ und jetzt eine schlecht gelaunte Doppelgängerin in einem Erlebnispark mitten in der Wildnis. Total verrückt. Drehte sie langsam durch?

Beth war verblüfft. Was waren das für Wortgefechte? So etwas sah Cam gar nicht ähnlich.

»Ich und meine Freunde, wir müssen hier arbeiten«, schlug Alex zurück. »Was ist denn eure Ausrede? Hattet ihr nicht die Wahl, entweder hierher zu kommen oder auf den Naturschutz-Pfad zu gehen?«

Woher weiß sie das?, schoss es Cam durch den Kopf.

Naturschutz-Pfad? Wo war das denn hergekommen?, fragte sich Alex.

Evan und Lucinda waren total erstaunt. Sicher, Alex war immer leicht bissig, aber nur, wenn man sie provozierte. Und sie war schlau genug, sich niemals mit den Kunden anzulegen. Alex brauchte diesen Job.

Lucinda drängte sich zwischen Cam und Alex und streckte ihre Hand aus. »Ich bin Lucinda Carmelson, er heißt Evan Fretts und sie ist Alexandra – Alex – Fielding. Wir wohnen drüben im Crow Creek und arbeiten hier in diesem Park, wie ihr gehört habt. Alex sitzt am Kartenschalter«, fügte sie unwillkürlich noch hinzu, als ob das etwas wäre, worauf man besonders stolz sein müsste.

Zu Cams Entsetzen trat Beth einen Schritt vor und gab Lucinda die Hand. »Das ist so was von cool. Ich bin Beth Fish und dies ist Cam, Camryn Barnes. Wir sind aus –«

Das reichte. Cam hatte genug Merkwürdigkeiten für eine ganze Woche erlebt. Sie schnappte sich Beths Arm und zerrte sie abrupt weg: »Wir sind aus … nicht aus der Gegend.«

»Massachusetts«, sagte Beth.

»Na dann, tschüssi«, rief Cam im Weglaufen, Beth hinter sich herziehend. Obschon ihre Freundin überrascht protestierte, rannte sie weiter, bis sie die Toiletten gefunden hatte, und stürmte durch die Tür mit dem geschmacklosen COWGIRLS-Schild.

Beth war außer sich. »Was ist denn mit dir los? Das war total unhöflich. Wie konntest du dich nur so aufführen?«

»Wie denn?«, fragte Cam außer Atem. Sie holte einige Male tief Luft, die Hände in die Hüften gestützt. »Ich bin nur …«

Wie konnte sie es Beth erklären, die es offenbar weniger beunruhigend als aufregend fand, dass eine Fremde aufgetaucht war, die Cam gespenstisch ähnlich sah? Wie konnte sie erklären, dass sie keine Überraschungen mehr wollte, nicht noch mehr Gruseliges vertragen konnte? Dass es mehr war, als sie im Moment verkraften konnte, Dinge zu sehen, die sonst niemand sah, Stimmen zu hören, die sonst niemand hörte, und jetzt auch noch diesem Spiegelbild ihrer selbst zu begegnen.

»Ist völlig egal«, sagte Beth vorwurfsvoll, »selbst wenn dir das Spiel von neulich immer noch zu schaffen macht.«
»Beth, du hast doch keine Ahnung, was während des Spiels passiert ist«, begann Cam.
»Also bitte, Camy.« Sie zeigte auf sich. »Das bin ich, Beth. Und das Mädchen mit den blauen Haarsträhnen ist ...«
»Wer denn? Was denn? Sie ist niemand!«, platzte Cam heraus.
»Du!« Unbeirrt vervollständigte Beth ihren Satz. »Sie ist du.«
Cam fühlte sich wie ein Ballon, aus dem die Luft entwich. Ihr Widerstand verließ sie. Sie hatte keine Kraft mehr, um mit ihrer Freundin zu streiten. Stattdessen ertappte sie sich dabei, wie sie mit den Tränen kämpfte.
Instinktiv legte Beth einen Arm um sie. »Ich weiß doch, dass du das alles total schräg finden musst«, sagte sie leise. »Ich bin auch ganz aus dem Konzept. Aber willst du denn nicht herauskriegen, wer sie eigentlich ist?«
Cam zuckte mit den Schultern und durchforstete ihre Kleider nach einem Taschentuch. »Nein«, sagte sie und putzte sich die Nase. »Ich will nicht wissen, wer oder was sie eigentlich ist. Ich will keine ›Psycho-Power‹ haben. Ich will einfach genauso sein wie alle anderen.«
»Bist du doch«, beruhigte Beth sie sanft. »Ich meine, in vielerlei Hinsicht jedenfalls.«

In der Gegenwart ihrer Freunde zwang sich Alex zu einem aufgesetzt klingenden Lachen. »Unvergesslich, die Fahrt auf dem Riesenrad. Was können wir denn als Zugabe unternehmen? Ich bin für Büffel-Fritten bei Chuck Wagon Charly. Ebenso Brechreiz erregend.«
Normalerweise war es für Alex überhaupt kein Problem, ihre

Freunde dazu zu bringen, das Thema zu wechseln oder das zu tun, was sie wollte. Jetzt hingegen hatte sie keine Chance für ihr Manöver.

»Wieso hast du sie gehen lassen?«, fragte Evan herausfordernd. »Sie läuft hier herum mit deinem Gesicht, und du lässt es zu, dass sie einfach abhaut, dass sie uns stehen lässt? Ziemlich flaschig, Alex.«

»Im Gegensatz zu dir, oder was?« Wütend funkelte sie Evan an, der genau in diesem Moment über eine leere Filmdose stolperte, die irgendein Touri weggeworfen hatte. Allerdings wurde nur sein Stolz verletzt, als beide Mädchen über ihn lachten.

»Hör mal, Schätzchen, vielleicht solltest du mal lieber ein bisschen Augen-Fuß-Zusammenarbeit üben, bevor du mich flaschig nennst«, grölte Alex, hoffend der Aufmerksamkeit ihrer Freunde zu entkommen.

Aber natürlich ließ Lucinda nicht so schnell locker. »Was ist denn los mit dir, Als?«, fuhr sie mit ihrem Angriff fort. »Du läufst jetzt schon seit Wochen wie ein Astronauten-Trainee rum und jetzt passiert so was UFO-mäßiges und du willst nicht mal ein bisschen nachbohren?«

»UFO? Was soll das denn heißen? Unbekannte-Frau-Hallu?«

»Unerklärliches Fratzen-Doppel«, witzelte Evan.

Alex kicherte, in der Hoffnung, so ihr tiefes Entsetzen verbergen zu können. Und das gegenteilige, aber überstarke Gefühl von … na ja, Einsamkeit … so was wie Frieden. Und Vollständigkeit.

»Hört mal, das ist doch alles Unsinn.« Alex versuchte, ihren Kopf wieder klar zu kriegen. »Ich habe Wichtigeres zu tun, als mich mit irgendeiner Billig-Kopie aus Massachusetts zu beschäftigen.«

»Was könnte denn wichtiger sein als herauszufinden, wer sie eigentlich ist?«, wollte Lucinda wissen.

»Meine Mom«, fuhr Alex sie an. »Das ist ein ganzes Stück wichtiger. Ich werde sie jetzt sofort anrufen.«

Evan stellte sich vor sie und drückte ihr sanft die Schulter. »Du hast vor weniger als einer Stunde noch mit deiner Mutter gesprochen. Ich möchte bezweifeln, dass sich seitdem was verändert hat.«

Er hatte natürlich Recht. Noch vor dem Riesenrad-Trip war Alex wie eine Irre zur nächsten Telefonzelle gerannt, um ihre Mutter anzurufen. Sie war zurück aus der Klinik und wieder in ihrem Waschsalon. Sie hatte sofort abgenommen. Zwischen ihren Hustenanfällen hatte Sara Alex mitgeteilt, dass die Ergebnisse der Untersuchung noch nicht da seien. »Nur die Ruhe, Süße. Wir sehen uns später. Unternimm noch was mit deinen Freunden, du hast dir ein bisschen Spaß verdient.«

Spaß, klar. Sie durfte nicht vergessen, das auf die Liste der zu erledigenden Dinge zu schreiben.

Jetzt wurde sie von Lucinda bedrängt. »Es sind ihre Augen, Als. Das Mädchen hat den gleichen Spuk-Blick wie du.«

Alex weigerte sich, darauf zu reagieren. Aber das hielt Luce nicht davon ab, wie eine Besessene weiterzumachen. »Glaubst du denn nicht an das Schicksal? Wir haben doch alle irgendwelche Doppelgänger. Es war Schicksal, dass du deinem gerade begegnet bist …«

»Alle irgendwelche Doppelgänger! Du treibst dich zu viel in diesen Buchläden mit Esoterik rum, Luce.«

Evan lachte, aber selbst das konnte Lucindas eiserne Entschlossenheit nicht brechen. »Du kannst dich über mich lustig machen, so viel du willst, Alexandra Nicole Fielding, aber das ändert nichts an den Tatsachen. Dieses Mädchen bist du.«

»Und *dieses* Mädchen ...« Aus den Augenwinkeln hatte Alex eine blassblonde Touristin mit Sonnenbrille entdeckt. In der Hoffnung, Luce ablenken zu können, drehte sie sich rasch um und zeigte auf die Blondine. »Ist das nicht Marleigh Cooper? Vielleicht versteckt sich deine abwesende Lieblingsdiva am helllichten Tage genau hier. Komm schon, Luce, das ist doch genau dein Ding. Wo ist denn dein berühmter Spürsinn, wenn man ihn wirklich braucht?«

Der Schlag ging völlig daneben. Lucinda und Evan wandten sich zwar schnell um, aber das Mädchen, auf das Alex gezeigt hatte, war etwa zwanzig Zentimeter zu klein, um für Marleigh durchzugehen.

»Du versuchst nur, mich abzulenken«, grinste Lucinda. »Aber das wird nicht funktionieren.«

Während das Trio durch den Park wanderte, gelang es Alex, sich aus dem Gespräch ihrer Freunde auszublenden. Einfach »Klick!« und fertig. Nur jenen Schalter, um einen Gedanken abzustellen, der sich endlos in ihrem Kopf wiederholte, fand sie nicht. Jenen Gedanken, der immer wieder von neuem um das kreiste, was gerade geschehen war. Sie versuchte sich zu wappnen.

Sie sahen sich wirklich überhaupt nicht ähnlich. Na gut, vielleicht die Gesichtszüge ein bisschen. Aber die kleine Camryn war eindeutig sauberste Massachusetts-Schickeria, einschließlich Handy, die totale Anziehpuppe. Und Alex fühlte sich, als habe sie sich eine Grippe eingefangen, bloß weil sie einen Blick auf das Mädchen geworfen hatte?

Das Mädchen. Ein kleines Mädchen. Sehr klein, sehr jung ...

Plötzlich wurde Alex von einem Sog überwältigt, der mächtiger war als ihre Grübeleien, dringlicher als alles, was sie je zuvor erlebt hatte. Es war, als ob sie mit einem Mal genau wusste, wo sie gebraucht wurde. Und ohne ein Wort der Erklärung oder Verabschiedung an ihre Freunde zu richten, folgte Alexandra Nicole Fielding diesem Gefühl.

Es geschah. Oh nein, nicht hier. Nicht jetzt. Nicht schon wieder.

Cams Sehkraft verschärfte sich plötzlich, zugleich wurde ihr Gehör träger.

Sie wusste, dass Beth mit ihr sprach, aber sie konnte die Worte nicht verstehen.

Was sie sah, obschon sie zu weit entfernt war, als dass sie es so deutlich hätte erkennen können, war der eiserne Bogen des Riesenrads, der sich gegen den orangeroten Nachmittagshimmel abzeichnete.

Ganz oben saßen ein Mann und eine Frau und hielten sich am Sicherheitsgeländer vor sich fest. Zwischen ihnen, strahlend wie eine zweite Sonne, ein funkelnder, glänzender, leuchtender Edelstein, saß ein Kind. Sehr klein, sehr jung.

»Ich bin gleich wieder da, okay?«, wiederholte Beth und verschwand dann durch die Tür mit der COWGIRLS-Aufschrift.

Cam nickte oder meinte zumindest zu nicken. Dann, genau wie während des Fußballspiels, wurde sie von kaltem Schweiß durchnässt, ein eisiger Luftzug ließ sie erzittern, das Pochen ihres Pulsschlages erschien auf einmal lauter als das Lachen und Geschwätz all der Menschen um sie herum.

Sie wusste nicht, was nicht in Ordnung war. Sie wusste nur, dass bald etwas sehr, sehr Schlimmes geschehen würde.